AF353037

Herzsprung
Verlag

Impressum:

Alle weiteren Personen und Handlungen des Buches sind frei erfunden.
Ähnlichkeiten mit lebenden oder verstorbenen Personen sind
zufällig und nicht beabsichtigt.

Besuchen Sie uns im Internet:
www.herzsprung-verlag.de

© 2016 – Herzsprung-Verlag
Mühlstr. 10, 88085 Langenargen
Alle Rechte vorbehalten.
Erstauflage 2016

Das Werk einschließlich aller seiner Teile ist urheberrechtlich geschützt.

Lektorat: Melanie Wittmann
Herstellung: CAT creativ - cat-creativ.at
Cover gestaltet von Papierfresserchens MTM-Verlag mit Bildern von
© sonne_fleckl / Adobe Stock Foto lizenziert

Gedruckt in der EU

ISBN: 978-3-96074-005-6 – Taschenbuch

Elisabeth Martschini

GLÜCKLOS

Bad Auer Trilogie

Band 2

Herzsprung-Verlag

Inhalt

Im Café Sisi

„Die jungen Leute heutzutage wissen auch nicht mehr, was sich gehört", entrüstete sich die alte Dame, die gemeinsam mit einem etwa ebenso alten Herrn an einem der runden Marmortischchen im Café Sisi saß. „Dieses Schmatzen ist ja unerträglich."

Sichtlich angewidert wandte sie ihren Kopf mit der kunstvoll aufgesteckten Frisur vom hinteren Teil des Kaffeehauses ab und ihrem Gegenüber zu, das gerade im Begriff gewesen war, ihr etwas zu sagen. Etwas, das die alte Dame mit dem kritischen Gehör jedoch überhört hatte, weil sie vollauf damit beschäftigt gewesen war, die im Halbdunkel des Cafés knutschenden Jugendlichen mit Missachtung zu strafen.

„Dieser junge Mann", begann das Gegenüber, Alois Hirschhauser mit Namen und Stammgast im Café Sisi, erneut und meinte damit ganz offensichtlich nicht sich selbst, wäre er doch schon vor zwanzig Jahren nur noch aus der Sicht eines 100-Jährigen tatsächlich jung zu nennen gewesen. „Dieser junge Mann, der immer im Café Sisi war", setzte er noch einmal an, unterbrach sich jedoch sogleich selbst. „Ach, du erinnerst dich ja nicht an ihn", murmelte er.

Ihm war nämlich noch deutlich eine Diskussion im Gedächtnis oder, in seinem Jargon, ein Gespräch, die respektive das die beiden Herrschaften eine gute Woche zuvor über die Abwesenheit eines gewissen Gastes im beziehungsweise vom Café Sisi geführt hatten, wobei die den Dativ nach sich ziehende Präposition *von* hier nicht aus Gründen der Besitzgier oder -anzeige hinterrücks den Genitiv zu meucheln im Sinn hatte, sondern allein der Abwesenheit geschuldet ist, die ja immer eine Abwesenheit von einem bestimmten Ort ist. In diesem Fall eben vom Café Sisi, in dem besagter Stammgast gerne oder zumindest oft verkehrt hatte, sofern man die zumeist schweigende Konsumation in einem Kaffeehaus mit Verkehr gleichsetzen konnte, und in dem Alois Hirschhauser gemeinsam mit der alten Dame mit dem empfindsamen Gehör saß.

„Der mit den langen Haaren und den traurigen Augen?", überraschte ihn jetzt dieselbe Dame, die in Bad Au als Frau Hildegard Binsen, Pardon, Frau Doktor Hildegard Binsen bekannt war, da sie einst in jüngeren Jahren, die beinahe ebenso lange wie die des Herrn Hirschhauser zurücklagen, den Kurarzt Doktor Kurt Binsen geheiratet hatte. Nun hätte man vielleicht argumentieren können, dass sie nach dem Tod des Gatten mitsamt dessen nicht unerheblicher Pension auch seinen Doktortitel geerbt hatte. Dem war aber nicht so. Frau Doktor Binsen war sie schon lange vor dem Tod des Gemahls gewesen, wobei das Vernachlässigen des Binsen dem solcherart Säumigen gnädig verziehen wurde. Mangels eigenen Titels den des Mannes zu führen, war in Frau Doktor Binsens Augen oder Ohren ein pflegenswertes Relikt aus der guten alten Zeit, in der Frauen die Ausbildung an der Universität versagt, sich einen Erfolg versprechenden Mann zu angeln hingegen für jede von ihnen angesagt gewesen war.

Alois Hischhauser hatte sich mit diesem Problem nie konfrontiert gesehen, was nicht nur daran lag, dass er als ehemaliger Friseur einer universitären Ausbildung nicht bedurfte. Vielmehr hatte er Frau Doktor Binsen noch als Hildegard Bauernfeind kennengelernt und sich damit, vielleicht aber auch durch seine Liebenswürdigkeit und Loyalität gegenüber der nicht immer ganz einfachen Freundin, das Privileg erworben, selbst nach der Hochzeit weiterhin Hildegard sagen zu dürfen. Beklagenswerterweise hatte sich heutzutage vor allem in kleinstädtischen Gewerbe- und Gastronomiebetrieben die Unart eingeschlichen, jemanden zwar mit Herr oder Frau anzusprechen, dem aber nicht etwa den Nach-, sondern den Vornamen folgen zu lassen, als wäre ein nachgereihter Vorname nicht ein Widerspruch in sich. Wobei der Vorzug des Vornamens durch eine nachfolgende geschlechtsspezifische Anrede aufgehoben worden wäre, sich der Widerspruch aber eigentlich aus der förmlichen Anrede und dem unförmigen, nein, formlosen Vornamen ergab, weshalb also die Form Doktor Hildegard einen noch größeren Widerspruch dargestellt hätte.

Mit anderen Worten: Alois Hirschhauser hielt an alten Gewohnheiten fest, sprach seine Hildegard mit Hildegard und Petra Sandor, die gemeinsam mit ihrem Mann Istvan das Café Sisi betrieb, mit Fräulein an, wohl wissend, dass der jungen Frau – also Frau Sandor – eine andere Bezeichnung gebührt hätte. Aber im Kaffee- oder Gasthaus sagte man oder zumindest jedenfalls Herr Hirschhauser lieber „Ober" und „Fräulein". Da schmeckten der Kaffee und das Schnitzel einfach besser.

Jetzt blickte Alois Hirschhauser die ihm gegenübersitzende Hildegard Binsen erstaunt an. Ohne ihrerseits den Blick von ihrer Kaffeetasse zu heben, sagte die alte Dame: „Nein, ich erinnere mich nicht an ihn, sondern daran, dass du letzte Woche davon gesprochen hast, dass hier ein junger Mann mit langen Haaren und traurigen Augen war, weil ich mir dabei gedacht habe, dass diese Beschreibung eher auf eine Frau als auf einen Mann passt."

„Habe ich lange Haare gesagt?", wunderte sich Alois Hirschhauser. „Ich habe gesagt, längere Haare."

„Na eben, nicht nur lange, sondern sogar längere Haare", behaarte, nein, beharrte Hildegard Binsen.

„Längere Haare müssen doch noch lange nicht lang sein", erklärte Herr Hirschhauser.

„Richtig", stimmte Frau Doktor Binsen ihm jetzt zu, wobei der Sarkasmus in ihrer Stimme kaum zu überhören war, „genauso wie die ältere Generation beileibe nicht alt ist."

„Na siehst du", versuchte ihr Begleiter einzulenken, ohne seine Position aufgeben zu müssen, „genauso sind längere Haare auch nicht automatisch länger als lange Haare. Außerdem kann auch ein Mann lange Haare haben. Heutzutage ..."

Dieses Mal war es Hildegard Binsen, die ihn unterbrach. „Was ist denn nun mit diesem jungen Mann?"

„Gar nichts ist mit ihm", sagte Herr Hirschhauser und fügte, als er den leicht irritierten Blick der Freundin spürte, rasch hinzu: „Nichts mehr. Er ist nämlich verstorben."

„Was? Einfach so, wo er doch noch so jung war?"

„Ich weiß nicht, wie jung er war, jünger halt. Aber er ist nicht einfach so gestorben, sondern von einem Auto überfahren worden. Gar nicht weit vom Café Sisi." Und als müsste er sein Wissen über den Unfalltod des jüngeren Mannes mit den längeren Haaren rechtfertigen, stellte er fest: „Deshalb haben wir ihn hier seit Wochen nicht gesehen."

„Das macht natürlich Sinn", sagte Hildegard Binsen und nahm einen Schluck von ihrem Kaffee.

„Ob das Sinn macht, weiß ich nicht", entgegnete Herr Hirschhauser, „immerhin steht so ein Mensch doch mitten im Leben, hat einen Beruf und eine Familie. Und dann wird er plötzlich aus allem herausgerissen."

„Ich meine doch nicht den Unfall", schnaubte Frau Doktor Binsen, „sondern dass er deswegen nicht mehr hier ist."

„Ach so", sagte Alois Hirschhauser kleinlaut und widmete sich seinem Marmorguglhupf, den er heute statt der üblichen Torte bestellt hatte. Wenigstens hierbei an alten Traditionen festhaltend, trennte er mit der Gabel fein säuberlich die hellen von den dunklen Teigpartien. Eine liebe Gewohnheit aus seinen sehr jungen Jahren, auch Kindheit genannt.

„Woher weißt du überhaupt von dem Unfall?", fragte Hildegard Binsen jetzt.

„Von meiner Enkelin, der Elfi. Die ist Therapeutin und betreut die Frau, die das Unfallfahrzeug gelenkt hat", erklärte ihr Begleiter.

„Die das Unfallfahrzeug gelenkt hat", äffte Frau Binsen, der heute mehr als eine Laus in den Kaffee gefallen sein musste, ihn nach. „Wie du heute sprichst, Pardon, wie du dich ausdrückst: Unfallfahrzeug und verstorben."

„Nein, das Fahrzeug ist nicht …"

„Ich weiß, dass das Fahrzeug nicht verstorben ist. Aber wieso braucht diese Frau eine Therapie? Ist sie bei dem Unfall auch verletzt worden?"

„Nein, ja, also von der Lenkerin des Unfallfahrzeugs spricht die Elfi immer. Das sagt man so. Und dass sie psychisch einen Schaden davongetragen hat. Sie kann nicht mehr arbeiten, weil sie diesen Mann gekannt hat. Deshalb kommt sie jetzt zur Elfi."

Alois Hirschhauser blickte seine Freundin unsicher an, als wäre ihm selbst seine Rede nicht ganz durchsichtig. Vielleicht fürchtete er aber auch nur, dass er Hildegard Binsen mit einer unbeholfenen Formulierung aufs Neue verärgert hatte. Tatsächlich schienen sich die Falten auf der Stirn der alten Dame weiter vertieft zu haben.

„Weil diese Frau also versehentlich – es war doch sicherlich ein Versehen? – einen Bekannten überfahren hat, geht sie jetzt bei deiner Enkelin Elfriede in Therapie?", fragte sie.

„Genau", gab Alois Hirschhauser erleichtert zur Antwort, „sie ist nämlich Psychologin, die Elfi."

Herrn Hirschhausers Erleichterung währte freilich nur kurz, denn für Hildegard Binsen war das Thema keineswegs abgeschlossen.

„Das hätte es früher nicht gegeben", stellte sie fest, „Psychologen und so. Das haben wir alles nicht gebraucht."

„Gegeben hat es die nicht", stimmte Herr Hirschhauser ihr zu, „aber gebraucht hätten wir sie vielleicht schon manchmal. Damals nach dem Krieg zum Beispiel."

„Papperlapapp, wenn wir sie gebraucht hätten, hätte es sie auch gegeben. Es gibt alles, wenn es gebraucht wird. Das heißt Marktwirtschaft!"

„Gar nicht wahr!", begehrte Alois Hirschhauser auf. „Heute hätte ich zum Beispiel eine Herrentorte gebraucht, aber die ist aus, hat die Petra gesagt ..."

Kaum hatte er diese Worte ausgesprochen, hätte er sich am liebsten auf die Zunge gebissen. Nicht in erster Linie, weil er statt Frau Sandor oder seinetwegen Fräulein Sandor schlicht Petra gesagt hatte. Das tat er im vertraulichen Gespräch mit seiner Hildegard nämlich ganz gerne, wenn er nicht gerade aus Versehen von der Piroschka sprach, sondern weil er mit dieser Bemerkung Öl ins Feuer gegossen zu haben befürchtete.

Doch vorerst warf ihm Frau Doktor Binsen nur einen Blick zu, als wäre er ein hoffnungsloser Dummkopf und nicht ernst zu nehmen. Dann seufzte sie und meinte schulterzuckend: „Sprechen wir über etwas anderes, zum Beispiel über Petra Jellacic."

„Windsperger", murmelte Alois Hirschhauser, der berechtigte Sorge hatte, dass heute jedes seiner Worte der hildegardschen Zensur unterworfen würde.

„Was sagst du?", wollte seine Begleiterin denn auch sofort wissen.

„Ich habe nur gemeint, dass Petra Jellacic jetzt Windsperger heißt. Sie hat doch diesen ... diesen – wie heißt er noch einmal? – geheiratet."

„Windsperger", antwortete Hildegard Binsen sachlich korrekt.

„Natürlich, Windsperger, sonst würde die Petra ja nicht so heißen. Georg", überlegte er dann, „heißt er nicht Georg?"

„Es spielt doch keine Rolle, wie er heißt. Außerdem hätte die Petra ja ihren Namen behalten können. Heutzutage ist das möglich.

Wäre auch besser gewesen, als sich jetzt, kaum dass ich mir den alten Namen gemerkt habe, einen neuen geben zu lassen."

„Na, da hat sie die ersten fünfunddreißig Jahre ihres Lebens Jellacic geheißen, nun kann sie doch die nächsten fünfunddreißig Windsperger heißen", meinte Alois Hirschhauser.

„Zehn", gab Hildegard Binsen zurück.

„Zehn was?" Herr Hirschhauser schien nicht ganz bei der Sache zu sein. Außerdem ruhten seine Augen nicht mehr auf seiner lieben Hildegard.

„Zehn Jahre natürlich", gab die liebe Hildegard scharf zur Antwort. „So lange dauert eine durchschnittliche österreichische Ehe heutzutage."

„Eigentlich macht das nichts aus", überlegte Alois Hirschhauser.

„Was heißt, es macht nichts aus?", fragte Hildegard Binsen, die sich gerade mit der Hand an den Hinterkopf gegriffen hatte, irritiert und hielt in der Bewegung inne. Die Finger verblieben am Hinterkopf, wo sie gerade den Sitz der Haarnadeln überprüfen wollten, damit sich die zu einem kunstvollen Gebilde aufgetürmten weißen Strähnen nicht womöglich selbständig machten und medusenartig um den Kopf der alten Dame mit dem erheirateten Doktortitel schlängen. Was allein deshalb schon unerhört gewesen wäre, weil jene Zeiten, als man den Konjunktiv Präteritum des starken Verbs *schlingen* selbstverständlich zu gebrauchen gewusst hatte, definitiv noch um einiges weiter zurücklagen als die Tage, in denen man – oder eigentlich frau – sich einen Doktor- oder sonstigen Titel erheiraten hatte können. Weshalb das unselige Geschlängel also Frau Doktor Binsen noch nie zu Ohren gekommen und in der Folge darauf zu achten war, dass diese ganz bestimmt nicht jungfräulichen, vielleicht aber immerhin unschuldigen Ohren vor herunterfallenden Haarschlingen sicher wären.

Momentan schien an Hildegard Binsen aber ohnehin alles erstarrt zu sein, das ihren Kopf zierende Haarkunstwerk ebenso wie ihre Hand. Und übrigens auch der Blick, den sie auf Alois Hirschhauser gerichtet hielt.

„Wieso macht es nichts aus, dass eine Durchschnittsehe heutzutage nur zehn Jahre dauert? Meiner Meinung nach zeugt das von einem Verfall unserer gesellschaftlichen Werte", hakte Hildegard Binsen nach und ließ den Arm samt Hand nun doch in Richtung

Tischplatte sinken, wo selbstverständlich nicht der ganze Arm zu liegen kam, nicht einmal der ganze Unterarm, sondern nur die zarte Altdamenhand ab dem Handgelenk. Frau Doktor Binsen wusste schließlich, was sich gehörte.

Nur was sie gehört hatte, wusste sie trotz ihres heute ganz besonders empfindsamen Gehörs nicht oder zweifelte zumindest daran, dass sie richtig verstanden hatte. Deshalb die wiederholte Nachfrage.

Herr Hirschhauser gab trotzdem nur einmal darauf Antwort, sehr gemächlich und völlig unaufgeregt. „Dass dieser junge Mann, an den du dich nicht erinnern kannst oder willst, nicht mehr ins Café Sisi kommt, das macht nichts aus", sagte er, „zumindest nicht für das Geschäft." Und weil das genau genommen immer noch keine Antwort auf die Frage nach dem Warum beziehungsweise Wieso der Hildegard Binsen, sondern bestenfalls die Beseitigung eines Missverständnisses war, fügte er hinzu: „Weil da gerade ein Ersatz für ihn hereingekommen ist." Und er deutete mit einem dezenten Kopfnicken oder -rucken zu dem Mann, der soeben das Lokal durchquert und sich an dem Tischchen beim Fenster niedergelassen hatte.

Petra Sandor hatte den neuen Gast ebenfalls bemerkt und trat, den Block für die Aufnahme der Bestellung in der Hand, an dessen Tisch. Der Block wäre für eine Tasse Kaffee und eine Mehlspeise – welcher Art auch immer – natürlich nicht unbedingt notwendig gewesen, aber die junge Frau Sandor schrieb Bestellungen grundsätzlich lieber auf, damit alles seine Ordnung hatte. So mochten es die Gäste des Café Sisi.

„Grüß Gott, was darf es denn sein ... Herr Inspektor?", fragte sie und kratzte damit gerade noch die Kurve, denn sie hatte Franz Obermayer, seit 30 Jahren Polizeiinspektor in Bad Au, unter seiner neuen Haarpracht nicht sofort erkannt.

Hatte der Inspektor in den letzten Jahren nämlich versucht, seine beginnende Glatze, die er euphemistisch als Geheimratsecken bezeichnete, ohne sich doch erklären zu können, was unschöner Haarausfall mit in rotes Wachs eingepacktem Käse zu tun hatte – hatte er also versucht, seine Geheimratsecken, die freilich immer mehr Raum gefordert hatten, zu verstecken, indem er gewissenhaft die verbliebenen, umso längeren Haare darübergekämmt hatte –

immer schön von hinten nach vorne –, erstrahlte er heute in beinahe üppiger Haartracht. Oder erstrahlte und glänzte gerade nicht, weil diese Haartracht oder -pracht das Kunstlicht des Café Sisi viel schlechter widerspiegelte als die glatte Kopfhaut.

„Eine Herrentorte und einen Mazagran, bitte“, sagte der ununiformierte Inspektor. Und wie zur Entschuldigung fügte er hinzu: „Ich bin ja schließlich nicht im Dienst“, wobei die Entschuldigung selbstverständlich nicht der Herrentorte galt, denn von einer solchen hätte sich der Inspektor selbst im Dienst genauso wenig abhalten lassen wie von einem Punschkrapferl oder einer Sachertorte. Wenigstens nicht in der Mittagspause. Sie, also die Entschuldigung, galt viel eher dem bestellten Rum im mit Eiswürfeln gekühlten Mokka, der den echten Mazagran erst zu einem solchen machte. Nachzulesen in – nein, nicht einmal mehr in der Getränkekarte guter Kaffeehäuser, mit Ausnahme des Café Sisi, sondern in Torbergs *Tante Jolesch*. In den gesammelten und mehrfach gedruckten Anekdoten, versteht sich.

Die hatte Inspektor Obermayer zwar nicht gelesen, dafür aber Petra Sandor als echte, das heißt als eine aus den Ländern der ehemaligen Donaumonarchie zugewanderte Österreicherin – Österreicherin mit Migrationshintergrund hieß das politisch korrekt, aber um eine politische oder sonstige Korrektheit hatte man sich in Bad Au selten gekümmert.

Petra Sandor als echte zugewanderte Österreicherin also hatte die *Tante Jolesch* gelesen, um sich nach ihrer Einwanderung oder Immigration der Integration und Assimilation zu widmen, das bedeutete, sich mittels Torberg und Tante darüber zu informieren, wie es hier so zuging in diesem Österreich. Dass der Autor in seinem Büchlein auf ein Zeitalter zurückgriff, in dem das Abendland noch nicht zwischen Nazismus und Kommunismus untergegangen war, tat dem Erfolg des Café Sisi keinen Abbruch. Eher im Gegenteil. Wo hätte man sonst einen Mazagran bestellen können, wie der Polizeiinspektor ihn gern genoss? Wo anders als im Café Sisi, das in anachronistischer Weise zwar das Café Franz Joseph abgelöst hatte, sich auf seinen Anachronismus jedoch einiges zugutehielt, weshalb es hier neben dem Mazagran auch die Melange und den Mokka zu bestellen gab. Oder notfalls noch den kleinen Schwarzen. Aber eben keinen Cappuccino oder Espresso. Nur zum Caffè Latte hatten die Sandors sich überreden lassen, weil in Zeiten der Laktoseunverträglichkeit dennoch die Nachfrage nach Milch im Kaffee so gestiegen war, dass Melange und Häferlkaffee sie nicht mehr zu befriedigen vermochten. Weil eben alles Verbotene beinahe automatisch in seinem Wert steigt. Dementsprechend hatte so ein Caffè Latte seinen Preis, der sich zwar nicht in Euro, umso mehr jedoch in einem verächtlichen Gesichtsausdruck Petra Sandors niederschlug, wenn sie dieses Getränk einem Gast servierte, der verwegen genug gewesen war, solcherlei zu bestellen, wobei diese Gäste in aller Regel junge Frauen waren. Oder ältere Frauen. Oder, ganz selten, sogar alte Frauen, die glaubten, etwas Neues ausprobieren zu müssen und hinterher rasch zur klassischen Kaffeeauswahl des Café Sisi zurückkehrten. Weil so ein echter Kaffee halt doch nur ein gewisses Maß an Milch verträgt. Übermaß wäre verkehrt.

Indem es seiner Zeit also ein bisschen hinterher war, hatte das Café Sisi anderen Kaffeehäusern etwas voraus. Vor allem hatte Petra Sandor sämtlichen Einheimischen, wie wir die geborenen im Gegensatz zu den echten Österreichern nennen wollen, etwas voraus. Denn, seien wir ehrlich, welcher Einheimische hätte schon eine Staatsbürgerschaftsprüfung bestanden? Aber das ist eine andere Geschichte.

Von Kaffee jedenfalls verstand Petra Sandor etwas und nur darauf kam es hier an.

Nicht verstanden hatte Hildegard Binsen oder war zumindest mit der Bemerkung ihres Gegenübers nicht ganz einverstanden, hatte sie im Unterschied zu ihrem Begleiter, einem pensionierten Friseur, doch auf den ersten Blick erkannt, worum es sich hier handelte. Nein, nicht Inspektor Obermayer, da hätte man der Höflichkeit halber doch „um wen" gesagt. Den Inspektor erkannte auch Hildegard Binsen erst auf den zweiten, dritten oder sonst wievielten Blick. Aber das Toupet hatte sie bemerkt, weil es nicht exakt dieselbe Farbe wie der obermayersche Haarrest hatte.

„Der ist doch nicht mehr jung", empörte sie sich. „Und sag jetzt nicht, dass er es im Gegensatz zu uns allemal sei. Nur weil ich im 79. Lebensjahr stehe ..."

„Im achtzigsten, liebe Hildegard, im achtzigsten", warf Alois Hirschhauser ein und erntete dafür einen vernichtenden Blick.

„Gut, also nur, weil ich 79 Jahre zähle", fuhr sie in Verkennung der Tatsache, dass es Alois Hirschhauser gewesen war, der ihre 79 Jahre gezählt hatte, fort, „ist nicht jeder, der jünger ist, automatisch als jung zu bezeichnen. Wenn das nämlich deine Auffassung von jung ist, ist es kein Wunder, dass ich mich nicht an deinen jungen Mann von vorher erinnern kann."

„Vorher war er ja auch gar nicht mehr da. Das ist schon länger her, bestimmt drei oder vier Wochen", erwiderte Herr Hirschhauser, womit er die Situation natürlich nicht entschärfte. Weil er seine Hildegard aber gut genug kannte, um zu wissen, dass er sie nicht mit Spitzfindigkeiten auf die Palme bringen sollte, weil alte Damen da naturgemäß nur schwer wieder herunterkommen, erklärte er versöhnlich: „Aber du hast natürlich recht. Der gute Mann dort drüben, der mir im Übrigen vage bekannt vorkommt, ist wirklich nicht mehr ganz jung. Der, von dem ich gesprochen habe, war mit Sicherheit zehn oder gar zwanzig Jahre jünger."

„Ah ja", sagte Hildegard Binsen und der Ton ihrer Stimme ließ keinen Zweifel daran, dass sie sich nicht weiter für fremde Herren interessierte, mochten die nun alt oder jung oder auch nur älter sein.

Auch Inspektor Obermayer war nicht an Männern interessiert oder hätte es doch niemals zugegeben. Das heißt, dienstlich war er natürlich an ihnen interessiert, wenn sie nämlich eine Straftat begingen. Denn wenn einer den anderen eine Treppe hinunterfallen ließ oder ihm den Schädel einschlug, lag das sehr wohl in seinem Interessensbereich. Oder hätte es jedenfalls müssen, sofern die Straftat und ihre Aufklärung nicht zufällig gerade in seine Urlaubszeit fielen. Da selbst ein Inspektor der Bad Auer Polizei nur maximal sechs Wochen Urlaub im Jahr hatte, eine Straftat inklusive Aufklärung aber in der Regel länger dauerte, wobei die Aufklärung im Normalfall wesentlich mehr Zeit als das Verbrechen in Anspruch nahm, obwohl – oder gerade weil? – an ihr, Kripo sei dank, viel mehr Menschen beteiligt waren, hatte Inspektor Obermayer eigentlich mit jedem in Bad Au verübten Verbrechen zu tun. Da lobte er sich die Unfälle. Nach der Beweisauf- und der Zeugeneinvernahme waren die meist sehr schnell erledigt. Zumindest für ihn.

So hatte er auch bald nach dem letzten schwereren, leider tödlichen Unfall seinen wohlverdienten Urlaub antreten können. Dabei muss der Fairness halber hinzugefügt werden, dass ihn dieser Unfall nicht ganz kalt gelassen hatte. Immerhin erwischte es in Bad Au nicht jeden Tag jemanden, den man, zumindest nach seinem Tod, gekannt zu haben meinte.

„Tut mir leid", sagte Petra Sandor, „die Herrentorte ist aus. Darf's stattdessen vielleicht eine Sachertorte sein?"

Inspektor Obermayer seufzte. Da wollte man sich im Urlaub einmal etwas gönnen und dann machte einem die fehlende Schokoladencreme einen Strich durch die Rechnung. Denn es war natürlich die Schokoladen- oder, um es korrekt zu sagen, die Pariser Creme, die den gravierenden Unterschied machte. Dabei war es eigentlich seltsam, dass ausgerechnet das Mehr an Schokolade die Herrentorte zu einer solchen machte, schrieb man die besondere Liebe zu jener Süßigkeit doch meist den Damen zu. Eine Damentorte gab es allerdings nicht, zumindest nicht im Café Sisi. Wie um diesen Mangel auszugleichen, enthielt die Sachertorte ebenfalls mehr als genug Schokolade in Teig und Glasur, sodass sie mit Fug und Recht als für Damen geeignet durchgehen konnte. Für Damen oder alle anderen Naschkatzen und Naschkater, also auch für Inspektor Obermayer, der insgeheim dachte, dass die Marillenmarmelade der Sachertorte seiner Figur ohnehin zuträglicher – oder eigentlich weniger zuträglich – wäre als die herrliche Schokoladencreme, weshalb er grummelnd seine Zustimmung zur Ersatztorte gab.

Womit nun alle sich im Moment im Café Sisi aufhaltenden Gäste mehr oder weniger zufriedengestellt waren. Denn nachdem die beiden tatsächlich jungen Leute im hinteren Teil des Kaffeehauses zu knutschen aufgehört hatten und einander nur noch verliebt anblickten, war sogar Frau Doktor Binsen zufrieden. Soweit dieses Adjektiv überhaupt auf sie anwendbar war. Und dass die drei fraglos alten Damen, die unweit von Alois Hirschhauser und Hildegard Binsen einträchtig um eines der Tischchen mit runder Marmorplatte saßen, zufrieden waren, konnte ein aufmerksamer Beobachter an ihren unter grauen, violetten und grauvioletten Haaren hervorlächelnden Gesichtern ablesen. Irgendjemand musste die Herrentorte ja aufgegessen haben.

Zu den aufmerksamen Beobachtern zählte der Inspektor an diesem seinem Urlaubstag allerdings nicht. Er erweckte sogar ein bisschen den Eindruck, als wollte er nichts anderes wahrnehmen als Kaffee, Mehlspeise und die Lokalzeitung, die er sich jetzt von dem einzigen Holztischchen im ansonsten mit Marmor ausgestatteten Café holte und vor sich ausbreitete. Die Nachrichten der vergangenen Woche in aller Ruhe nachzulesen, war im Urlaub wesentlich besser, als sie hautnah miterleben zu müssen.

Unwissenheit
nach den Ferien

„Hast du ihn zuerst geküsst oder er dich?"

„Ich kann mich nicht erinnern." Matti schüttelte ihre blonde Mähne, die nur von einem schmalen, um den Kopf laufenden Reif festgehalten wurde. Dieser verlieh dem jungen Mädchen entfernt das Aussehen eines Engels, wobei der heilige Schein eher trügerisch war. Mattis Eltern und wohl auch einige ihrer Lehrer hätten sie alles andere als einen Engel genannt. Und selbst Johanna hätte dieser Bezeichnung sicherlich widersprochen, obwohl sie sich in den Ferien leidlich darum bemüht hatte, in Matti, wenn schon keinen Engel, so doch eine Freundin zu sehen.

Freundin, aber nicht beste Freundin. Johannas beste Freundin war immer noch Erika Hofbauer, obwohl sie dieser während der Sommerferien gar nicht so oft begegnet war. Irgendetwas war anders geworden. Erika war anders geworden, sie hatte sich verändert. Daran bestand für Johanna kein Zweifel. Denn wer nicht einmal im Sommer regelmäßig beim Schwimmen anzutreffen war, hatte etwas Seltsames an sich. Und da Erika früher nicht seltsam gewesen oder Johanna wenigstens nicht so vorgekommen war, musste sie sich zwangsläufig verändert haben. Bestimmt sogar. Nur warum?

Während sie Matti nur noch mit halbem Ohr zuhörte, grübelte Johanna über Erika nach. Wobei sich dem Beobachter oder Leser eigentlich die Frage aufdrängen müsste, wie man mit einem halben Ohr zuhört. Nicht, dass das körperlich unmöglich gewesen wäre. Niki Lauda zum Beispiel hörte ja auch mit halben Ohren zu oder zumindest hörte er damit, seine eigentliche Stärke allerdings lag selbstredend eher im Sprechen, sofern man es mit Grammatik und Wortschatz nicht so genau nahm.

Aber Johanna war, daran ließ der Augenschein keinen Zweifel aufkommen, nicht Niki Lauda. Soll heißen: Obwohl sie Matti nur mit halbem Ohr lauschte, verfügte sie körperlich betrachtet sehr wohl über zwei vollständige, wenngleich durchlöcherte und mit Steckern, nein, Piercings verzierte Ohren. Weshalb sich das halbohrige Zuhören nur auf die Funktion dieser Organe oder besser auf ihre Nutzung beziehen konnte.

Während nämlich ihre körperlich vollständigen Ohren nur zur Hälfte dazu genutzt wurden, Mattis Worte aufzunehmen, richtete sich Johannas Blick an der engelsblonden Freundin vorbei auf einen Punkt in einiger Entfernung. Auf einen Punkt, der immer näher kam, Gestalt annahm und schließlich einen guten Meter hinter Matti stehen blieb.

„Er ist ja voll süß, aber ich ...“

Jetzt nahm Johanna Mattis Gerede nicht einmal mehr mit halbem Ohr wahr. Ihr Interesse wandte sich – wenn es denn überhaupt je bei der Geschichte gewesen war – ausschließlich Erika zu, die von Matti noch nicht bemerkt worden war und die Johanna fragend ansah. Um keine Missverständnisse aufkommen zu lassen: Es war Johanna, die Erika fragend ansah. Erika ihrerseits schaute vielmehr entsetzt und aufgewühlt aus. Matti hätte ihren Gesichtsausdruck wahrscheinlich als „total geflasht“ bezeichnet. Da diese am Hinterkopf aber keine Augen hatte, konnte sie Erika selbstverständlich nicht sehen. Dennoch merkte nun endlich auch sie, dass sie zwar nicht gegen eine Wand, wohl aber zu einer an ihrer nervenzerreißenden Liebesgeschichte herzlich wenig interessierten Johanna sprach.

Matti drehte sich um, sodass Erika jetzt zwei Mädchen anblickten, was zwar die grammatikalische Frage nach dem Subjekt des Ansehens löste, nicht aber den Grund für Erikas Aussehen erklärte.

„Was ist los?“, fragte Johanna deshalb.

„Die schwarze Fahne“, erwiderte Erika, brach ab und holte Luft, sprach jedoch nicht weiter.

„Was ist damit?“, wollte Johanna wissen. „Hat am Ende der alte Dippelbauer den Geist aufgegeben?“

Dippelbauer war seit unvordenklichen Zeiten der Direktor des Bad Auer Gymnasiums gewesen. Generationen von Schülern und Lehrern hatten nur ihn als Oberhaupt der Schule kennengelernt. Sein Alter war beinahe schon so legendär wie sein diesem trotzendes Ausharren auf seinem Posten.

Erika schüttelte den Kopf. „Nicht der Dippelbauer ... der Glück.“

Johanna sagte gar nichts, sondern riss nur die Augen auf. Mit normalem Anschauen hatte das nichts mehr zu tun.

Diejenige, die sprach, war Matti: „Pech für ihn, Glück für uns. Oder eben nicht mehr.“ Sie ließ ein Kichern hören.

Johannas weit aufgerissene Lider verengten sich zu schmalen Schlitzen, über denen sich die jugendliche Stirn in Falten legte. „Wie meinst du das?“, fragte sie sehr leise.

„Na, der Glück war doch eine echte Plage mit seinem Hippie-Gedudel. Damit geht er mir zweimal die Woche ganz gewaltig auf den Arsch – nein, ging er!“, lachte Matti.

„Aber das ist doch kein Grund, jemandem den Tod zu wünschen“, wandte Johanna ein.

„Ich habe ihm den Tod nicht gewünscht“, verteidigte sich Matti, „er ist ganz von selbst gestorben.“

„Woran eigentlich?“, fragte Johanna, die diese Diskussion in eine andere Richtung lenken wollte.

„Weiß nicht. Auf dem Partezettel steht nur *unerwartet*“, gab Erika mangelhaft Auskunft. Dabei konnte der Mangel an Information natürlich nicht ihr angelastet werden. Das war das Kreuz mit diesen Sterbebildern: dass auf ihnen meist nur Phrasen abgedruckt waren. *In tiefer Trauer, plötzlich und unerwartet, nach langem, mit Geduld ertragenem Leiden* und so weiter. Niemals starb jemand, nachdem er seine Verwandten und Bekannten, die sich in wenigen guten Momenten für Freunde hatten halten dürfen, über Jahre hinweg tyrannisiert hatte, niemals jemand, der nach dem dritten Schlaganfall wie ein nasser Sack aus allen Körperöffnungen getropft hatte, niemals jemand, der sich aufgrund von Depression und fortwährenden Kränkungen durch seine Mitmenschen aus Verzweiflung das Leben genommen hatte. Und wenn es mitunter, ganz selten einmal, den einen oder anderen solchen Fall gab, war davon doch niemals etwas auf der Parte zu lesen, durch die Erika vom unerwarteten Tod ihres Musiklehrers erfahren hatte.

„Welche Parte?“, fragte Matti.

„Hängt auf dem Gang vom Konferenztrakt“, antwortete Erika kurz angebunden und wandte sich Johanna zu. „Glaubst du, dass er krank war?“, fragte sie die Freundin. „Ich meine, in diesem Alter stirbt man doch nicht so einfach.“

„Ich weiß nicht, wie alt er war", entgegnete Johanna, ohne damit auf Erikas Frage zu antworten.

„Bestimmt nicht alt genug, um einfach tot umzufallen", warf Matti ein.

„Im 40. Lebensjahr", zitierte Erika den Text auf der Parte.

„Vielleicht hat er eine Überdosis erwischt", mutmaßte Matti, was ihr einen bösen Blick der beiden anderen Mädchen einbrachte.

„Sei nicht blöd", meinte Johanna. „Nur weil einer hin und wieder Gras raucht ..."

„Hat er das?", fragte Erika entgeistert.

„Weiß ich nicht. Ich meine doch nur, selbst wenn er hätte, also, deswegen muss er ja nicht gleich harte Drogen nehmen. Und ich glaube nicht, dass schon mal jemand an einer Überdosis Gras gestorben ist."

„Wer weiß", kicherte Matti, „vielleicht hat er vor lauter Rauch zu wenig Sauerstoff erwischt."

„Das musst du gerade sagen, du Schrumpfhirn!", fauchte Johanna sie an und erhob sich von der niedrigen Mauer, die den Sportplatz vom Pausenhof trennte und auf der sie mit Matti gesessen hatte, um auf den Unterrichtsbeginn zu warten. Sie legte ihren Arm um Erikas Schultern und ging mit der Freundin, der besten Freundin, davon.

Im Anschluss an den Schulgottesdienst erwartete Frau Professor Zeppezauer ihre Schüler im Klassenraum. Freilich nicht alle ihre Schüler, aber doch jenen bunten Haufen spätpubertärer Jugendlicher, den die Schulverwaltung unter 7a führte und dessen Klassenvorstand sie war.

Dass Frau Zeppezauer – den unsäglichen Professorentitel lassen wir ausnahmsweise weg, obwohl man gerade in Bad Au große Stücke auf Titel aller Art hielt, doch fügen wir als Ersatz dafür vielleicht den Vornamen, Cäcilia, hinzu, auf dass aus dem Unsäglichen eine mehr oder weniger geglückte Alliteration werde – dass also Frau Cäcilia Zeppezauer auf ihre Schüler wartete, war so natürlich nicht geplant, denn im Allgemeinen hatten die Schüler auf die Lehrer zu warten. Je länger, umso lieber, weshalb die drahtige Zeppezauer mit den leicht ergrauten Haaren bei den Schülern auf der Beliebtheitsskala auch nicht an erster Stelle rangierte, betrug ihr Zuspätkommen nach dem Läuten doch meist nur eine, maximal zwei Minuten. Ausnahmen bestätigten die Regel, wie der letzte Schultag vor den Ferien gezeigt hatte, als die 7a, die damals freilich noch die 6a gewesen war, nicht nur lange, sondern sogar vergeblich auf ihren Klassenvorstand gewartet hatte. Aber das gehörte der Vergangenheit an. Vorerst jedenfalls noch.

Am ersten Schultag nach den Ferien stand hingegen die Klassenvorständin in Warteposition, weil sich die fromme Schülerschaft offensichtlich auf dem Weg vom Gottesdienst zum Unterricht, der heute ohnehin noch nicht guten Gewissens als solcher bezeichnet werden konnte, verspätete. Freilich hätten sich jene Schüler, die ihrer offiziellen Konfession oder ihres inneren Schweinehundes wegen nicht am Gottesdienst teilgenommen hatten, pünktlich im Klassenzimmer einfinden können. Mit anderen Worten: Bis auf einen oder zwei hätte die gesamte 7a bereits hier sein und Cäcilia Zeppezauers Begrüßungsworten lauschen können.

Die immer auf Korrektheit und vorgeblich auch auf Strenge bedachte Lehrerin ärgerte sich. Dabei waren der Grund dieses Ärgers gar nicht unbedingt die Schüler oder deren frömmigkeits- beziehungsweise faulheitsbedingte Verspätung. Was Frau Zeppezauers Unwillen erregte, war vielmehr der Gottesdienst selbst. Nein, eigentlich auch nicht der Gottesdienst, denn der ließ sich genau so wenig zur Verantwortung ziehen wie irgendein Gott, dem damit gedient sein sollte. Es waren wie immer die Menschen, die die Religion für ihre Zwecke instrumentalisierten. In diesem Fall ein einziger, ganz bestimmter Mensch. Nämlich jener, der entgegen der vom alten Direktor Dippelbauer erlassenen Gottesdienstamnestie dieses Relikt aus schwarzer Vorzeit wieder eingeführt hatte.

„Wie war der Gottesdienst?", fragte die Lehrerin jetzt Gabriele und Markus, die als Erste – endlich! – zur Tür hereinkamen.

„Okay", lautete Markus' lapidare Antwort.

„Ganz gut", meinte Gabriele und gab genauere Auskunft, indem sie sogar die Verspätung erklärte. „Die zweiten Klassen haben so einen schönen Chorgesang einstudiert, der aber leider ein bisschen länger als normal gedauert hat. Tut uns leid, dass wir erst jetzt kommen. Wo sind die anderen?" Gabriele blickte sich suchend um.

„Gott weiß", seufzte Cäcilia Zeppezauer, obwohl sie es mit Gott gar nicht so zu haben schien, denn sonst wäre sie wohl selbst bei der

Schulmesse gewesen. Aber vielleicht meinte sie auch einen anderen Gott, der sich für die außerhalb des ökumenischen Gottesdienstes stattfindenden Dinge zuständig fühlen sollte.

„Ein paar habe ich im Lehrertrakt stehen sehen", sagte Markus.

„Ich hab's befürchtet", kommentierte die Klassenvorständin diese spärliche Information, wofür sie von den beiden Schülern einen fragenden Blick erntete.

„Es hat in den Ferien einen Todesfall gegeben ..." Sie brach ab.

„Ah, die schwarze Fahne", meinte Gabriele.

„Ja, die schwarze Fahne."

„Wer?", wollte Gabriele verständlicherweise wissen.

Da betrat Kevin das Klassenzimmer und ihm folgte nach und nach der ganze Rest der 7a. Als endlich alle Schüler auf ihren Plätzen saßen – auf Plätzen, die nach den geringfügigen personellen Veränderungen, bedingt durch Abgänge und Repetenten, wieder einmal neu vergeben werden mussten –, begann Frau Cäcilia Zeppezauer ihre Begrüßungsrede, die so anders ausfallen musste als in den vergangenen Jahren.

„Es hat in den Ferien einen Todesfall gegeben", wiederholte sie ihre Worte von vorhin.

„Professor Glück", ertönten ein paar Stimmen.

„Ja, Professor Eckart Glück. Ich sehe, ihr habt es bereits gelesen."

Ausnahmsweise lauschten die Schüler gebannt oder hätten gerne den weiteren Worten der Lehrerin gelauscht. Jedoch sprach sie nicht weiter. So souverän Cäcilia Zeppezauer sich nach außen gab, so empfindsam war sie hinter der gestrengen Fassade. Und dieser Unglücksfall ging ihr zu Herzen. In der Zeitung las man darüber hinweg, nahm solche Kurznotizen höchstens am Rande, wo sie ja auch meistens positioniert waren, wahr. Ein Toter, ein Verletzter oder zwei, leicht oder schwer – was machte das schon aus, wenn es jemanden betraf, dem man noch nie in seinem Leben begegnet war und, im Falle eines Todesopfers, auch nicht mehr begegnen würde?

Aber Eckart Glück war sie zwangsläufig begegnet: auf dem Gang, im Konferenzzimmer, bei Besprechungen. Und auch wenn sie nicht mehr miteinander zu tun gehabt hatten – Mathematik und Musik harmonierten nur theoretisch miteinander –, fiel es ihr jetzt doch schwer, zu den Schülern über seinen Tod zu sprechen. Zumal man bei sechzehn- bis achtzehnjährigen Gymnasiasten nicht wissen konnte, wie sie auf den Tod eines Lehrers reagieren würden. Ob sie Eckart gemocht hatten? Grundsätzlich, überlegte Cäcilia Zeppezauer, hatten Musiklehrer wahrscheinlich größere Chancen, von ihren Schülern gemocht zu werden, als Mathematiklehrer. Aber hundertprozentig sicher war sie sich nicht, Wahrscheinlichkeit hin oder her.

Dazu kam das Alter. Nein, nicht das des Toten, obwohl es ihn natürlich ungewöhnlich jung erwischt hatte. Wenn jemand vor der Pensionierung starb, war das zwar für den Staatshaushalt ein Glücksfall, in Bezug auf die allgemein übliche Lebensplanung aber eindeutig zu früh. Sorgen machte Frau Zeppezauer darum das Alter der Schüler. In dieser Phase ihres Lebens musste man bei Jugendlichen mit absolut allem rechnen. Mit blöden Sprüchen über den Verstorbenen ebenso wie mit unverhältnismäßigen emotionalen Reaktionen, die da wären: Weinkrämpfe, lautes Klagen oder – im besten Fall – Verstummen, das womöglich über Tage hinweg anhielt, was dann auch irgendwann lästig wurde. Mit Psyche und Psychologie bei Jugendlichen tat die Lehrerin sich zugegebenermaßen schwer. Wie leicht konnte man hier etwas falsch machen.

„Es war ein Unfall", erklärte sie und ging zur Tagesordnung über, die den provisorischen Stundenplan der kommenden Tage, die Ausgabe der Bücher für das neue Schuljahr und als schwierigsten Punkt die endgültige Sitzordnung beinhaltete.

„Was glaubt ihr, was das für ein Unfall war?" Matti war Erika und Johanna nachgeeilt, die nach der Unterrichtsstunde mit der Klassenvorständin, die eher eine Besprechung gewesen war, insofern Frau Zeppezauer sie besprochen, also ihnen alle ihrer oder der Direktorin Meinung nach wichtigen Informationen mitgeteilt hatte, den Klassenraum möglichst schnell verlassen hatten. Die vermutliche Absicht hinter ihrem eiligen Abgang war das Bedürfnis, die Neuigkeiten allein beziehungsweise unter vier Freundinnenaugen zu diskutieren. Eine Absicht, die Matti, die sich jetzt zwischen die beiden drängte und sich gut gelaunt einzuhängen versuchte, boykottierte.

„Nun, was meint ihr?", hakte sie nach, da weder Erika noch Johanna sie einer Antwort würdigten.

„Weiß nicht", sagte Erika schließlich gedehnt, „kann alles Mögliche gewesen sein."

„Sicher", entgegnete Matti, die an der Klärung des Falls brennend interessiert schien. „Auch eine Überdosis ist ja oft nur ein Unfall. Wenn man Pech hat ...“

„Du mit deinen Drogengeschichten!“, blaffte Johanna sie an, wobei unklar blieb, ob sie damit Mattis Gerede über einen möglichen Drogenmissbrauch oder gar eine Drogenabhängigkeit des verstorbenen Musiklehrers meinte oder sich auf Mattis eigene Erfahrungen auf diesem Gebiet bezog, mochte es sich bei diesen Erfahrungen nun um tatsächlich erlebte oder nur um vorgebliche handeln.

„Was?“, fauchte Matti zurück. „Immerhin hat der Mist die ganze Schule geflasht.“ Sprach's, machte sich von den beiden Klassenkolleginnen los, drehte sich beleidigt um und ging. Wohin auch immer. Erika und Johanna interessierten sich jedenfalls nicht sonderlich dafür. Genau genommen interessierten sie sich gar nicht dafür, sondern waren einfach nur froh, Matti losgeworden zu sein. Besonders Johanna.

„Was, glaubst du, war es wirklich?“, fragte Erika sie.

„Keine Ahnung. Bei einem Unfall denke ich immer ans Auto, aber ich weiß gar nicht, ob der Glück überhaupt eines hatte. Vielleicht hatte der nur ein Fahrrad oder so.“

„Ich habe ihn nie fahren gesehen, weder mit dem einen noch mit dem anderen. Aber das heißt nichts. Wenn er in Bad Au wohnt ...“

„Gewohnt hat“, warf Johanna ein.

„Ja, gewohnt hat“, korrigierte sich Erika, „dann hat er vielleicht einfach keines gebraucht, um in die Schule zu fahren.“

„Manchmal braucht man kein Fahrzeug und fährt trotzdem.“ Johanna warf der Freundin einen verschmitzten Blick zu.

„Du meinst ...“, entgegnete Erika, verstummte aber gleich wieder.

„Ja, ich meine“, bestätigte Johanna die unvollendete Frage und fuhr fort: „Was ist eigentlich mit deiner Vespa? Hast du die Lust daran verloren oder warum bist du nur einmal damit in die Schule gefahren?“ Scherzhaft fügte sie hinzu: „Ich kann mir nicht vorstellen, dass sie an diesem einen Tag schon alle von der Ersten bis zur Achten gesehen und ausreichend bewundert haben.“

Erika schien einen Augenblick lang nicht zu wissen, ob sie der Freundin die Neckerei übel nehmen oder großzügig darüber hinwegsehen sollte. Sie entschloss sich für eine dritte Möglichkeit. „Weißt du, nach dem Unfall“, begann sie, „da habe ich mich so geschämt.“

„Aber es war doch nicht deine Schuld!“, rief Johanna gleichermaßen entsetzt wie irritiert. „Oder?“

„Nein, war es nicht, aber die haben gesagt, dass es meine Schuld
war.“ Erika drehte den Kopf zur Seite, als würde sie immer noch
von Schuldgefühlen geplagt werden.

„Deine Schuld?“ Johanna starrte sie mit weit aufgerissenen Augen
an, viel weiter als vorhin, als Erika mit verstörtem Gesicht hinter
Matti aufgetaucht war und gesagt hatte, dass die schwarze Fahne
Professor Glücks wegen vor dem Eingang der Schule aufgezogen
worden war. „Wie ist denn so etwas möglich?“

„Ich bin angeblich zu dicht aufgefahren. Dabei hat der Idiot mich
geschnitten und ist dann auf die Bremse gehampelt, sodass ich ihm
ins Heck gekracht bin.“

Falls das überhaupt möglich war, schaute Johanna die Freundin
jetzt noch entgeisterter an. „Aber damit bringt man doch niemanden um“, stammelte sie, „ich meine, doch nicht mit einer Vespa!“

„Umbringen?“ Nun war Erika an der Reihe, dumm aus der Wäsche zu schauen. Dann verstand sie. „Oh Gott, nein, nicht, was du
glaubst. Mit dem Tod von Glück habe ich nichts, wirklich nicht das
Geringste zu tun. Ich habe keine Ahnung, was da passiert ist.“

„Hast du nicht?“ Jetzt verstand Johanna gar nichts mehr.

Das konnte sie auch nicht, denn Erika hatte ihr nie etwas von
dem Vespaunfall im vergangenen Frühling gesagt, bei dem sie von
einem BMW geschnitten worden war, sodass die kleine rote Vespa,
die erst einen Tag davor zugelassen worden war, an dessen Heck
zerschellte. Nicht, dass Erika vergessen hätte, der Freundin davon
zu erzählen, das hatte sie ganz bewusst unterlassen, eben aus Scham.
Aber jetzt hatte sie vergessen, dass sie es Johanna nicht gesagt hatte.
Oder vielleicht nicht unbedingt vergessen, sondern vielmehr erfolg-
reich verdrängt. Auch aus Scham, die diesmal immerhin begründet
war, denn der besten Freundin etwas absichtlich zu verschweigen,
war wirklich keine Sache, auf die man als Sechzehn- oder Siebzehnjährige stolz sein sollte. Wie übrigens auch im späteren Leben nicht.

Bei einem Verkehrsunfall als schwächere Partei übervorteilt zu
werden, war hingegen etwas, dessen sich eigentlich die andere Seite
schämen sollte. Nur empfand Erika das nicht so. Deshalb das lange
Schweigen. Und das Vergessen, das sich übrigens auch ein bisschen
auf Johanna auswirkte. Nein, Erika hatte die Freundin nicht ver-

gessen, selbst wenn diese in den vergangenen Monaten mitunter diesen Eindruck gehabt haben mochte. Nein, Johanna hatte selbst vergessen, dass Erika ihr, zugegeben in weniger als der gebotenen Kürze, mitgeteilt hatte, dass die Vespa kaputt wäre. Wenigstens hatte sie auf Johannas Frage nach dem geliebten Roller genau dieses Wort zur Antwort gegeben: kaputt. Was den Schluss, dass Erika damit den Zustand der Vespa beschrieb, nahelegte. So viel also zum Vergessen. Schweigen konnte Erika jetzt aus nachvollziehbaren Gründen nicht mehr. Dafür hatte sie schon zu viel gesagt.

„Also", begann sie deshalb, holte noch einmal tief Luft und erzählte Johanna in der Folge endlich von dem dummen Unfall, bei dem ihre neue, gebraucht gekaufte PK50 am zweiten Tag der Anmeldung kaputt gegangen war und für den sie, Erika, die Schuld bekommen hatte. Den – minimalen – Schaden am gegnerischen BMW hatte natürlich ihre Versicherung bezahlt, doch für den Schaden an der Vespa hatte sie selbst aufkommen müssen. Oder hätte sie müssen, denn tatsächlich waren alle ihre Ersparnisse in die Anschaffung des heiß ersehnten Fahrzeugs geflossen.

„Das heißt, du bist seither gar nicht gefahren und wirst es auch nicht mehr tun?" Johannas Mitgefühl war deutlich zu vernehmen.

„Nicht ganz", gab Erika zu. „Gefahren bin ich lange nicht. Ist gar nicht gegangen, ich habe schon Mühe gehabt, die Vespa nach Hause zu schieben. Aber im Sommer habe ich sie dann reparieren lassen. Nur", meinte sie und ihre Stimme klang noch eine Nuance leiser, verschämter, „habe ich mich seither nicht getraut, mit der Vespa in die Schule zu fahren."

„Sicher", pflichtete Johanna bei, „so ein Unfall kann jederzeit wieder passieren."

„Ja, natürlich", erwiderte Erika, „und dieser Typ, Martin hat er geheißen, hat wirklich kurz drauf wieder einen Unfall gehabt und jetzt ist er tot."

„Echt?"

„Ja", bestätigte Erika lapidar. Mehr sagte sie nicht, vielleicht wieder einmal aus Scham, nämlich aus Scham über die Freude am Unfalltod des Herrn Martin.

Johanna schien zu spüren, dass sie an dieser Stelle nicht weiterfragen sollte, und kam deshalb auf Erikas PK50 zurück. „War sicher teuer, die Reparatur deiner Vespa."

„Ja", musste Erika zugeben, „aber ein netter Mechaniker hat sie mir schwarz repariert, damit das weniger kostet."

„Woher kennst du denn einen Mechaniker, der dir das macht?", erkundigte Johanna sich.

„Der Glück hat ihn mir vermittelt", erklärte Erika, wobei sie auch dieses Mal einen Teil der Zusammenhänge verschwieg.

„Echt? Wieso hat der denn so intensive Kontakte zu Mechanikern ... gehabt?", überlegte Johanna. Und weiter grübelte sie, warum Erika den Musiklehrer ins Vertrauen gezogen, ihr selbst, Jojo, aber nicht ein Sterbenswörtchen verraten hatte. Doch sie unterdrückte die aufkeimende Eifersucht und formulierte stattdessen eine Schlussfolgerung, von der sie hoffte, dass sie einigermaßen klug und schlüssig war. „Das heißt, der Glück hatte über Umwege mit deinem Unfall zu tun, du aber nicht mit seinem. Wenn er enger mit einem Mechaniker bekannt ist ... äh, war, dann hatte er bestimmt ein Auto. Und mit diesem Auto wird er tödlich verunglückt sein." Sie sah Erika erwartungsvoll an. „Habe ich es getroffen?", fragte sie.

„Ich denke schon", meinte die beste Freundin.

Die Schule war also, in Mattis Worten, geflasht. Auf jeden Fall waren viele Schüler aufgrund von Professor Glücks Unfalltod aufgewühlt und unruhig, sodass der Verstorbene noch volle drei Tage das Gesprächsthema Nummer eins war. Selbstverständlich hatte sein unerwartetes Ableben auch für Unruhe und Nachdenklichkeit innerhalb der Lehrerschaft gesorgt. Allerdings waren die Kollegen bereits in den Ferien darüber informiert worden, damit sie die Nachricht verarbeiten, sich eventuell bei der Beerdigung sehen lassen und schließlich entsprechend gefasst vor die Schüler treten konnten. Soll noch einer sagen, Lehrer hätten den Sommer über nichts zu tun.

Zu tun hatte allerdings vor allem die Schulleitung. Nein, nicht mehr der endlich in den Ruhestand getretene Herr Professor Dippelbauer, sondern die neue Direktorin, die hierbei sogleich ihre organisatorischen und sozialen Kompetenzen unter Beweis stellen konnte. Ihr zur Seite stand natürlich die langgediente Sekretärin, Frau Drescher. Es galt, innerhalb von zwei, maximal drei Wochen einen neuen Musik- und einen neuen Deutschlehrer zu finden – den einen für eine Festanstellung, den anderen nur vertretungsweise. Hoffentlich zumindest. Denn obwohl Eckart Glück im Zweitfach Deutsch hätte unterrichten dürfen, hatte er sich doch lieber nur auf die Musik beschränkt. Hier hatte er seine eigentliche Stärke gesehen, sofern die vermeintliche Stärke nicht nur aus der seltenen Abwesenheit einer Schwäche resultierte. Deutsch war ihm das erforderliche Zweitfach an der Universität gewesen. Denn wie ihm die Musik so natürlich, selbstverständlich und notwendig wie das Atmen erschienen war, so hatte auch die deutsche Sprache zu seinem Alltag gehört. Sie allein aus diesem Grund aber auch zu unterrichten, hatte er nicht für nötig erachtet.

Deshalb also wurde am Bad Auer Gymnasium nur nach einem Deutschlehrer als Vertretung gesucht, wobei dieser vorzugsweise eine Deutschlehrerin, also weiblich sein sollte. Nicht etwa, weil die Vertretung aufgrund ihres letzten Gliedes feminin war und man solch ungesicherte Vertretungen daher passenderweise Frauen zuschanzen wollte, sondern aus Gründen der Gleichbehandlung. Von allen Geschlechterfragen abgesehen, hoffte man einfach, dass Maria Liliencron bald aus dem Krankenstand zurückkommen würde.

Es war nämlich nicht allein Eckart Glück gewesen, der bei dem Unfall zu Schaden gekommen war, wenngleich sein Schaden wahrscheinlich als der ungleich größere bezeichnet werden sollte, hatte der Gute dabei doch sein Leben verloren.

Der Gute. Wir beschränken uns an dieser Stelle auf das substantivierte Adjektiv, da die Entscheidung für ein dazu passendes Substantiv womöglich eine langwierige und darum tunlichst zu vermeidende Diskussion heraufbeschwören würde. Könnte man von Eckart Glück als einem guten Musiklehrer sprechen? Von den Schülern wäre wohl kaum eine einstimmige Antwort zu erwarten gewesen, genau so wenig wie die Musikerkollegen unisono mit „Ja" gestimmt hätten, zumindest nicht, bevor Eckart Glück aus dem Leben gerissen worden war. War er ein guter Sohn gewesen? Dazu müsste man seine Eltern befragen. Der Herr Papa war zwar selbstverständlich beim Begräbnis dabei gewesen, aber es hätte natürlich keinen guten Eindruck gemacht, diese Frage gerade dort zu stellen. Genauso wenig wie die Frage nach der möglichen Güte des Bruders übrigens. Ein guter Musiker vielleicht? Das war unwahrscheinlich, denn sonst hätte Eckart Glück in diesem Bereich Karriere gemacht und sich nicht mit dem Lehramt – so gerne er auch unterrichtet haben mochte – herumgeschlagen. Ein guter Freund? Da man im näheren Umkreis niemanden fand, der sich als Freund Eckart Glücks ausweisen konnte, musste die Beweisführung in dieser Hinsicht aus Mangel an Zeugen abgebrochen werden. Womöglich ein guter Liebhaber? Ich bitte Sie, wir wollen doch nicht indiskret sein! Und sollten wir es dennoch sein wollen, so erlauben wir uns nicht, es zu zeigen. Besonders nicht in einer solchen Situation.

Deshalb also hatte der Gute sein Leben verloren. Nein, natürlich nicht wirklich deshalb, sondern weil er in einem Anfall akuter Geistesabwesenheit auf die Straße getreten und von einem Auto über den Haufen gefahren worden war.

Auch das Auto war beschädigt worden, weil sich nach einem in doppelter Hinsicht missglückten Ausweichversuch eine Hausmauer als stabiler denn eine Motorhaube erwiesen hatte. Dieser Schaden war selbstverständlich nicht tödlich gewesen, weil ein Auto entgegen der Meinung einzelner Fanatiker naturgemäß nicht lebte, folglich auch nicht sterben, höchstens Totalschaden erleiden konnte. Und auch dann litt in der Regel nicht das Auto, sondern dessen Besitzer. Da es sich aber nicht einmal um einen Totalschaden handelte, konnte die Haftpflichtversicherung des Toten das Materielle mit Leichtigkeit ausbügeln beziehungsweise ausbeulen lassen, sobald das endgültige Urteil in dieser Sache gesprochen wäre.

Das Problem war viel eher, dass das Auto auch von jemandem gelenkt worden war. Und dieser Jemand war zu ihrem Leidwesen niemand anderer als Maria Liliencron gewesen.

„Maria Liliencron", sagte die neue Direktorin, Frau Magister Glaunigg-Althoff, „wird für die Zeit ihrer Abwesenheit im Deutschunterricht von Monika Schwaiger vertreten. Die Geografiestunden hat dankenswerterweise Herr Professor Kuntz übernommen."

Bei der Erwähnung ihres Namens hatte sich Monika Schwaiger, eine junge Kollegin mit sympathischen Gesichtszügen, erheben wollen, um die ihr bislang fremden Lehrer des Gymnasiums in Bad Au wenigstens mit einem Kopfnicken zu begrüßen, doch Bettina Glaunigg-Althoff schien keinen Wert darauf zu legen, sondern sprach ungebremst weiter.

„Durch die Pensionierung von Herrn Direktor Dippelbauer hat diese Schule die Chance auf Modernisierung und Fortschritt bekommen. Ich möchte Sie gleich zu Beginn des Schuljahres mit meinen Konzepten vertraut machen."

„Die kommt aber nicht aus der Gegend", murmelte der Deutschlehrer Ernst Braunsfelder und sah seinen Kollegen Kuntz fragend an. Dieser zuckte die Schultern und schürzte, Unwissenheit ausdrückend, die Lippen. „Klingt verdächtig nach Kärnten", raunte der für Sprachvarianten hellhörige Germanist dem an Ländergrenzen interessierten Alfred Kuntz ins Ohr.

Nachdem die Schüler an diesem ersten Tag des neuen Schuljahres nach nur zwei Stunden – einer Stunde Gottesdienst und einer Stunde Unterricht – entlassen oder vielmehr mit allen eventuellen Fragen zum Unfalltod des Musiklehrers Glück allein gelassen worden waren, war für die Lehrer der Arbeitstag noch nicht zu Ende. Genau genommen fing er erst an. Denn wenn es nach zehn, zwanzig oder auch nur fünf Unterrichtsjahren zu ihrem Alltag gehörte, vor den Schülern zu stehen, so war es doch etwas anderes, nach dreißig Jahren unter der Leitung von Herrn Professor Dippelbauer plötzlich vor einer neuen Direktorin eine gute Figur abgeben zu müssen.

Und das wollten sie alle, eine gute Figur abgeben, selbst wenn die Ansichten darüber, was dies im konkreten Fall bedeuten mochte, diametral auseinandergingen. Die Gründe für die Unterschiede bezüglich des Wesens einer guten Figur lagen, wie sich denken lässt, einerseits in den unterschiedlichen Zielen, die von den einzelnen Gliedern des Lehrkörpers verfolgt wurden. Während nämlich die eine hoffte, als Liebling oder Vertraute der Frau Direktor von deren Macht zu profitieren, war der andere ängstlich darauf bedacht, seine Querulantenrolle nicht zu gefährden. Während der eine durch seinen Einfluss auf die Neue versuchen wollte, die eigene Karriere zu fördern, ohne selbst ins Kreuzfeuer zu geraten, hoffte eine andere bei der Durchsetzung ihrer schulpolitischen Ziele auf die Unterstützung der Direktorin. Und manch seltsamer, an Politik gänzlich uninteressierter Vogel steckte wohl auch den Kopf in den Sand und versuchte nur rein körperlich, sämtliche Kriterien einer guten, also durchtrainierten, glattrasierten und solariumgebräunten Figur zu erfüllen.

Einerseits. Andererseits wusste niemand oder doch so gut wie niemand Genaueres über diese Bettina Glaunigg-Althoff, die da so plötzlich den alten Dippelbauer ersetzt hatte. Unerwartet war die Ersetzung oder Absetzung nicht etwa deshalb gewesen, weil der betagte Herr Direktor mit seinen siebenundsechzig noch einige Jahre in seinem Amt vor sich gehabt hätte. Dass dies nicht der Fall gewesen war, hatte er in den letzten zwei Jahren, als er um seinen Posten hatte kämpfen müssen, selbst schmerzlich festgestellt. Aber bei alten, bei so richtig alten Menschen glaubt man irgendwann nicht mehr, dass sie doch einmal sterben müssen, weil sich ihre Methusalemhaftigkeit nur dadurch erklären lässt, dass der Tod sie vergessen hat. Und ebenso ließ sich auch für die Lehrer des Gymnasiums in Bad Au das dem Pensionsalter trotzende Verharren Direktor Dippelbauers nur durch die Vergesslichkeit der Landesschulleitung erklären. Was mochte dem Gedächtnis des Landesschulrats auf die Sprünge und dem alten Dippelbauer zum Absprung verholfen haben? Denn dass der Direktor freiwillig den Hut genommen hatte, konnte sich niemand der ehemaligen Kollegen und Untergebenen vorstellen.

Diese beinahe allgemeine Unwissenheit in Bezug auf die näheren Umstände des Wechsels sowie die Wesenszüge der neuen Direktorin bedingte also genauso wie die unterschiedlichen Charaktere der einzelnen Lehrer die unterschiedlichen Figuren, die in der Hoffnung, dass sie gute sein mögen, abgegeben werden wollten. Mit anderen Worten: Die Lehrer des Bad Auer Gymnasiums hegten alle unterschiedliche Pläne, weil jeder ein anderes Ziel verfolgte und dabei doch keiner von ihnen die neue Direktorin kannte.

Letzteres war dieser natürlich bewusst, weshalb sie sich zu Beginn der Lehrerversammlung kurz und, wie sie fand, ausreichend herzlich vorgestellt hatte. Bettina Glaunigg-Althoff. Sehr erfreut. Große Ehre, als Frau langjährigen und mehr als verdienten Herrn Direktor Oberstudienrat Dippelbauer abgelöst zu haben. Blick auf die Zukunft unseres Landes – hier folgten die Konzepte, mit denen die Frau Direktor die Bad Auer Lehrerschaft jetzt bekannt machte. Kompetenzen fördern. Potenziale nutzen. Ordnung halten. Und so weiter. Sehr angenehm, fand die neue Direktorin.

Sie fuhr sich mit der Hand durch die langen, dunkelrot gefärbten Haare, die ihrer kleinen schlanken Gestalt etwas Hexenhaftes verliehen. Interessant, wie die Assoziationen auseinandergingen: Während Mattis blonde Mähne das junge Mädchen mit dem trügerischen Nimbus eines Engels umgaben, verlieh die dunkelrote

Mähne der neuen Direktorin die Aura einer Hexe. Das fand Cäcilia Zeppezauer, die freilich auch bei Matti oder Mathilda Sedlacek, wie sie vollständig hieß, nicht an einen Engel dachte. Dafür glaubte sie, den Charakter unter der Haarpracht gut genug einschätzen zu können.

„Übrigens begrüße ich es außerordentlich, wenn Sie, meine lieben Kolleginnen und Kollegen, gemeinsam mit Ihren Schülerinnen und Schülern Ausflüge beziehungsweise Exkursionen zu pädagogisch wertvollen Destinationen unternehmen."

Die in die Breite gezogenen Mundwinkel wollten dieser verbalen Aufforderung möglicherweise eine nonverbale Aufmunterung hinterherschicken. Vielleicht nahm Bettina Glaunigg-Althoffs Gesichtsmuskulatur aber auch nur Anlauf für das wahre Kanonenfeuer an Punkten, die von den Lehrerinnen und Lehrern für den Fall, dass sie die Realisierung einer Exkursion in Erwägung zögen, zu beachten waren. Sie hier in ihrer Vollständigkeit anzuführen, würde bei den Lesern und Leserinnen bestimmt ebenso große Langeweile hervorrufen, wie es bei den versammelten Lehrern und Lehrerinnen Entsetzen verursachte. Hatte der Aufwand für eine Exkursion oder einen hübsch altmodischen Wandertag bisher in deren oder dessen Organisation und Durchführung bestanden, sollten diesem vergleichsweise einfachen Prozedere in Zukunft eine Antragsstellung inklusive Motivationsschreiben und pädagogischer Begründung vorausgehen sowie eine Reflexion über Durchführung, Umsetzung und Erreichen oder Verfehlen der Lernziele folgen.

„Eine was?", fragte Kollege Braunsfelder flüsternd den neben ihm sitzenden Alfred Kuntz.

„Eine Reflexion", wiederholte dieser und fügte, als Braunsfelder ihn mit zwei großen Fragezeichen in den runden Augen ansah, hinzu: „Das heißt, du sollst darüber nachdenken, ob die Exkursion gelungen oder danebengegangen ist."

„Ah ja", antwortete Ernst Braunsfelder für alle vernehmbar.

Fragen
des Gleichgewichts

Unter den Strahlen der immer noch erstaunlich warmen Nachmittagssonne zog Maria Liliencron im großen Becken des Bad Auer Thermalbades ihre Bahnen. Groß war das Becken eigentlich nur im Vergleich zu dem anderen, noch kleineren zu nennen. Aber was musste schon groß sein in Bad Au? So richtig große, knallblau gestrichene und mit Chlorwasser gefüllte Schwimmbecken hätten gar nicht zu dem alten Kurbad gepasst, wo man zwischen den schon leicht angewitterten steinernen Treppen und Balustraden den Geist der guten alten Zeit atmen zu hören glaubte. Vielleicht war es aber auch nur der Wind, der durch die große Platane strich, die mit ihren ausladenden Ästen die Liegewiese überspannte und an heißen Sommertagen für willkommenen Schatten sorgte.

Die heißen Sommertage waren für diese Saison allerdings vorbei. So schön der September sich auch präsentierte, das Gold des Lichts verriet doch unleugbar den nahenden Herbst. Wie oft würde sie noch hier im erfrischenden Wasser hin und her schwimmen können, überlegte Maria Liliencron, hin und her? Die Gleichmäßigkeit der Schwimmbewegungen war ihr früher immer als zu eintönig erschienen. Dass es junge Menschen gab, die von dieser Sportart begeistert waren, hatte sie schwer nachvollziehen können. Zumal sie es schon in ihrer Jugend nicht geschätzt hatte, nass zu werden. Darüber hinaus war das Wasser im Bad Auer Thermalbad entsetzlich kalt, was die Lehrerin zu der Erkenntnis gebracht hatte, dass ein Thermalbad nicht zwangsweise warm sein musste, dass die Bezeichnung den Laien, der dabei an Therme und Wärme und Wellness dachte, also ganz schön oder eher unschön in die Irre führen konnte.

Dass Maria Liliencrons Weg ins Thermalbad geführt hatte, lag eigentlich auch nur an Elfriede Hirschhauser, ihrer Therapeutin.

Meine Therapeutin, dachte die Lehrerin und wunderte sich insgeheim darüber, dass sie so etwas in Bezug auf sich selbst überhaupt denken konnte. Ihre Therapeuten waren vielleicht ein beliebtes Gesprächsthema reicher amerikanischer Hausfrauen der Upperclass, die ihr beziehungsweise ihrer Männer Reichtum und die daraus resultierende Langeweile unweigerlich in die Depression getrieben hatten und die nun gemeinsam mit diesen ihren Therapeuten verzweifelt auf der Suche nach einer Seele waren, die sie für viel Geld streicheln lassen konnten. Aber sie, Maria Liliencron, und eine Therapeutin? Das wollte nicht zusammenpassen.

Doch nach dem schrecklichen Unfall im August war es keine Frage von Wollen oder Nicht-Wollen mehr gewesen. Ohne Therapeuten – oder in ihrem Fall: ohne Therapeutin – wäre sie an dem Geschehenen zerbrochen. Deshalb war sie, falls sie nach Eckarts Tod überhaupt noch hatte stehen können, nicht vor der Frage gestanden, ob, sondern nur wo sie einen Therapeuten suchen sollte.

Doch in solchen Situationen konnte man sich beinahe zu hundert Prozent auf die wahren Freundinnen verlassen. Auf diejenigen nämlich, die einen in seinem Leid nicht allein ließen, sondern dem weisen Spruch folgten, dass geteiltes Leid halbes Leid sei. Und um es miteinander zu teilen, war kein Leid zu groß. Jede Freundin wollte helfen und kam mit guten Ratschlägen: Psychotherapie, Hypnose, Yoga, Tai Chi, Chi Gong und Familienaufstellung und NLP, was die Germanistin Maria Liliencron als „Neuerdings labile Persönlichkeit" übersetzte und daher maximal als Diagnose, nicht aber als Methode oder Therapieform gelten lassen wollte. Mit einer letzten Aufbietung ihrer psychischen Kräfte war sie schließlich von Pawlow zu Pilates gelaufen. Und endgültig zusammengebrochen.

Natürlich fehlte zwischen dem endgültigen Zusammenbruch und dem Wiederauftauchen im Thermalbad noch mindestens ein Zwischenschritt. Und dieser Zwischenschritt hieß Elfriede Hirschhauser. Genau genommen hatte er zuerst Doris geheißen und dann erst Elfriede Hirschhauser, was nicht an einer etwaigen Namensänderung lag, sondern schlicht daran, dass sich Doris unter allen fürsorglichen Bewerberinnen für die Rettung des liliencronschen Seelenheils durchgesetzt und die Zusammengebrochene zu der unweit praktizierenden Psychologin Elfriede Hirschhauser, einer Bekannten aus Studientagen, geschleppt hatte.

Dort war die Lehrerin oder Lenkerin, nämlich des Unfallfahrzeugs, als psychisches Wrack angekommen, bevor sie langsam wieder zu sich selbst kam. *Kam* im Präteritum als jenem Tempus, das in einer anständigen Erzählung – und um eine solche handelt es sich hier selbstverständlich – die Gegenwart symbolisiert. Im Präteritum also, denn noch war Maria Liliencrons Prozess des Zu-sich-selbst-Kommens nicht abgeschlossen, weshalb noch nicht im Plusquamperfekt von ihm gesprochen werden kann. Wenn die Betroffene ehrlich zu sich selbst war – und ehrlich zu sich selbst oder wenigstens zu ihrer Therapeutin zu sein, war eines der Hauptziele der Therapie, es kam gleich nach der Wiederfindung des seelischen Gleichgewichts und der Verarbeitung des Erlebten, das ein anderer nicht überlebt hatte. Wenn die Deutschlehrerin im psychisch bedingten Krankenstand also ehrlich zu sich selbst war, bedauerte sie ihre momentane Lage nicht allzu sehr. Nein, nicht die Rückenlage, in der sie sich von einer Seite des Beckens zur anderen bewegte, immer einen Arm nach dem anderen hebend, über die Schulter führend und etwas über Kopfhöhe wieder ins Wasser eintauchend. Sondern die berufliche Lage, in der sie sich zu Beginn dieses Schuljahres befand. Die berufliche, die eigentlich eine rein private Lage war, weil sie für die Dauer des Krankenstands natürlich vom Unterricht befreit war und erstmals im Leben Zeit für sich selbst hatte, da auch ihre Tochter Iris bei ihren, Marias, Eltern untergebracht war. Das konnte eigentlich nicht als ideal bezeichnet werden, weil die Eltern Liliencron die Tochter über ihr Unglück angesichts der Existenz der Enkelin keinen Augenblick im Zweifel gelassen hatten. Aber auch für die Mutter war die Situation alles andere als ideal gewesen und da musste eben jeder etwas dazu beitragen.

Seinen Beitrag hatte Heinz – Maria drehte sich allein beim Gedanken an diesen Namen der Magen oder die Gebärmutter oder was auch immer um – damals in gewisser Weise auch geleistet, den Antrag dann jedoch einer anderen gemacht, sodass die neunzehnjährige Maria, als sie feststellte, dass sie schwanger war, ihre Sachen gepackt und ein Leben allein oder eigentlich zu zweit, jedenfalls aber nicht zu dritt, begonnen hatte, ohne die unglücklichen Eltern um Hilfe zu bitten.

Gebeten hatte sie sie auch diesmal nicht, sondern diese Aufgabe großzügigerweise Doris überlassen, die in ihrer Helferrolle von Tag zu Tag mehr aufgeblüht war, bis ihre Blütenpracht alles andere überdeckt hatte und Maria Liliencron sich still und leise aus dem Staub hatte machen können. Beziehungsweise auf Elfriede Hirschhausers Rat hin den Sprung ins kalte Wasser des in trügerischer Weise so betitelten Thermalbades in Bad Au gewagt hatte. Erst in jenem Wasser, dessen Kälte ihr bis in die Knochen drang, war sie wieder aufgetaut. Die warme Septembersonne tat ein Übriges. In ihr schmolz der letzte Rest des Bedauerns über die ohnehin entschuldigte Abwesenheit von der Schule dahin.

„Daran könnte ich mich glatt gewöhnen." Maria Calloni streckte sich auf ihrer Liege aus, schloss die Augen und hielt ihr Gesicht in die Sonne.

„So wie du ausschaust, hast du dich eh schon daran gewöhnt – falls du die Sonne und das Nichtstun meinst."

Frau Calloni öffnete träge das rechte Auge. Das linke Lid war etwas lahm aufgrund eines leichten Schlaganfalls, wie er früher oder später fast jeden einmal traf, sofern man nicht zu den Besten gehörte und deshalb jung starb. Da jung zu sterben aber entschieden nicht zu Maria Callonis Lebensplan gehört hatte, hatte sie diesem ersten, zum Glück nur kleinen Schlaganfall nicht ausweichen und ihn nur überleben können. Seine Folgen versuchte sie nun, so gut es eben ging, zu verheimlichen, was ihr dank einiger Erfahrung in Sachen Geheimhaltung unangenehmer Dinge ganz gut gelang. Dass sie in der momentanen Situation nur das eine Auge öffnen konnte, kam ihr geradezu entgegen, denn auf diese Weise nahm ihr Gesicht einen tendenziell uninteressierten, zumindest gelangweilten Ausdruck an. Als würde sie gewissermaßen über den Dingen und über Lise Vrabec' Bemerkung stehen, obwohl sie eigentlich auf ihrer Badeliege auf der Terrasse des Bad Auer Thermalbads lag.

„Wie meinst du das, liebe Lise?"

„Ich meine gar nichts, liebe Mitzi, außer dass du den Sommer über nicht viel anderes getan hast, als in der Sonne zu liegen und deine alte Haut rösten zu lassen."

„Das ist doch gar nicht wahr", verteidigte sich Mitzi Calloni.

„Womit sie recht hat", mischte sich eine dritte Stimme in die Auseinandersetzung. „Hin und wieder war sie auch im Café Sisi."

„Danke, Gerti", sagte Frau Calloni mit wieder geschlossenen Augen, „obwohl ich nicht sicher bin, ob du das so nett meinst, wie es geklungen hat.“

„Du glaubst doch nicht, dass sie auf deine Figur anspielt, die in den letzten Monaten doch ein bisserl gelitten hat. Immerhin sind die zahlreichen Herrentorten und Punschkrapferl und was weiß ich, was sonst noch, nicht spurlos an dir vorübergegangen“, warf Lise Vrabec ein.

„Du meinst: durch sie hindurchgegangen“, korrigierte die dritte Stimme, die Frau Calloni einer gewissen Gerti zugeschrieben oder vielmehr zugesprochen hatte.

Mitzi Calloni wäre jetzt gerne mit einem Ruck hochgefahren, um die herzlosen Freundinnen für ihre spitzen Bemerkungen mit einem beidäugigen bösen Blick zu strafen, aber das war aus mehreren Gründen nicht möglich. So fügte sie sich wohl oder übel in ihre Rolle der Makrone, Verzeihung, Matrone, der keinerlei Kritik etwas anhaben konnte.

„Pah, in dem Alter ist die Figur doch wurscht“, sagte sie und versuchte, den beleidigten Ton zu unterdrücken, der ihre Worte unbedingt begleiten zu wollen schien.

„Sicher“, meinte Lise Vrabec trocken. „Knackwurscht. Besonders in einem schweinchenrosa Badeanzug, von dem sich deine Haut übrigens schokoladenbraun abhebt.“

„Vergiss nicht, liebste Lise“, erwiderte Mitzi Calloni wieder zuckersüß, „dass du mich jedes Mal ins Café Sisi begleitet hast. Ich bin mir absolut sicher, dass ein paar Stückchen Torte ihren Weg auch auf deinen Teller und, nebenbei gesagt, deine Hüften gefunden haben.“

Hätte die Calloni ihre Augen jetzt geöffnet und sie auf die neben ihr liegende Freundin gerichtet, hätte sie die tiefe Röte entdeckt, die das faltige Gesicht trotz der mittleren Bräune überzog. So aber sah sie nichts. Man konnte seine Augen nicht überall haben.

„Außerdem“, fuhr sie stattdessen fort, „darf ich es mir auf meine alten Tage doch wohl ein bisserl gut gehen lassen.“

„Fang nicht schon wieder mit deinen Ehemännern an“, bat Gerti.

Dabei hätte es über diese Ehemänner viel zu erzählen gegeben, denn immerhin konnte Maria Calloni, geborene Schuster, auf deren drei zurückblicken. Das war in der heutigen Zeit zwar keine große Besonderheit, denn da gab es eine ganze Reihe von Wieder- und

Wieder- und Wiederverheirateten, im Volksmund Wiederholungstäter genannt, obwohl die Ehe an sich ja noch kein Verbrechen darstellte, genauso wenig wie die Scheidung, wenigstens in unseren Breiten nicht. Sie konnte höchstens als perfekter Nährboden für Verbrechen bezeichnet werden, insofern viele Gewalttaten erst aus dem angeblich freiwilligen, tatsächlich aber vielfach gesellschaftlich erzwungenen allzu engen Zusammen-, Nebeneinander- und schließlich Gegeneinanderleben resultierten.

Mit anderen Worten: Allein die Tatsache, dass sie dreimal verheiratet gewesen war, verschaffte Mitzi Calloni noch nicht den Status, den sie bei ihren Freunden, Feinden und weitläufigen Bekannten hatte. Dieser lag zum einen in ihrem Alter begründet. Bei den, laut Hildegard Binsen, zehn Jahren, die österreichische Eheleute durchschnittlich miteinander verbrachten, bevor sie nicht mehr nur das Geschirr, sondern auch das Handtuch warfen – wobei sich das Adjektiv österreichisch rein auf die geografische Lage des gemeinsamen Haushalts bezieht und nichts über Nationalitäten und Migrationshintergründe ausgesagt haben will –, hätten, inklusive einem Jahr der Selbstsuche und Partnerfindung, dreiundfünfzig Lebensjahre ausgereicht, wenn man die erste Heirat mit einundzwanzig ansetzte.

Einundzwanzig Jahre alt war Mitzi Schuster tatsächlich gewesen, als sie ihren Rudolf Bauer geheiratet und damit den Beruf gewechselt hatte, indem sie die wohlbehütende Schwesternrolle aufgegeben und die der treusorgenden Ehefrau angenommen hatte.

Das lag jetzt allerdings schon einundsechzig Jahre zurück, war eigentlich gar nicht mehr wahr, wie man so schön sagte oder wie zumindest Mitzi, geborene Schuster, es die anderen so gerne glauben machen wollte. Denn damals ließ man sich nicht so einfach von seinem Göttergatten scheiden, selbst wenn man den schon lange nicht mehr anbetete, sondern höchstens um ein paar Schilling anbettelte. Auch zehn Jahre nach der Hochzeit ließ man sich nicht so einfach scheiden. Dabei war Mitzi – um Verwirrungen vorzubeugen, verzichten wir vorläufig auf den Nachnamen, wie es auch die weitläufigen Bekannten irgendwann getan hatten, weil sie auf den jeweils aktuellen Stand zu bringen Mitzi bald zu mühsam geworden war.

Mitzi also war zehn Jahre nach ihrer ersten Hochzeit bereits zum zweiten Mal verheiratet. Allerdings ohne geschieden worden zu sein. Das hätte sich nicht gut gemacht. In der kleinen Kurstadt Bad

Au nicht und in dem noch kleineren Bosdorf, wohin sie mit ihrem zweiten Ehemann gezogen war, erst recht nicht. Aber gegen eine wiederverheiratete Witwe konnte niemand etwas sagen, die katholische Kirche nicht und darum auch der liebe Gott nicht. Und nicht einmal die Leute in Bad Au, wohin Mitzi Calloni mit ihrem dritten Ehemann, einem italienischstämmigen Operettensänger, und einigem Widerwillen gezogen war.

Es versteht sich von selbst, dass auch die zweite Ehe nicht durch eine Scheidung beendet worden war. Genauso wenig übrigens wie die dritte. Darin lag der zweite, gewichtigere Grund für Mitzi Callonis Sonderstatus.

Die geborene Schuster und inzwischen schon lange verwitwete Calloni hätte also viel zu erzählen gehabt. Sie erzählte auch viel – manchmal zu viel, wie ihre Freundinnen Lise Vrabec und Gerti Haberhauer, die dritte Stimme im Damenchor, meinten –, aber eben doch nicht alles. Dieses alles hätten die Bewohner von Bad Au auch im 21. Jahrhundert nicht hören wollen. Das heißt, hören hätten sie es schon wollen, aber geschluckt hätten sie es nicht so leicht wie Petra Sandors herrliche Buttercremetorten.

Weil nun das eine nicht gehört werden wollte und das andere nicht geschluckt werden konnte, deshalb nicht gehört werden durfte und in weiterer Folge nicht erzählt werden sollte, schwieg Mitzi Calloni, scheinbar beziehungsweise hörbar oder noch besser unhörbar überlegen, und ließ sich die Sonne auf den schokoladenbraunen Altfrauenkörper scheinen, während im kalten Wasser des großen oder wenigstens größeren Beckens die andere Maria ihre Bahnen zog.

Während Maria Liliencron im Thermalbad Körper und Psyche langsam wieder in Balance zu bringen versuchte, passierte natürlich noch wesentlich mehr, als dass Mitzi Calloni in der Sonne vor sich hin brutzelte. Immerhin gab es auch Menschen, die an diesem Nachmittag, einem warmen Septembernachmittag, genauer einem warmen Septemberdonnerstagnachmittag oder, noch genauer, an einem für diese Jahreszeit noch leidlich warmen Spätseptemberdonnerstagnachmittag, arbeiten mussten.

Zu ihnen zählten beinahe sämtliche Lehrer des Gymnasiums in Bad Au, da seit der Einführung der Fünftagewoche der Unterricht auch nachmittags stattfinden musste, damit es einen triftigen Grund dafür gab, weshalb Lehrer und Schüler sich am Samstagvormittag von den Strapazen der Arbeits- beziehungsweise Schulwoche erholen mussten.

Zu den arbeitenden Menschen zählten weiters Petra Sandor und ihr Mann Istvan, obwohl jener vielleicht gerade sein Nachmittagsschläfchen hielt. Ob er das tat oder aber an der Buchhaltung arbeitete, konnte nicht einmal seine Frau, die derweil den Laden schmiss oder schaukelte, was seltsamerweise auf dasselbe hinauslief, mit Sicherheit sagen. Aber solange es weder mit dem Finanzamt noch mit dem Gebäck Schwierigkeiten gab, interessierte es sie wenig, was ihr Mann an diesem oder jedem anderen Donnerstagnachmittag – die Jahreszeit spielte hier keine Rolle, da Sandors ohnehin keine Ferien hatten und nur ganz selten in den Urlaub zu fahren wagten – tat oder nicht tat. Irgendetwas mit Arbeit würde es schon zu tun haben, dachte sie, während sie Bestellungen aufnahm und Kaffee in Mehlspeisenbegleitung abgab.

Zum arbeitenden Teil der Bevölkerung zählte außerdem Inspektor Obermayer, der bei halb heruntergelassenen Jalousien in seinem Dienstzimmer saß und gegen den Schlaf ankämpfte.

Ein Kaffee wäre jetzt gut, dachte er, aber seit ein paar Tagen rebellierte sein Magen. Gastritis, kam ihm in den Sinn, ein Magengeschwür oder gar Magenkrebs.

Das heißt, eigentlich kam ihm in den Sinn, dass all diese unnötigen Dinge in seinen Magen gekommen sein oder sich zumindest dort breitgemacht haben könnten, um ihm fürderhin den Kaffeegenuss zu vergällen, indem sie die Intensität der latent vorhandenen Magenschmerzen noch steigerten. Freilich, wach gehalten hätten ihn diese Schmerzen dann ganz ohne die zusätzliche Wirkung des Koffeins, aber sie hätten ihn auch von seiner Arbeit abgelenkt. Von seiner Arbeit, die ihn in letzter Zeit ohnehin ein bisschen vernachlässigt hatte. Nein, falsch, von seiner Arbeit, deretwegen er seine Familie in letzter Zeit vernachlässigt hatte. Nein, das stimmte auch nicht, drängte nur gerade in sein Gehirn und verdrängte damit die Angst vor Gastritis und Co, weil seine Frau ihm dies wiederholt vorgehalten hatte, bis er den Vorwurf quasi verinnerlicht hatte. Was er eigentlich dachte oder sich zu denken genötigt sah, war, dass er seine Arbeit in letzter Zeit ein bisschen hatte schleifen lassen. Da er jedoch Polizeiinspektor und kein Baumeister war, hatte das Schleifenlassen seine Arbeit nicht beseitigt, sondern nur aufgeschoben, weshalb sie sich jetzt wie ein Schutthaufen vor ihm auftürmte.

Zum Teil lag das natürlich am Urlaub, aus dem er erst vor vier Tagen zurückgekommen war und der ihm jetzt schon wieder so lange zurückzuliegen schien, dass er sich kaum noch daran erinnern konnte, ihn genossen zu haben. Die erste Woche mit Frau und Sohn und Hunderten anderer Menschen an irgend so einem italienischen Badestrand, die zweite Woche ohne die beiden und mit nur etwa fünfzehntausend anderen in aller Seelenruhe in Bad Au. Zumindest war es so geplant gewesen. Das mit dem italienischen Badestrand – Jesolo oder Bibione oder weiß der Teufel was sonst, irgendwo am Mittelmeer halt – hatte die Familie Obermayer mit Franzens Geld zwar realisiert, aber von Genuss wurde nur gegenüber Freunden und Bekannten gesprochen, die man mit einer Flut qualitativ fragwürdiger Digitalfotografien überschwemmte. Berichte, wie die Quallen aus dem qualitativ ebenfalls fragwürdigen Wasser der Adria den von Touristen verseuchten Strand überschwemmt, spitze Schreie und rote Pusteln hervorgerufen hatten, die, obwohl in der Ferne aufgetreten, hierzulande Wimmerl oder, wenn harmloser, Tupferl genannt wurden und zum Glück rechtzeitig zur Präsentation der Urlaubsfotos wieder abgeklungen waren, hätten die Glaubwürdigkeit der Schwärmereien vom Traumurlaub doch erheblich ins Wanken gebracht.

Hatte die erste Urlaubswoche des Franz Obermayer der Erholung vom Arbeitsalltag gedient, indem sie dem Inspektor zu der Erkenntnis verhalf, dass die Polizeiarbeit im Vergleich zu einem Italienurlaub eigentlich das reinste Granitaschlürfen war, diente die zweite Urlaubswoche der Erholung von der ersten. Er würde die Italienfotos bearbeiten, hatte er seiner Frau mitgeteilt und es ihrer verantwortungsbewussten Persönlichkeit überlassen, den kleinen Jakob zum ersten Mal ins Gymnasium zu bringen, auf das der gerade Zehnjährige seit Anfang September ging. Oder eben begleitet wurde, damit ihm auf dem Schulweg nichts zustieß, er vor allem nicht mit einem Auto, Motorrad oder sonstigem Unheil zusammenstieß.

Das Unheil, das jetzt die Tür zu Inspektor Obermayers Dienstzimmer aufstieß, hatte mit einem Kraftfahrzeug höchstens die Kraft gemein, mit der es, nach einem kraft- und damit verheißungsvollen Anklopfen, die Klinke herunter- und die Tür aufdrückte. Für eine darüber hinausgehende Ähnlichkeit fehlten dem deutlich jüngeren Kollegen, Inspektor Thomas Machacek, aber mindestens zwei Räder. Im Gegensatz zu Franz Obermayer trug er nicht einmal einen dieser monströsen Kugelbäuche vor sich her, wie sie zur Ausstattung beinahe eines jeden Mannes ab Mitte vierzig zu gehören scheinen. Die Mitte vierzig hatte Thomas Machacek inzwischen zwar erreicht, aber selbst nach gut zehn Jahren Polizeidienst in Bad Au hatte er nicht einmal einen Schwimmreifen angelegt, von Rettungsboje alias Kugelbauch ganz zu schweigen.

Beneidenswert, dachte Inspektor Obermayer und sah, halb wohlwollend, halb verdrossen, auf die schlanke, durchtrainierte Gestalt des Kollegen. An dem offensichtlichen Unterschied in Alter und Erhaltungszustand zwischen den beiden Polizeiinspektoren änderte auch das neue Toupet des älteren nichts. Zumal es gar nicht so neu war, sondern gebraucht gekauft. Quasi secondhand oder vielmehr: secondhead, was irgendwie passender war, da Franz Obermayer auch nicht der alleinige Kopf der Polizeidienststelle in Bad Au war.

„Was gibt's, Tom?", richtete er nun träge das Wort an den jüngeren Kollegen, der, wir erinnern uns an die Diskussion zwischen Alois Hirschhauser und Hildegard Binsen, darum nicht mehr unbedingt jung sein musste, aber auch noch lange kein Jünger war. Jedenfalls nicht von Franz Obermayer.

„Einen Mordversuch", preschte Machacek vor, nahm sich, als Inspektor Obermayer skeptisch eine Augenbraue hob, jedoch sogleich wieder zurück. „Zumindest eine Anzeige, die darauf schließen lässt."

„So, so", murmelte Franz Obermayer – nicht weil er einem eventuellen Zweifel an der Anzeige oder der Integrität seines Kollegen Ausdruck verleihen wollte, sondern weil ihm, dessen Gedanken sich immer noch irgendwo zwischen Italien und seinem Magen bewegten, auf die Schnelle nichts anderes einfiel. Bevor einer aber gar nichts sagte, sagte er lieber irgendetwas. Wenn einer nichts zu sagen hatte und dennoch nicht nichts sagen wollte, weil nichtssagende Zeitgenossen tendenziell uninteressant waren, sagte er eben „So, so" oder meinetwegen „Ja, ja", was den Sprecher zwar nicht unbedingt interessanter machte, ihn dem Zuhörer aber wenigstens akustisch und darum körperlich präsent erscheinen ließ. Vielleicht wollte der

So-so- beziehungsweise Ja-ja-Sager dadurch auch ein wenig den Eindruck vermitteln, dass er aufmerksam zugehört hatte.

Das, nämlich aufmerksam zugehört, hatte Inspektor Obermayer in diesem Augenblick eher nicht getan, so ehrlich muss man schon sein. Trotzdem war das Wort Anzeige irgendwie in sein Hirn gesickert und wahrscheinlich auch das Wort Mordversuch, sodass er die Mitteilung des Kollegen nicht unkommentiert im Raum stehen lassen wollte. Immerhin stand im Raum ja schon der Kollege und damit die Quelle der Mitteilung selbst. Dorthin richtete Franz Obermayer jetzt die Frage, die ihm schließlich doch noch durch den Kopf gewandert oder vielmehr spaziert war, da sie auf ihrem Weg kein allzu schwieriges Terrain zu bewältigen gehabt hatte.

„Welchen Tatbestand betrifft die Anzeige denn und von wem wurde sie bestattet?"

Inspektor Machacek stutzte einen Moment, weil man selbst in Bad Au keine Anzeigen bestatten konnte. Das bewiesen die Leute zur Genüge, wenn sie Anzeigen erstatteten oder, in einfacheren Fällen, machten, weil der Nachbar zur Hälfte vor ihrer Einfahrt parkte, ein Motorradfahrer mit angeblich deutlich überhöhter Geschwindigkeit durchs Ortsgebiet gerast war oder sich jemand von einem anderen Autofahrer geschnitten oder auf irgendeine andere Art übervorteilt fühlte.

Seltsam", überlegte Inspektor Machacek, dass die meisten Anzeigen in irgendeiner Weise mit dem Verkehr zu tun haben. Als ob hier die Aggressivität einerseits und die Empfindlichkeit andererseits am größten wären. Vielleicht identifizierten sich die Leute einfach allzu sehr mit ihren Fahrzeugen, sodass ein an sich unbedeutender Kratzer im Lack einer ernst zu nehmenden Verletzung der eigenen faulen Haut gleichkam. Und wenn gar eine Schraube locker war ...

„Gelockerte Radmutter", gab Thomas Machacek dem Kollegen die gewünschte Auskunft. „Eine gewisse Bettina Glaunigg-Althoff, seit Kurzem Direktorin am Gymnasium, hat die Tat angezeigt."

„Bei ihrem Wagen?", fragte Inspektor Obermayer und strich sich über den Bauch, der eindeutig nach einem Punschkrapferl oder einem Stückchen Torte verlangte, wenn er schon auf den Kaffee verzichten sollte.

„Ja, er war vor dem Schulgebäude geparkt."

„So ein Blödsinn", entfuhr es Franz Obermayer, den die zunehmende Unterzuckerung etwas unwirsch werden ließ. Jedenfalls entschuldigte er seine harschen Worte vor sich selbst mit diesem humanbiologischen Umstand, wobei er von Humanbiologie genauso wenig verstand wie von Medizin. Oder auch von Psychologie. Dafür waren andere im Ort zuständig.

„Du meinst, weil die das Auto bei der Schule stehen hat lassen?", fragte der Jüngere.

„Auch. Bei den vielen Schülern. Die haben doch alle nur Flausen im Kopf."

„Geht der Jakob nicht seit Anfang des Monats ins Gymnasium?", fragte Machacek betont unschuldig. Er war offensichtlich ausreichend über die Familienangelegenheiten im Hause Obermayer informiert.

„Ja", entgegnete der ältere Inspektor, aus dem ohnehin labilen Gleichgewicht gebracht, weil er den Sarkasmus des Kollegen zwar bemerkt hatte, aber nicht wusste, wie er darauf reagieren sollte, zumal er etwas ganz anderes hatte sagen wollen. Was war es nur gleich noch gewesen? Ach ja, Blödsinn.

„Nein", fuhr er fort, „ich meine eigentlich nicht, dass die Frau Direktorin bei der Schule parkt. Wo soll sie denn sonst parken? Außerdem sind es immer noch die Täter, die an der Tat schuld sind, nicht das Opfer."

Wenn seine Gedanken einmal in Fahrt kamen, zogen sie manchmal die Sprache mit. Oder hätten es zumindest gerne getan, wenn Thomas Machacek den Rede- und Gedankenfluss nicht unterbrochen hätte.

„Da gebe ich dir schon recht, aber manche Leute fordern es einfach heraus. Wenn da zum Beispiel ..."

„Komm mir jetzt nicht wieder mit den jungen Damen in Miniröcken und mit großzügigen Ausschnitten. Das Thema ist durch, darauf springe ich nicht an."

Inspektor Obermayer war sichtlich verärgert. Ob wegen der Aussage des Kollegen oder weil dieser ihn schon wieder unterbrochen hatte, sei dahingestellt. Ärger blieb Ärger. Damit selbiger nicht noch größer und ärger wurde und damit auch der werte Kollege, den Franz Obermayer für gewöhnlich übrigens ganz gut leiden mochte, war er ihm doch von Anfang an eine große Hilfe gewesen, seiner teilhaftig werden würde, verriet der Ältere jetzt endlich, worin für ihn die Blödsinnigkeit der Sache lag.

„Wenn an dem Auto einer Lehrerin die Radmuttern locker sind, ist das zwar ein dummer und außerdem gefährlicher Streich. Das Ganze als Mordversuch zu bezeichnen, ist aber Blödsinn."

Damit war für ihn die Sache erledigt, denn Klein-Jakob kam seiner Meinung nach weder als jugendlicher Täter noch als zukünftiges Opfer infrage. In dieser Hinsicht war er sicher.

Oktober ... eigentlich

„Servus, Fred."

Alfred Kuntz zuckte zusammen. Hastig wandte er sich um und blickte seinem Kollegen Ernst Braunsfelder ins Gesicht. Gleichermaßen erleichtert wie verärgert fuhr er den Deutschlehrer an. „Erschreck mich nicht so. Da kann man ja einen Herzinfarkt kriegen", tadelte er ihn und drehte ihm anschließend wieder den Rücken zu. Dabei handelte es sich keineswegs um einen Akt der Unhöflichkeit. Wer solches angenommen hätte, wäre falsch gelegen und zudem mit einer eingeschränkten Wahrnehmungsgabe geschlagen gewesen.

Ernst Braunsfelder lag nicht, weder falsch noch richtig, sondern stand hinter seinem Kollegen, blickte also in dieselbe Richtung. Nun gibt es ja diesen klugen Spruch, Liebe bedeute nicht, einander anzusehen, sondern gemeinsam in dieselbe Richtung zu blicken. Mit Liebe hatte die Blickrichtung der Lehrer Kuntz und Braunsfelder aber genauso wenig zu tun wie mit Unhöflichkeit. Umso mehr hingegen mit Schläfrigkeit. Mit der Schläfrigkeit des Alfred Kuntz nämlich und mit der Tatsache, dass diesem der Kaffeeautomat des Gymnasiums von Bad Au gegenüberstand. Geeignet für alle, die im ermüdenden Schulalltag auf einen schnellen Schuss angewiesen waren, weil sie ihr Überleben im Nachmittagsunterricht von einem Espresso abhängig glaubten.

Für wahre Kaffeekenner war der Automat allerdings beinahe so eine Höllenmaschine wie für jene, die sich nur für Kaffeekenner hielten. Schwarz wie die Hölle war die Flüssigkeit, die aus dem Gerät rann, da waren sich Kenner wie Möchtegernkenner einig. Oder hieß es richtig *heiß wie die Hölle*? Egal, denn auch dieses Kriterium vermeintlich guten Kaffees erfüllte das Automatengetränk. Fehlte eigentlich nur noch *süß wie die Liebe*. Und das konnte sich einstellen, nein, konnte man einstellen, wenn man den entsprechenden Knopf drückte. Weil Alfred Kuntz es mit der Liebe momentan aber nicht so sehr hatte, wollte er sein schwarzes Heißgetränk ohne Zucker genießen oder wenigstens konsumieren, was bekanntlich nicht unbedingt etwas miteinander zu tun haben musste. Allein der Automat führte heute ein gewisses Eigenleben.

„Ich check das nicht", sagte der Geografielehrer, der mit den Nerven am Ende zu sein schien, obwohl das Ende des Schultages noch einige Stunden entfernt lag. „Ich habe den Zucker gecancelt und die fünfzig Cent eingeworfen."

„Und?", fragte Kollege Braunsfelder.

„Und nichts", sagte Kuntz resigniert.

„Du musst dir vielleicht noch einen Kaffee aussuchen", schlug Braunsfelder vor, wobei das *vielleicht* einem *Bestimmt* oder sogar einem *notwendigerweise* gleichkam und der Vorschlag kein solcher, sondern eine Feststellung war.

„Hm", überlegte der Geografielehrer und ließ offen, ob er über die richtige Kaffeewahl nachgrübelte oder an dem festgestellten Vorschlag beziehungsweise der vorgeschlagenen Feststellung des Kollegen zweifelte. Schließlich drückte er auf die Taste mit der Aufschrift *Espresso mit Zucker*.

„Jetzt bin ich neugierig, ob der wirklich ohne Zucker kommt", brummte Alfred Kuntz.

„Vor allem kommt er ohne Tasse", sagte Ernst Braunsfelder trocken.

Das war jetzt ganz eindeutig kein Vorschlag, sondern eine reine Feststellung. Und zwar leider eine zutreffende, denn was da aus dem Automaten quoll, rann, ohne dass sich ihm ein Plastikbecher in den Weg gestellt hätte, durch das Abtropfsieb.

Beide Lehrer starrten auf den Kaffeestrahl und starrten auch noch weiter, als dieser längst versiegt und versickert war. Dass auch das nicht das Geringste mit Liebe zu tun hatte, stand außer Frage. Nun hätte stattdessen Hass aufflammen können. Hass auf den trotz Eigenleben leblosen Kaffeeautomaten, Hass auf die Her- oder die Hinstellerfirma oder meinetwegen Hass auf die neue Direktorin, die die Schule zwar mit einer Flut ebenso neuer Formulare überschwemmt, es dabei aber verabsäumt hatte, ein Beschwerdeformular bezüglich der eingeschränkten Funktionalität des Kaffeeautomaten auflegen zu lassen.

Doch der Geografielehrer zuckte nur mit den Schultern und meinte: „Ist heute nicht mein Tag. Ist auch nicht meine Woche und überhaupt nicht mein Schuljahr."

„Aber geh, morgen ist alles besser, wirst sehen", versuchte Braunsfelder ihn umzustimmen, trug damit aber nur zur weiteren Verstimmung des Kollegen bei, der mit hängendem Kopf in Richtung der Klassenzimmer davontrottete.

Der Deutschlehrer sah ihm einen Augenblick lang nach und beschloss dann, dass er sich ebenfalls auf den Weg in die Klasse machen sollte. Nach ein paar Schritten hatte er den Kollegen wieder eingeholt. „Was passt denn nicht an diesem Schuljahr?", fragte er ihn.

„Das Schuljahr passt schon, aber diese Glaunigg-Althoff passt nicht", entgegnete Kuntz und präzisierte: „Die passt nicht in diese Schule."

„Na, na", meinte Braunsfelder beschwichtigend, „was hast du denn gegen sie?"

„Nichts Wirksames, wie es scheint", gab Alfred Kuntz seufzend zur Antwort und verschwand im Klassenraum der 3a.

Ernst Braunsfelder nickte verständnisvoll mit dem Kopf. Ihm hing die gute Frau auch schon zu den Ohren heraus. Und da die Ohren irgendwie über Kopf, Hals und Brust mit dem Magen verbunden waren, drehte sich ihm selbiger jedes Mal um, wenn er den Kärntner Akzent der neuen Direktorin hörte. Die Reibungslosigkeit, mit der ihr jedes auf einen Hauchlaut reduzierte „Ch" aus der Kehle rutschte, gepaart mit der mangelnden Spannung des gesamten Lautinventars, empfand er als extrem nervend. Aber was sollte man schon tun?

Als Ernst Braunsfelder fünfzig Minuten später vom Deutschunterricht in einer der fünften Klassen über den Gang zurückschlenderte, stieß er vor dem Kaffeeautomaten abermals auf seinen Kollegen Kuntz. „Hast die Hoffnung auf einen Becher wohl noch nicht aufgegeben?"

„Vor allem habe ich die Hoffnung auf so etwas wie Kaffee noch nicht aufgegeben", entgegnete Alfred Kuntz.

Sein Kollege setzte schon zum Lachen an, jedoch blieb ihm selbiges im Halse stecken, als er Kuntz' Gesichtsausdruck wahrnahm. „Fred, was zum Teufel ist los?"

„Der verdammte Automat funktioniert noch immer nicht. Jetzt habe ich schon das dritte Fünfzigerl reingeworfen", antwortete der Geografielehrer, der die Grenze des für die Schüler Zumutbaren eindeutig überschritten hatte und sich in Gefilden bewegte – oder eher nicht bewegte, weil er kraftlos dastand – wo jegliche Lebensform auf Koffein aufgebaut zu sein schien.

„Du kannst doch nicht so abhängig von dem Zeug sein!" Braunsfelder verkannte den Ernst der Lage, weil es natürlich nicht um das Koffein alleine ging, wie ja auch das Leben auf der Erde nicht allein vom Sauerstoff abhängig ist, sondern zusätzlich Wasser, Wärme und Kohlendioxyd braucht. Und manchmal eben noch ein kleines bisschen mehr.

Alfred Kuntz war offensichtlich neben der Spur und versuchte, selbige wiederzufinden, indem er seinen Geist darauf konzentrierte, dem Körper ein Aufputschmittel zu verschaffen, dessen der Körper ohne den Geist wahrscheinlich gar nicht bedurft hätte. Doch der Automat spielte nicht mit, was vielleicht damit zu tun hatte, dass er kein Spielautomat war. Wahrscheinlich aber nicht. Wahrscheinlich hatte es damit zu tun, dass die Hin- oder Aufstellerfirma keine Plastikbecher nachgefüllt hatte, weil die Herstellerfirma auf eine entsprechende Kontrollleuchte, die das Fehlen solcher Becher angezeigt hätte, verzichtet hatte. Da sich momentan aber weder die eine noch die andere Firma um den Kaffeeautomaten und damit um Alfred Kuntz kümmerte, nahm sich Ernst Braunsfelder des orientierungslosen Kollegen an und machte ihm einen Vorschlag, dieses Mal einen richtigen.

„Fred, ich habe noch eine Stunde Unterricht. Wenn du es so lange ohne Koffein aushalten kannst, gehe ich danach mit dir auf einen Kaffee, auf einen richtigen."

„Muss es wohl so lange aushalten", erklärte der Geografielehrer, „hab selber noch eine Stunde." Und etwas verhalten fügte er hinzu: „In der 8b, glaube ich."

„Glaubst du?", fragte Braunsfelder seinerseits ungläubig, wobei die mangelnde Glaubensfestigkeit der Verwunderung darüber entsprang, dass der Geografielehrer nicht sicher zu wissen schien, wo und damit ja auch was er demnächst unterrichten sollte. „Du musst deinen Stundenplan doch im Kopf haben."

„Hab ich auch. Normalerweise zumindest. Aber vorher war ich

absolut sicher, dass ich die 3a habe. Und wie ich reingehe, steht da schon die Cilli in der Klasse." Alfred Kuntz schüttelte fassungslos den Kopf.

„Dafür bist du aber lange drinnen geblieben", neckte Braunsfelder seinen Kollegen.

Diesem kroch die Röte ins Gesicht, was bei einem Mann seines Alters ein amüsanter Anblick war. Nicht weil dem hageren Geografen die Farbe so gut gestanden hätte, was im Verbund mit den ebenfalls roten, aber leider vollkommen anders getönten Haaren keineswegs der Fall war, sondern weil es ein allzu seltenes Phänomen war, dass sich Männer in den Vierzigern irgendeiner Sache noch so schämten, dass sie rot wurden. Freilich, der Alkohol bewirkte mitunter die gleiche Gesichtsfarbe, aber leider ohne das entsprechende Schamgefühl.

Weil Alfred Kuntz aber nicht alkohol-, sondern schlimmstenfalls koffeinabhängig war, ging er auf das Angebot des Kollegen ein. Und so fanden sich die beiden knapp eineinhalb Stunden später im Café Sisi wieder.

Und während Ernst Braunsfelder mit inzwischen nur noch gezwungener Fröhlichkeit auf seinen Kollegen einredete, der trotz aller Aufmunterungsversuche und der bereits zweiten Tasse schwarzen Kaffees – Espresso oder Mokka war ihm einerlei, Hauptsache ohne solchen Weiberkram wie Zucker und Milch – aus Gründen, die Braunsfelder nicht kannte, die wir aber immerhin erahnen können, noch immer teilnahmslos den Kopf hängen und die gut gemeinten Worte an sich abprallen ließ, während also die beiden Lehrer – der eine wie gewöhnlich gegen eine Wand redend, der andere ganz untypisch schweigend – an einem der runden Marmortischchen saßen, nahmen an einem anderen Tischchen die drei alten Damen namens Mitzi, Gerti und Lise Platz.

Ob es sich bei den dreien tatsächlich um Damen handelte, war allerdings eine Definitionssache. Nicht, dass deren Weiblichkeit, obgleich lange verblüht, in Zweifel gezogen werden konnte. Aber es war doch beileibe nicht jede Frau automatisch eine Dame. In der heutigen Zeit nicht und in einer früheren, aus der Mitzi, Gerti und Lise ihrer Kleidung nach zu urteilen stammen mussten, erst recht nicht.

So viel hatte Hildegard Binsen, Pardon, Frau Doktor Hildegard Binsen ihrem Alois schon des Öfteren erklärt. Der hatte es zwar schon beim ersten Mal verstanden, aber seiner – in ihren Augen sowie zugegeben auch in denen der meisten anderen – damenhaften Freundin lag das Thema offenbar besonders am Herzen. Am Herzen liegen durfte einer Dame nämlich durchaus etwas, nur was auf der Zunge lag, sollte nicht unbedingt ausgesprochen werden. Das hob eine Dame aus der Menge heraus. Oder eben nicht. Denn was Hildegard Binsen ihrem Alois so oft erklärt hatte, war Folgendes: Eine Dame durfte nicht auffallen, weder im Positiven noch im Negativen, was mit einschloss, dass sie Dinge nur nach reiflicher Überlegung und in angemessenen, das heißt in gemessenen Formulierungen von sich gab. Und nicht nur, weil sie gerade unangenehm auf der Zunge herumlagen und frau sich ihrer in Form spitzer Bemerkungen entledigen wollte.

Warum die liebe Frau Doktor Binsen trotzdem als Dame galt? Nun, weil sie ihre spitzen Bemerkungen in der Regel für angemessen und ihre Umwelt sich gleichzeitig nicht an die von ihr selbst aufgestellte Definition hielt, sondern sich von deren damenhaftem Selbstbewusstsein blenden – oder sagen wir lieber überzeugen – ließ.

Was noch immer nicht die Frage beantwortet, ob es sich bei Mitzi, Gerti und Lise nun um Damen oder lediglich um alte Frauen handelte. Die Entscheidung darüber lag, wie üblich, im Auge der Betrachterin. Und war, nebenbei gesagt, von der Jahreszeit abhängig. Während Hildegard Binsen sich bei kühleren Temperaturen nämlich über die Häkelkappen der drei Frauen echauffieren konnte, fielen ihr deren Trägerinnen ohne besagte kritisierte Kappen gar nicht auf und stiegen daher unbemerkt in den Rang von Damen auf. Sofern man das Nicht-Auffallen als Aufstieg bezeichnen wollte.

„Da habe ich der Traude gesagt, sie soll sich keine Sorgen machen wegen der Wienexkursion. Sie fährt mit den dritten Klassen ja schon seit Jahren nach Schönbrunn. Die Kaiserappartements gehören zur österreichischen Geschichte dazu, da kann sich die Glaunigg-Althoff auf den Kopf stellen.“

Alfred Kuntz gab einen schwer zu definierenden Laut von sich.

„Natürlich gehören sie dazu“, verteidigte Ernst Braunsfelder sich beziehungsweise seine Kollegin gegen einen Einwand, den Alfred

Kuntz vielleicht nicht einmal erhoben hätte, obwohl die Kaiserappartements selbstverständlich Teil der Hofburg waren, während das einige Kilometer entfernt liegende Schloss Schönbrunn einstmals zur Gänze von der kaiserlichen Familie bewohnt worden war, weshalb von einem Kaiserappartement oder einem Kaisertrakt zu sprechen niemandem eingefallen wäre. Außer eben Braunsfelder, aber der war halt kein Historiker und seine letzte Wienexkursion lag schon ein paar Jährchen zurück.

„Abgesehen davon würde es auch einer Kärntnerin nicht schaden, sich in Wien einmal das Schloss Schönbrunn anzuschauen", fuhr Braunsfelder fort. Und als wäre ihm der Einfall gerade erst gekommen, obwohl er ihn doch schon der Waltraud Kranzlbauer gemacht hatte, fügte er hinzu: „Nach den neuen Vorschriften braucht die Traude bei einer Exkursion doch eh einen Begleitlehrer. Da könnte sie doch gleich die liebe Frau Direktor mitnehmen."

Wieder gab Alfred Kuntz einen Laut von sich, den sein Kollege erneut als Unmutsäußerung deutete. Übrigens hatte er damit sogar recht, auch wenn er sich bezüglich der Ursache dieses Unmuts gründlich irrte. Zumindest in zweiter Instanz.

„Keine Angst", redete Braunsfelder weiter, „das war nicht ernst gemeint. Die liebe Frau Direktor würde sich für so etwas sowieso nicht hergeben. Viel zu beschäftigt mit dem Unterschreiben von Formularen oder", unterbrach er sich selbst, „eher mit dem Ablehnen von Anträgen. Trotzdem glaube ich nicht, dass die Traude wirklich ein Problem damit haben wird, die Exkursion nach Schönbrunn durchzukriegen. Und wenn der abschließende Besuch im Tierpark gestrichen wird, ist es nicht weiter schlimm. Affen und Hornochsen können die Kinder genauso gut in der Schule sehen."

Ernst Braunsberger lachte über seinen eigenen Witz, was ihm in der Situation, in der er sich, wenn man die zwei kurzen Gespräche vor dem Kaffeeautomaten nicht rechnete, seit nunmehr einer Stunde befand, unbedingt nachgesehen werden muss. Wer hätte es ohne Gelächter so lange mit einem nicht einmal ein-, sondern original nullsilbigen Kollegen ausgehalten? Da es aber mehr als unhöflich gewesen wäre, über diesen offensichtlich niedergeschlagenen Kollegen zu lachen, blieb Braunsfelder eigentlich nichts anderes übrig, als die eigenen, obgleich nur mittelmäßigen Witze zum Anlass für Gelächter zu nehmen.

Die Dornen stachen sie in die nackten Beine und hängten sich mit ihren Widerhaken an der Haut fest. Aber das war in Ordnung, fand Maria Liliencron und entsann sich dunkel eines Gedichts, das sie im Deutschunterricht in der Schule hatte auswendig lernen müssen. Als Schülerin, versteht sich, denn Lehrer lernten bestenfalls die Namen der Schüler auswendig, wobei die besonders lästigen und die besonders sympathischen Schüler die größten Chancen hatten, namentlich im Gedächtnis der Lehrer hängen zu bleiben. Bei den lästigen mochte das an den Widerhaken liegen, die sich in die Gehirnwindungen hängten wie Dornen in Beine; bei den sympathischen musste es einen anderen Grund geben. Das Gros der Schüler, die unauffälligen, gleichmäßig vor sich hin dämmernden und nur hie und da mit einer weder besonders dummen noch besonders klugen Meldung aufwartenden, taten sich schwer, im Gedächtnis ihrer Lehrer nachhaltigere Spuren zu hinterlassen. Und das in einer Zeit, in der so großer Wert auf Nachhaltigkeit gelegt wurde. Landwirtschaft sollte nachhaltig sein, Energiewirtschaft sowieso, Industrie nach Möglichkeit auch. Nur bei der Bildung haperte es irgendwie, besonders bei der Lehrerbildung, wie die Schwierigkeiten der Schüler, bildend auf die Gehirne der Lehrpersonen einzuwirken, zur Genüge bewiesen.

Damit aber wenigstens früher alles besser, wenn schon nicht gut gewesen war, bemühte sich Maria Liliencron aktuell darum, dem Deutschunterricht, den sie als Jugendliche genossen hatte, im Nachhinein Nachhaltigkeit zu verleihen, indem sie sich an die auswendig gelernten Gedichte zu erinnern versuchte. Der Schulzeit natürlich, denn später auf der Universität hatte man nicht einmal mehr zu ihrer Zeit Gedichte auswendig gelernt, nur noch Epochen und Werktitel und Jahreszahlen. Freilich, die Titel der Gedichte zu lernen, war in der Schule ebenfalls Pflicht gewesen, nebst oder eigentlich nach den Verfassernamen. Und so blitzte in ihrem Kopf, auf den die herbstliche Oktobersonne ungewöhnlich heiß herunterbrannte, der Name Franz Karl Ginzkeys auf. Dicht gefolgt von *Ballade vom gastlichen See*. Das Fehlen des bestimmten Artikels weist leider darauf hin, dass in Maria Liliencrons Erinnerung der Titel besagter Ballade vorerst alleine oder doch nur in Begleitung des Verfassernamens auftauchte, da der Text der Ballade den beiden partout nicht folgen wollte.

Doch der Inhalt hat etwas damit zu tun gehabt, dass ein See die in ihm lebenden Fische verteidigt, überlegte die mit nackten Waden in einem Brombeerstrauch stehende Frau. An dieses Gedicht musste sie jetzt denken, als sich ihr die Brombeerranken ins Fleisch oder – wenngleich weniger dramatisch, da Franz Karl Ginzkey vornehmlich Lyrik und Epik geschrieben, mit Dramatik aber weit weniger am Hut oder auf der Tapete oder wo auch immer gehabt hatte – in die Haut bohrten, um auf diese Weise ihre süßen Früchte zu verteidigen. Vergeblich, wie Maria Liliencron es sie in den vergangenen Wochen zu lehren versucht hatte, nachdem sie den Brombeerschlag an einem sonnigen Hang über Bad Au entdeckt hatte und wiederholt mit zunächst kleineren, bald aber größeren Gefäßen angerückt war, um ihre Zeit, das heißt ihren Krankenstand, mit Brombeerpflücken zu verbringen. Besonders seit das Thermalbad Ende September seine Pforten geschlossen hatte, kam sie beinahe täglich hierher. Bei jedem Wetter.

Ein halbwegs brombeerkundiger Mensch könnte die berechtigte Frage stellen, was Frau Liliencron hier Tag für Tag pflücken wollte, da Brombeeren selbst bei strahlendem Sonnenschein nicht so schnell reifen, dass man sie täglich ernten musste. Es sei denn, sie würden von genäschigen Nachbarskindern bedroht, was hier definitiv nicht der Fall war.

Nun durfte die Deutsch- und Geografielehrerin im Krankenstand inzwischen zwar mit Fug und Recht als deutlich mehr denn nur halbwegs brombeerkundig bezeichnet werde, dennoch kam sie, so oft es ihre Zeit erlaubte. Und ein Krankenstand erlaubte vieles, zumindest ein psychisch bedingter.

Maria Liliencron wunderte sich über etwas ganz anderes als den Reife- oder Unreifezustand der Beeren. Nämlich über deren geringen Wassergehalt. Mit anderen Worten: Maria Liliencron konnte sich nicht erklären, warum die Blätter eher welk und die Früchte oftmals geradezu wie Dörrobst aussahen. In ihrer Erinnerung, die, wie die Schwierigkeit, sich an das Gedicht zu erinnern, zeigte, allerdings nicht hundertprozentig zuverlässig war, hatte es den ganzen Sommer hindurch geregnet und war kalt und grau gewesen. Besonders im August und bis weit in den September hinein. Und wie um sich oder uns zu beweisen, dass ihre Erinnerung sie nicht trog, fiel ihr in diesem Moment immerhin der Schluss der Ballade ein.

Sie werden sich mehren und mehren.
Es wird sie kein Schlemmer verzehren.
Der See, er vermag es zu wehren.
Er hält seine Gäste in Ehren.

Wenn man den See durch den Schlag ersetzte, passten diese Verse auch auf die Brombeeren. Solange ihnen keine an Schmerz gewöhnte Lehrerin zu Leibe rückte.

Maria Liliencron wiederholte die Zeilen des Gedichts still für sich, bevor sie sie leise, dann noch einmal laut vor sich hin sprach.

Rezitierte, mischte sich in ihrem Kopf die Stimme des Deutschlehrers hinzu. Richtig, rezitieren mussten sie die Gedichte, nicht einfach nur aufsagen, denn das Aufsagen hatte der Lehrer, bezüglich dessen Namen ihr Gedächtnis nun doch versagte, weshalb die Problematik des Namenmerkens offenbar auf Gegenseitigkeit beruhte, hatte also der in ihrem Kopf namenlose und darum tendenziell mittelmäßige Lehrer erbarmungslos als Herunterratschen angeprangert und bei seinen Schülern nicht geduldet. Noch weniger bei seinen Schülerinnen. Wodurch jedes Gedicht zum Drama mutierte – in literaturwissenschaftlichem Sinne, wenn die feenhafte Anja einen perfekten Vortrag ablieferte, indem sie mit bebender Stimme dem Lehrer Tränen der Rührung entlockte, oder im landläufigen Sinn, wenn Marias zwar fehler-, aber leider auch emotionsloses Abspulen des auswendig gelernten Textes keine Gnade vor den Augen und Ohren des Lehrers fand. Aber wie hieß es so schön: Nicht für die Schule, für das Leben lernen wir!

Plötzlich fiel Maria Liliencron der Text von Ginzkeys *Ballade vom gastlichen See* Wort für Wort wieder ein und sie rezitierte, jawohl, rezitierte das Gedicht, mit zerkratzten Beinen in der Hitze des Brombeerschlags stehend und mit lauter Stimme.

„Aber, Maria, was machst du denn in Bad Au?", ertönte eine andere Stimme und stellte damit, obwohl indirekt, die eigentliche, die naheliegende, die Frage der Fragen: warum Maria Liliencron an jedem einzelnen Tag seit dem Unfall von ihrem Wohnort Scharndorf ins acht Kilometer entfernte Bad Au gefahren war.

„Das ist ja ekelhaft, dieses Gezutzel." Alfred Kuntz verzog angewidert das Gesicht.

Der am selben Tischchen sitzende Ernst Braunsfelder verstummte mitten im Satz und sah seinen Kollegen, gelinde gesagt, irritiert an. Er war sich nicht sicher, ob dieser Ausruf ihm gegolten hatte. Wenn ja, hätte er ihn als grobe Unhöflichkeit empfunden. Hätte er. Eine grobe Unhöflichkeit hatte Alfred Kuntz sich ihm gegenüber allerdings noch nie erlaubt. Sicher, einmal ist immer das erste Mal, aber von einem ersten Mal mit oder auch nur bei dem Kollegen wollte Ernst Braunsfelder nichts wissen. Außerdem konnte er mit dem Ausdruck *Gezutzel* nichts anfangen, wäre ihm ein bei ihm diagnostizierter Sprachfehler doch neu gewesen. Auf den Inhalt bezogen, hätte er vielleicht gerade noch Gesülze verstanden, auch wenn er für solch eine Diffamierung seiner gut gemeinten Worte kein Verständnis gehabt hätte. Aber Gezutzel?

Die Irritation hielt an und hinderte den Deutschlehrer am Weitersprechen. Wozu sollte er überhaupt reden, wenn seine Worte dem werten Kollegen ohnehin nicht passten oder er ihnen, was wahrscheinlicher war, gar nicht zugehört hatte? Da hätte er, Ernst Braunsfelder, nach dem Unterricht genauso gut nach Hause gehen können, wo ihn seine Frau erwartete, was natürlich ein Euphemismus für den Umstand war, dass sie nach ihrem exakt achtstündigen Arbeitstag als Bankangestellte mangels anderer oder eigentlich mangels irgendwelcher Interessen nachmittagein, abendaus zu Hause war, also auch wenn ihr Gemahl aus der Schule kam, weshalb man mit Rücksicht auf die Heile-Welt- oder Kleinstadt-Fassade, was so ziemlich dasselbe war, ruhig behaupten konnte, sie warte auf ihn.

Da hätte ich nach Hause gehen und der Irina von meinem Tag erzählen können, dachte der Deutschlehrer resigniert. Die Irina hätte mir genauso wenig zugehört.

Bei dem Gedanken an seine Angetraute seufzte er. Wahrscheinlich hätte sie ihm nicht einmal einen Kaffee gekocht. Zu spät am Tag, erhöhter Blutdruck, die Nerven ... Nein, solche Begründungen für die Verweigerung des Gehorsams anzuführen, machte sie sich nicht einmal mehr die Mühe.

Die Frauen heutzutage sind auch nicht mehr das, was sie einmal waren, bemitleidete er sich selbst im Stillen.

„Du weißt, wie's geht", hätte sie ihm gesagt, wie schon bei manch anderer Gelegenheit.

Klar, selbst ist der Mann. Aber manche Dinge macht man eben

nicht gerne allein, selbst wenn man die handwerkliche Begabung und das technische Verständnis dafür hat und ein Mann sich mit solchen Sachen eigentlich ohnehin besser auskennt als seine Frau. Aber es zählt ja nicht nur das Ergebnis, es zählt auch das ganze Drumherum. Weshalb es zum Glück Profis gibt, die man dafür bezahlt, dass sie eine angenehme Atmosphäre schaffen, anstatt den Genuss mit Beziehungsproblemen zu belasten. Davon lebte schließlich eine ganze Branche einschließlich des Ehepaars Sandor, bei dem es sich nun wirklich um Profis in Sachen Torte, Kuchen und Kaffee handelte.

Auf die Mehlspeise hatte Ernst Braunsfelder allerdings verzichtet. Nein, nicht wirklich verzichtet, denn das hätte ja den latenten Wunsch danach mit eingeschlossen. Tatsächlich lag ihm nichts an derlei Süßigkeiten. Darin war er seinem Kollegen Kuntz ähnlich. Der mochte auch keine süßen, fettigen Kuchen und Torten und …

„Ekelhaft, das verdirbt einem den ganzen Appetit", stellte derselbe Kuntz – denn einen anderen gab es im Café Sisi gerade nicht – noch einmal fest und meinte damit aller Wahrscheinlichkeit nach nicht die Worte des Ernst Braunsfelder, denn der hatte gar nichts mehr gesagt. Umso fragender schaute er den Geografielehrer jetzt an.

„Diese alten Schachteln", er wies mit dem Kopf zu den drei Damen am Nebentisch, ohne sich die Mühe zu machen, seine Stimme zu dämpfen, „schmatzen die ganze Zeit vor sich hin. Sollen sich anständig sitzende Gebisse besorgen oder ihre Giftzähne gleich zu Hause lassen. Das Gezutzel ist jedenfalls ekelhaft."

Ernst Braunsfelder war erleichtert. Nicht weil ihm der strafende Blick, der in dreifacher Ausführung vom Nebentisch herübergesandt worden war, gleichgültig gewesen wäre, sondern weil mit Alfred Kuntz' unhöflicher Bemerkung immerhin sichergestellt war, dass sich der eindeutig pejorative Ausdruck Gezutzel nicht auf ihn, Braunsfelder, bezogen hatte.

„Entschuldigung, schlechter Tag heute", schickte er dennoch ein bemüht gequältes Lächeln in Richtung der drei alten Damen, bei denen es sich, hätte Alfred Kuntz sich auf die hildegardsche Binsenweisheit berufen, natürlich nur um Frauen handelte, weil sie in seinen Ohren ja alles andere als unauffällig gewesen waren.

„Ja, Entschuldigung", schloss Kuntz sich dem Kollegen an, richtete seine Worte allerdings nur an diesen, nicht etwa an die drei

Damen oder Frauen oder – Gott bewahre! – Schachteln. „Ist heute wirklich nicht mein Tag. Aber der Kaffee war gut, danke", setzte er hinzu und erhob sich. Mit einem freundschaftlichen Klaps auf die Schulter verabschiedete er sich von Ernst Braunsfelder und verließ das Café Sisi.

Erschrocken hob Maria Liliencron den Kopf. Peinlich, nein, peinlich war ihr die Situation nicht, so weit hatte Elfriede Hirschhausers Therapie schon gewirkt.

„Was auch immer man tut", hatte die Psychologin nämlich gesagt, „muss man zuallererst einmal vor sich selbst verantworten. Das eigene Gewissen ist die wichtigste Instanz überhaupt, sofern es entsprechend ausgebildet und nicht durch jahrelange Vernachlässigung verroht ist." Erst nach dem eigenen Gewissen sollte der psychisch normale, geistig zurechnungsfähige Durchschnittsbürger zusätzlich das Gesetz zurate ziehen, hatte Frieda gesagt.

Und Maria Liliencron hatte es geschluckt, wie man Medizin schluckt, in der Hoffnung, dass es ihr dadurch besser gehen würde. Die Vermutung, dass der durchschnittliche Österreicher wahrscheinlich nicht psychisch normal, sondern im Gegenteil wohl eher psychisch und geistig abnormal war, weil in der Kindheit zu wenig oder zu viel beachtet, geschlagen oder gestreichelt, an der Armutsgrenze verhätschelt oder im Wohlstand verwahrlost, hatte die psychisch selbst schwer angeschlagene Lehrerin für sich behalten. Sie fand es sogar schön, dass ihre Therapeutin den Glauben an den normalen Durchschnittsbürger beziehungsweise die Normalität des Durchschnittsbürgers trotz ihres Berufs noch nicht aufgegeben hatte. Dann bestand vielleicht auch noch Hoffnung darauf, dass sie selbst, Maria Liliencron, wieder normal werden würde, obgleich sie in den vergangenen zwei, drei Wochen bisweilen daran gezweifelt hatte, dass dieser Zustand überhaupt erstrebenswert war. Immerhin konnten normale Menschen nicht ganze Vormittage im halbleeren Thermalbad schwimmen oder die warme Oktobersonne im Brombeerschlag genießen, weil sie einer geregelten Arbeit nachgingen.

Über diese sogenannte geregelte Arbeit hatte sich Maria Liliencron in diesen Wochen auch so ihre Gedanken gemacht. Wer einer Sache oder Person nachging, ihr quasi hinterherlief, der tat das im Normalfall – wieder so etwas! –, weil er ihrer bisher nicht habhaft werden konnte, also nicht über sie verfügte. Wer einer Arbeit nachging, befand sich daher eigentlich auf Arbeitssuche, sei es auf der Suche nach einer besseren Arbeit, also Stelle, oder auf der verzweifelten Suche nach zu erledigender Arbeit, womit die vorgeschriebenen und mehr oder weniger gut bezahlten acht Stunden vergeudeter Lebenszeit pro Tag gerechtfertigt werden konnten. Der wahrhaft Arbeitsscheue hingegen hielt es mit der Arbeit wie der ultimative Pechvogel mit dem Glück, von dem er laufend verfolgt wird, dem er aber immer wieder doch noch um Haaresbreite zu entkommen vermag. Wenn aber der eine Arbeit suchte, indem er ihr nachging, vielleicht sogar – je nach Veranlagung und Motivation – nachlief oder sogar hinterherhechelte, der andere hingegen jeglicher Arbeit entfloh, kam man nicht umhin festzustellen, dass sich die tatsächlich arbeitenden Menschen in der Minderzahl befanden und von den Massen der in puncto Arbeit Bewegungssüchtigen überrannt wurden. Mobilität nannte man das. Und die stand gerade hoch im Kurs. Da fand Maria Liliencron es gar nicht so schlecht, einmal vorübergehend aus dem Zug ausgestiegen zu sein, indem sie jeden Tag aufs Fahrrad – das Auto, obwohl inzwischen repariert, mied sie aus nachvollziehbaren Gründen – stieg und von Scharndorf nach Bad Au radelte, um hier zur Frieda, ins Thermalbad oder in den Brombeerschlag zu gehen. Wo sie also jetzt stand.

Dass Maria Liliencron das Beste aus ihrem Krankenstand machen sollte, hatte auch Frieda Hirschhauser gesagt. Nur dass sie dabei so weit gehen oder radeln oder was auch immer sollte, die Sinnhaftigkeit geregelter Arbeit, oder was man eben darunter verstand, infrage zu stellen, war keine Empfehlung der Therapeutin gewesen. Zu dieser Erkenntnis war die Lehrerin ganz von alleine gekommen. Aber da sie diese Erkenntnis oder Idee ja zuallererst und vorerst nur vor sich selbst verantworten musste, fand sie sie gar nicht so unrichtig, was im Fall einer Deutschschularbeit also zu keinem Fehler geführt hätte, weder im Hinblick auf die Grammatik noch auf den Stil. Und Stil hatte es zweifellos, wie Maria Liliencron da mit nackten Beinen, von Brombeerranken umgeben, in der Sonne stand und eine Ballade über einen böhmischen See in die Welt hinaus- oder mindestens in Richtung Bad Au schmetterte.

Welche Art von Stil war eine andere Frage, die aber niemand stellte, weil ja noch die andere Frage im Raum stand beziehungsweise über dem Brombeerschlag hing: was Maria hier machte. Begleitet von der unausgesprochenen Frage, warum sie jeden Tag nach Bad Au fuhr. Da wäre die dritte Frage, die nach dem Stil, nur fünftes Rad am Wagen und daher unerwünscht gewesen, weil Reserveräder zwar durchaus Sinn machten, obwohl manche Hersteller ihre Autos aus Kostengründen mittlerweile lieber mit einem Reparaturset ausstatteten, Reservefragen aber nicht. Es sei denn, man hatte die zweifelhafte Ehre, einen mittelmäßigen Vortrag moderieren zu müssen, in dessen anschließender Diskussion eisiges Schweigen um sich zu greifen droht. Dann wäre eine Reservefrage im Ärmel zu haben für den Moderator recht hilfreich, weil die Situation sonst peinlich werden könnte.

Eine junge Frau im Brombeerschlag hatte aber wenig mit einem wissenschaftlichen Vortrag gemeinsam, egal, ob mittelmäßig, gut oder schlecht. Und peinlich war die Situation der Maria Liliencron auch nicht. Sie konnte sie ohne Schwierigkeiten vor sich verantworten, was immerhin ein Unterschied zu dem Unfall mit Eckart Glück war, der nach wie vor schwer auf ihr lastete. Und dass sie erschrak, lag einzig und allein daran, dass sie nicht damit gerechnet hatte, ausgerechnet hier von einem bekannten Menschen angesprochen zu werden. Dass dieser Mensch, also sozusagen Ansprechpartner oder Ansprechpartnerin, auch Maria Liliencron bekannt war, darf vorausgesetzt werden, geschieht es doch nur höchst selten, dass die Kenntnis des Vornamens nicht auch die der Person mit einschließt und sich zudem auf beide Seiten erstreckt. Was so viel heißt, wie dass Maria Liliencrons aufgeschreckter Blick auf ein ihr bekanntes Gesicht traf, wodurch sich ihre eigenen Gesichtszüge sogleich entspannten.

„Hallo …", gab die Deutschlehrerin zurück und den Vornamen, den sie folgen ließ, können wir jetzt eigentlich erraten, da der Kreis der Verdächtigen überschaubar ist.

Es musste natürlich jemand sein, der an einem Wochentagnachmittag Zeit und Muße hatte, sich die Beine am Stadtrand von Bad Au zu vertreten, womit zum Beispiel Petra Sandor und ihr Mann Istvan ausfielen, da die ja einer geregelten oder jedenfalls einer Arbeit nachgingen, wovon sie im Café Sisi mehr als genug fanden. Auch Inspektor Obermayer fiel aus. Denn selbst wenn er Zeit gehabt hätte, hätte es ihm doch an der Muße gefehlt – ob das an

seiner Unkenntnis des Worts lag oder an seiner Auffassung, dass
ein Spaziergang am Stadtrand mehr mit Leistungssport als mit Ent-
spannung zu tun hatte, sei dahingestellt. Außerdem hätten alle drei
bisher genannten Personen Frau Professor Liliencron nicht mit dem
Vornamen angesprochen, so vertraut war man nicht. Und damit
fielen auch mindestens zwei Drittel aller anderen Bad Auer weg.

Heinz A. Martin hätte Frau Liliencron selbstverständlich Maria
gerufen, aber der rief und sprach ja nicht mehr, seit er im Frühling sein sündiges Leben ausgehaucht hatte. Im Übrigen wäre der
Deutschlehrerin die Situation dann sehr wohl peinlich gewesen,
peinlich allerdings in der ihr selbstverständlich bekannten Grund-
bedeutung des Wortes: peinlich von Pein, Schmerz, peinlich wie
die peinliche Befragung des Mittelalters oder eigentlich der Frühen
Neuzeit, die ein bisschen mehr als nur unangenehm gewesen war.

Heinz Martin also auch nicht. Und das gefühlte Viertel von Bad
Auern, die Maria Liliencron als Kind gekannt hatten und daher auf
ihrem Recht beharrten, die Frau Lehrerin mit dem Vornamen anzusprechen, wäre altersbedingt wahrscheinlich kaum ausgerechnet
an diesem einer Kurstadt – abgewirtschaftet hin oder her – unwür-
digen, verwachsenen, von dornigen Brombeerranken überwucher-
ten Ort flaniert.

Aber wer sagt denn überhaupt, dass es jemand aus Bad Au sein
musste? Nämlich jemand, der in Bad Au lebte? Es konnte doch auch
jemand sein, der nur hier arbeitete, obwohl das für manche Menschen natürlich dasselbe war. Jemand, der in Bad Au arbeitete, jetzt
am späten Nachmittag jedoch nicht mehr arbeitete, weil er oder
sie sich sonst nicht die Beine auf dem staubigen Weg neben dem
Brombeerschlag hätte vertreten können. Womit also Maria Liliencrons Kollegen aus der Lehrerschaft in die engere Auswahl kämen.
Nur nicht Alfred Kuntz und Ernst Braunsberger, denn die saßen ja
gerade im Café Sisi zusammen. Blieb eigentlich nur noch Waltraud
Kranzlbauer, der Maria jetzt also ihren freundlichen Gruß über die
unfreundlichen Brombeerranken hinweg entgegenschickte.

„Hallo Traude", rief sie und winkte der Kollegin lachend zu. Sie
freute sich ehrlich, ein bekanntes Gesicht zu sehen, und war zugleich
hochgradig erstaunt ob dieser Freude. In den vergangenen Wochen,
genauer gesagt natürlich seit dem schrecklichen Unfall und fast
noch mehr seit Beginn des dadurch bedingten Krankenstandes, was

nicht direkt zusammengefallen war, weil Maria Liliencron im ersten Moment, will sagen in den ersten Tagen nach dem Zusammenstoß so unter Schock gestanden hatte, dass sie die eigenen, wenngleich nur seelischen Verletzungen gar nicht wahrgenommen hatte, in den Wochen seit dem Beginn ihres Krankenstandes also hatte Maria Liliencron es tunlichst vermieden, bekannten Gesichtern zu begegnen, war ihr doch schon allein der Gedanke, mit jemand anderem als Frieda *darüber* oder überhaupt sprechen zu müssen, unerträglich erschienen.

Von ihrer Therapeutin hätte sie übrigens an dieser Stelle eine Rüge kassiert, nämlich eine Rüge das Wörtchen *nur* betreffend, weil dieses in Bezug auf seelische Verletzungen doch völlig unangebracht, geradezu verboten war. Womit hätte die Psychologin sonst ihr Geld verdienen sollen, wenn psychische Schäden einfach übergangen und den Widrigkeiten des Lebens zugerechnet worden wären? Von solch gering geachteten psychischen Wehwehchen hätte die Enkelin des Alois Hirschhauser nicht leben können. Es sei denn, diese trieben Blüten und wüchsen sich zu Neurosen oder anderem Zeugs aus. So weit wollte Maria Liliencron es aber doch nicht kommen lassen, weshalb sie gelernt hatte, angesichts seelischer Verletzungen *nur* gemeinsam mit seinen Kumpanen *lediglich* und *bloß* in die hintersten Gehirnwindungen zu verbannen, wo sich die beiden zuletzt genannten zugegebenermaßen ohnehin die meiste Zeit über aufhielten und wo ihnen jetzt neben *nur* auch die *Wehwehchen* Gesellschaft zu leisten hatten, denn die hätten Elfriede Hirschhauser erst recht auf die Palme getrieben, von wo sie keine rosigen Aussichten auf Maria Liliencrons Seelenleben gehabt hätte.

Die Aussicht der Deutschlehrerin umfasste oder erfasste aber zum Glück gerade die Person der Waltraud Kranzlbauer, die mit ihren breiten Hüften und dem einladenden Busen unter der freundlich geblümten Bluse wahrlich dazu geboren schien, bei der Suche nach verlorenem seelischen Gleichgewicht behilflich zu sein. Äußerlich ganz anders als Frieda Hirschhauser. Eigentlich.

Tatsächlich sorgte Traude Kranzlbauer sehr umsichtig für das seelische Gleichgewicht ihrer Kollegen, was das Gewicht in morphologischer Hinsicht mit einschloss, weil die fürsorgliche Lehrerin sich die gegenseitige Abhängigkeit von Seele und Magen zunutze machte. Mit anderen Worten: Indem die Kollegin Kranzlbauer ihr mütterliches Wesen, das mangels eigener Kinder zu Hause keine Befriedigung fand, in der Schule auslebte und regelmäßig große Backbleche und Tupperdosen mit Kuchen ins Konferenzzimmer schleppte, versorgte sie die Körper der Kollegen mit in köstlicher Weise harmonierenden Fetten, Kohlenhydraten und Eiweißstoffen, die Seelen hingegen mit Glückshormonen. Auch wenn die Endorphinausschüttung vor allem bei den jüngeren Kolleginnen nur bis zum nächsten Blick in den Spiegel anhielt.

Das soll nun nicht heißen, dass Traude Kranzlbauer die Lehrer und Lehrerinnen des Bad Auer Gymnasiums gemästet und mithin allein für deren überflüssige oder überschüssige Kilos verantwortlich gewesen wäre. Aber es liegt doch leider in der Natur vieler, wenn nicht gar der meisten Frauen, sich vom Blick in den Spiegel das Leben vermiesen zu lassen, nicht bedenkend, dass dieser Spiegel ihnen nur zeigt, was gesehen werden will, dass das vermeintlich getreue Spiegelbild sich also nicht selten der größten Untreue schuldig macht, indem es nur zurückwirft, was wir ohnehin schon zu wissen glauben: dass wir fett und hässlich, undiszipliniert, verfressen und unsportlich sind. Als ob es im Ermessen eines Spiegels läge, so etwas zu entscheiden.

Wenn Traude Kranzlbauer in den Spiegel sah, erblickte sie darin eine lebenslustige, zufriedene Person. Eigentlich. Denn abgesehen davon, dass die studierte Lehrerin und passionierte Bäckerin ihre Zeit lieber einer umfangreichen Rezeptsammlung als ihrem Äußeren widmete, hätte sie in letzter Zeit an ihrer an sich lebenslustigen Person einen gewissen unzufriedenen, geradezu verärgerten und zunehmend angespannten Ausdruck bemerken müssen. Aber sie blickte wie gesagt nicht allzu oft in den Spiegel. Und als sie jetzt die mit nackten Beinen im Brombeerschlag stehende Kollegin betrachtete, verflüchtigte sich jeglicher Ausdruck von Ärger oder Unzufriedenheit sofort. Auf die Frage, was sie hier mache, hielt Maria Liliencron nämlich lächelnd ein durchsichtiges Plastikküberl in die Höhe, das zu einem schwachen Drittel mit Brombeeren gefüllt war. Und da lachte auch Traude Kranzlbauer.

Nun kann Lachen ja sehr unterschiedlich gedeutet werden, je nachdem, ob es sich um Auslachen, Anlachen, Auflachen oder sonst ein Lachen handelt. Frau Kranzlbauers Lachen war eindeutig wohlwollend, durchzogen mit Gutmütigkeit und Nachsicht. Maria

Liliencron nahm diese Nuancen wahr, wusste aber nicht so recht, woher die Gutmütigkeit und Nachsicht rührten. Weil es aber ein bisschen ungut gewesen wäre, die Kollegin über die feindlichen Brombeersträucher hinweg danach zu fragen, stieg sie mit ihren langen Beinen behände über die Ranken und auf den staubigen Weg, wo Traude Kranzlbauer stand und, wie es schien, freudig auf sie wartete.

„Du pflückst mir also die Brombeeren weg", lachte sie. „Und ich habe mich schon gefragt, ob in diesem Jahr die Vögel alles abpicken."

Maria Liliencron erröte, was ihr, nebenbei gesagt, besser stand als Alfred Kuntz, aber der älteren Kollegin ziemlich egal war, hatte die ihr den Brombeerraub doch schon in dem Moment verziehen, in dem sie die jüngere als Täterin identifiziert hatte.

„Du kennst diesen Schlag?", fragte jene und die Situation war ihr nun doch etwas unangenehm.

„Aber sicher doch", antwortete Traude Kranzlbauer. „Ich komme seit Jahren hierher. Immer am Abend, nach dem Unterricht und den anderen Arbeiten für die Schule." Und immer noch lachend fügte sie hinzu: „Was glaubst du, womit ich meinen Brombeer-Topfen-Kuchen und die Brombeerroulade mache? Unsere Kollegen haben sich schon darüber beschwert, dass es die in diesem Schuljahr noch gar nicht gegeben hat. Sie hatten schon die neue Direktorin im Verdacht."

„Wieso?", fragte Maria Liliencron verwundert.

„Weil die alles verbietet, was irgendwie Tradition hat", erwiderte die Kranzlbauer verbittert. „Aber", fuhr sie fort, „jetzt ist die Saison ohnehin bald vorbei und die lieben Kollegen können sich schon langsam auf die Weihnachtskekse freuen."

Womit freilich noch immer nicht geklärt war, weshalb Maria Liliencron jeden Tag nach Bad Au fuhr. Aber danach hatte die Traude Kranzlbauer, die die Kollegin seit den Ferien zum ersten Mal sah, ja auch gar nicht gefragt. Eigentlich.

Nachdem Maria Liliencron auf den Weg herausgetreten war, wo Traude Kranzlbauer stand, entspann sich zwischen den beiden Kolleginnen ein Gespräch. Immerhin hatten sie einander seit Längerem nicht gesehen, da die Deutschlehrerin im Krankenstand zwar, wie mittlerweile klar, obwohl nicht unbedingt verständlich geworden sein dürfte, jeden Tag nach Bad Au fuhr, die Stadt aber immer rechtzeitig wieder verlassen hatte, bevor die Geschichtslehrerin beim Brombeerschlag aufgetaucht war. Und davor, im Thermalbad, waren sie einander ebenfalls nicht begegnet, weil Traude Kranzlbauer dort nie auftauchte – weder so noch so. Und bei Elfriede Hirschhauser war Maria Liliencron lieber auch allein.

Während die zwei von Alter und Aussehen sehr unterschiedlichen Lehrerinnen also in ein trautes Gespräch über Gott und die Welt vertieft waren, vertiefte sich gleichzeitig die Farbe des Himmels, indem sie von einem leuchtenden Blau über Unheil verkündendes Grau in dunkles Schwarz überging. Oder eben in ein Tiefschwarz, das nun hoch über den Köpfen der beiden Frauen schwebte. Allerdings nicht lange, denn als Maria Liliencron erstaunt feststellte, dass sie an den Beinen fror, und prüfend den Blick gen Himmel wandte, kam selbiger ihr auch schon entgegen. Selbstverständlich in Form von Regentropfen, die, aus der Nähe betrachtet, zwar gar nicht mehr so schwarz aussahen, aber nichtsdestotrotz unangenehm hart auf die Haut prasselten. Da half das liliencronsche ärmellose Leibchen genauso wenig wie die kurze Hose. Nicht einmal die kranzlbauerschen Blümchen auf dünnem Untergrund boten Schutz vor der Unbill des plötzlich hereingebrochenen Wetters.

Als es blitzte und beinahe zeitgleich donnerte, kamen die beiden Lehrerinnen überein, dem Brombeerschlag schleunigst den Rücken zu kehren, was jetzt immerhin staubfrei möglich war.

„Wohin?“, fragte die Liliencron und sah sich schon die ganzen acht Kilometer im schönsten, obwohl natürlich oder eigentlich unnatürlich verspäteten Sommergewitter nach Scharndorf zurückradeln.

„Gehen wir auf einen Kaffee?“, schlug Traude Kranzlbauer vor, korrigierte sich aber im nächsten Moment. „Schwimmen wir auf einen Kaffee?“

Maria Liliencron wunderte sich ein bisschen, weil der Nachmittag doch schon weit fortgeschritten war und ältere Menschen da gemeinhin keinen Kaffee mehr tranken, obwohl sie ihre Schlafstörungen dann wenigstens darauf hätten zurückführen können. Aber auf einen Kaffee zu gehen, hieß ja nicht zwangsweise, einen Kaffee zu trinken. Nur ging man in Österreich und ganz besonders im

Raum Wien nicht auf einen Tee oder eine heiße Schokolade. Wo käme man denn da hin? Hier ging man entweder auf einen Kaffee oder – trotz Weingegend – auf ein Bier. Zweiteres lockte aber weder die klitschnasse Deutschlehrerin noch die triefnasse Geschichtslehrerin. Deshalb Kaffee als Synonym für ein Heißgetränk gemäß den persönlichen Vorlieben zu dieser fortgeschrittenen Tageszeit.

Womit allerdings noch nicht entschieden war, wo man sich dieses Heißgetränk einverleiben wollte. Weiterhin auf dem inzwischen leicht matschigen Weg neben dem Brombeerschlag stehen zu bleiben, war jedenfalls nicht empfehlenswert und noch weniger, hier Kaffee, Tee oder Schokolade zu trinken. Obwohl es freilich gereicht hätte, die Tasse mit Kaffee- oder Kakaopulver zu füllen beziehungsweise einen Teebeutel hineinzuhängen und eine Minute zu warten. Nur mit dem *Heißgetränk* hätte es schlecht ausgesehen.

„Ins Café Sisi", meinte Traude Kranzlbauer, was naheliegend war.

Maria Liliencron aber durchlief ein Schauer. Nein, dort wolle sie nicht so gern hin. Wegen Eckart.

„Ich verstehe", sagte die ältere Kollegin rasch und die jüngere war ihr dafür dankbar, obwohl sie selbst nicht hätte sagen können, was und wie viel es da zu verstehen gab oder zu verstehen gegeben hätte.

Aber nicht ins Café Sisi zu gehen, war auf jeden Fall eine gute Idee. Leider war das in Bezug auf Kaffeehäuser auch die einzige Idee, weil das Café Thermalbad nach überstandener Saison zugleich mit seinem Namensgeber geschlossen worden war, das Café Beethoven heute Ruhetag hatte, die Muffinerie für Frau Kranzlbauers Geschmack viel zu modern war und das Café Central leider so zentral lag, dass man vom Stadtrand aus selbst im Laufschritt eine halbe Stunde gebraucht hätte, um es zu erreichen.

„Gehen wir zu mir", erklärte Traude Kranzlbauer nach kurzem Überlegen. „Ich habe ohnehin gerade gebacken." Denn dass Kaffee oder ein Heißgetränk welcher Art auch immer mit Kuchen noch weitaus besser schmeckte als trocken war klar. Und klar war eigentlich auch, dass Traude gerade – das heißt wohl am Vortag oder vielleicht sogar noch in der Früh vor dem Unterricht – gebacken hatte. Sie hätte schon krank sein müssen, wenn es bei ihr einmal keinen Kuchen gegeben hätte.

Und krank war ja nur Maria Liliencron. Offiziell zumindest. Denn während sie, in ihren ob der Nässe überraschend schweren leichten Sachen fröstelnd, neben Traude hereilte, stellte sie erstaunt fest, dass sie sich eigentlich pudelwohl fühlte.

Etwa eine halbe Stunde nachdem Alfred Kuntz, angewidert vom Geräusch an künstlichen Gaumen nuckelnder alter Zungen, das Café Sisi verlassen hatte, saßen Traude Kranzlbauer und Maria Liliencron in der gemütlichen Küche der Erstgenannten.

Dass die Küche gemütlich war, ist eigentlich fast so unnötig zu sagen, wie dass Frau Kranzlbauer gerade gebacken hatte. Vor allem in Kombination, das heißt: Eine Küche, in der gerade gebacken wurde, konnte gar nicht anders als gemütlich sein. Auch wenn nicht gerade gebacken wurde, sondern nur gerade gebacken worden war und das Ergebnis bereits frisch und fertig auf dem Tisch stand. Gerade dann.

Auf Traude Kranzlbauers Küchentisch stand ein Teller mit Kipferln. Im Dativ Plural, weshalb das lautmalerische Endungs-n nicht nur erlaubt, sondern obendrein oder eigentlich hintendran sogar zwingend erforderlich ist. Zumindest für Deutschlehrerinnen, wie Maria Liliencron trotz Krankenstands eine war. Traude Kranzlbauer legte mehr Wert auf die Betonung – nein, nicht der ersten Silbe, das versteht sich von selbst. Wenn nämlich die Betonung, sprich der Wortakzent, falsch war, verstand der Muttersprachler überhaupt nichts mehr. Und wenn vielleicht nicht wirklich überhaupt nichts, so interessanterweise doch erheblich weniger als in jenen Fällen, in denen Vokale vertauscht oder die Regeln der Grammatik gebeugt und gebrochen werden. Weshalb in der Praxis bei den Kipferln die Betonung des *e* zu weit größeren Komplikationen geführt hätte als ein eventuell vergessenes oder – weil Neutrum – im Nominativ, Genitiv und Akkusativ fälschlich zur Pluralbildung herangezogenes und hinten drangehängtes *n*.

Allein, Traude Kranzlbauer betonte bei aller Frische gerne die Historizität ihrer Backware. Denn darauf, historische Rezepte aus Urururgroßmutters Zeiten nachzubacken, verstand sie sich ganz ausgezeichnet, wie Maria Liliencron anerkennend feststellte.

Dass eine gute Viertelstunde zuvor niemand den Geografielehrer Alfred Kuntz verstanden hatte, weil ihn nämlich schlicht niemand gehört hatte, konnte übrigens als großes Glück bezeichnet werden.

Der war nach den ersten hundert Metern seiner Flucht vor dem Schmatzen oder Zutzeln oder was auch immer vom Regen in die Traufe oder eigentlich vom Café in den Regen gekommen. Von Traufe und Traude nämlich keine Spur, dafür umso größere Wassermassen, die aus den Schleusen des Himmels herunter auf die Erde, das heißt auf Bad Au und damit auch auf Alfred Kuntz prasselten.

Was war das wieder für ein blöder Einfall gewesen, mit Ernst ins Kaffeehaus zu gehen? Welche Männer gingen denn heutzutage ins Kaffeehaus? Also miteinander und noch dazu zu zweit. In Damenbegleitung mochte das angehen, wobei Damenbegleitung natürlich bedeutete, eine Dame zu begleiten, und nicht etwa, von einer Dame begleitet zu werden, was ein Mann von heute selbstverständlich nicht nötig hatte. Alleine ins Kaffeehaus zu gehen, hätte Mann vor dem eigenen Ego auch noch rechtfertigen können. Zum Beispiel mit dem Wunsch, Ruhe vor Frau und Kindern nicht erfolglos im Beruf, der in Alfred Kuntz' Fall die Schule war, finden zu wollen. Oder mit dem gesteigerten Bedürfnis nach intellektuell anspruchsvollerer Zeitungslektüre. Oder meinetwegen auch mit einem gewissen egozentrischen Einzelgängertum. Aber ein Zweizelgängertum gab es nicht, höchstens ein Doppelgängertum, aber in Zeiten, die sich den Individualismus in hundertfacher Ausführung auf ihre Fahnen gedruckt hatten, war solch ein Doppelgänger alles andere als erwünscht und beinahe schon ein persönlicher Erzfeind.

Weshalb Herr Kuntz also den Einfall des biologisch allzu, soziologisch jedoch nicht ausreichend männlichen Kollegen verfluchte und auf das Wetter schimpfte. Oder umgekehrt. Da es niemand hörte, machte das wenig Unterschied.

Über das Wetter sprachen selbstverständlich auch die beiden Lehrerinnen in Traudes Küche, während draußen Weltuntergangsstimmung herrschte. Nur fluchten und schimpften sie nicht, noch nicht. Immerhin hatte so ein Weltuntergang doch einiges für sich, wenn er vor den fest verschlossenen Fenstern stattfand, und er trug nicht wenig zur gemütlichen Stimmung bei, die Kaffeeduft und frisch, weil tatsächlich erst in der Früh vor Unterrichtsbeginn gebackene Kipferl verbreiteten. Ja, Kaffeeduft. Die Traude Kranzlbauer scherte sich nämlich herzlich wenig um die Meinung anderer Leute. Ebenso freigebig wie ihre Kuchen hätte sie an die lieben Mitmenschen auch ihre eigene Meinung verteilt. Wer sich davon kein Stück abschneiden wollte, konnte ihr die Hüften runterrutschen. Deshalb schlug die Mittfünfzigerin Kranzlbauer auch die Behauptung der Ärzte und sonstigen Besserwisser, Kaffee belaste das Herz und sei nach vier oder fünf Uhr nachmittags nicht mehr empfehlenswert, in den Wind oder besser in den Regen und genoss ihren in einer Karlsbader Kanne gebrauten Kaffee, wann immer sie Lust darauf hatte. Sofern sie nicht gerade in der Schule war, aber dort litt sogar sie an erhöhtem Blutdruck, weshalb sich ihre Kaffeegelüste ohnehin in Grenzen hielten.

„Verrücktes Wetter", stellte sie fest, als sie der Kollegin im Krankenstand, ohne zu fragen, eine Tasse Kaffee einschenkte.

„Stimmt", gab Maria Liliencron ihr recht und fügte hinzu: „Seltsam, dass es von Süden kommt. Sollte die Großwetterlage zu dieser Jahreszeit nicht eine andere sein und der Wind gedreht haben?"

„Sollte, hat aber nicht", bemerkte Traude. „Obwohl es vielleicht gerade daran liegt, dass ein anderer Wind weht." Und, den Blick aus dem Fenster gewandt, fuhr sie fort: „Es ist nichts so, wie es einmal war, und da brechen eben auch im Herbst Unwetter von Süden über uns herein. Wobei das meiner Meinung nach schon Ende des Sommers angefangen hat."

Maria Liliencron legte die Stirn in Falten und dachte angestrengt nach. Auf einmal konnte sie sich an überhaupt kein schlechtes Wetter mehr erinnern.

„Ich meine auch nicht das Wetter", schnaubte die Kollegin, sodass Maria Liliencron sie irritiert ansah. „Es reicht eine neue Direktorin und sämtliche Exkursionen fallen ins Wasser."

Wiedersehen

Was oder besser wen wir beinahe vergessen hätten, weil er sich eher im Untergrund, nein, im Hintergrund hielt, war der neue Musiklehrer, der selbstverständlich an des unglücklichen Eckart statt hatte eingestellt werden müssen. Im Gegensatz zu seinem verschiedenen Vorgänger war der neue Pädagoge ein erklärter Liebhaber der Barockmusik. Und zwar nicht nur als Konsument oder passiver Rezipient von auf CDs konservierten Melodien, sondern durchaus auch als deren Reproduzent und sogar als seiner Zeit hinterhereilender Produzent neuer Fugen im alten Stil. Ein neuer Bach sozusagen, geradezu ein Wasserfall, dem sein Frontalvortrag über die von ihm geliebten Melodien und ihre ebenso verehrten Schöpfer so flüssig von den Lippen ging, dass die Schüler in der ersten Bankreihe mit dem Fortschreiten der Unterrichtsstunde das Bedürfnis in sich aufkommen fühlten, Schwimmflügel anzulegen. Oder wenigstens einen schützenden Regenschirm aufzuspannen.

Wie alt dieses Faktotum sein mochte, war schwer zu sagen. Alt genug jedenfalls, um von zu Hause ausgezogen zu sein, was freilich in mehrfacher Hinsicht eine recht unpräzise Aussage war. Erstens war man schon erschreckend früh – wenn auch nach Ansicht geplagter Eltern erschreckend spät – alt genug, um dem Elternhaus den Rücken zu kehren und sich fortan selbst um seinen Dreck und besonders dessen Beseitigung zu kümmern. Zweitens bedeutete alt genug noch lange nicht reif genug, denn von dieser Warte aus betrachtet wären manche vielleicht nie in der Verfassung gewesen, von zu Hause auszuziehen. Und drittens zog man ja nicht wirklich von zu Hause aus, weil man – sofern nicht auf der Straße, unter der Brücke oder auf einer Parkbank wohnhaft – doch zugleich in ein neues Zuhause einzog, weshalb sich eigentlich nur die Adresse änderte. Und viertens, aber das braucht nicht extra erwähnt zu werden, waren ausgebildete Lehrer in aller Regel ohnehin volljährig.

Wie auch immer, der neue Musiklehrer und -liebhaber war, um die vakante Stelle auszufüllen und weil er nicht so weit pendeln wollte, ohne seine Eltern nach Bad Au gezogen. Und auch ohne seine Waschmaschine. Woher man das mit der beziehungsweise ohne die Waschmaschine wusste? *Man* wusste das zum Glück gar nicht, denn das hätte wahrscheinlich bedeutet, dass der Neue von Woche zu Woche interessanter gerochen hätte, bis interessant zu pikant und schließlich grauslich geworden wäre, weil ja nicht nur der Mensch gewaschen werden will oder eher soll, sondern auch seine Kleidung. Der Neue, Bruno Kayser mit Namen, roch aber nicht. Oder jedenfalls nicht wirklich, höchstens gegen Ende eines langen Schultages, wenn er fünf-, sechs- oder gar siebenmal vom Musiksaal im Souterrain bis ins Konferenzzimmer im ersten Stock und wieder zurück gelaufen war, wobei das zurück naturgemäß weniger zu Schweißausbrüchen führte. Diese Art des Flüssigkeitsverlusts war im Gegensatz zu den wasserfallartigen Reden des Herrn Kayser jedoch vernachlässigbar. Darum wussten seine Schüler und Kollegen zwar sehr bald um die allzu feuchte Aussprache des Musiklehrers, hatten aber keine Ahnung vom Fehlen einer Waschmaschine in dessen Junggesellenhaushalt.

Ja, Junggesellenhaushalt. Vielleicht konnte das wahre verkannte Genie nur als Junggeselle sein Dasein fristen. Heutzutage. Früher war das anders gewesen. Da war hinter jedem erfolgreichen Mann eine brave treusorgende Ehefrau – nebst einer Schar von Musen – gestanden, die dem Genie den ganzen lästigen Alltagskram abgenommen hatte. Ich meine, wo wäre Goethe ohne seine Christiane geblieben, Mahler ohne seine Alma, die ihm zugegeben auch Muse war, oder Thomas Mann, der wiederum an Musen wenig Interesse hatte, ohne seine Katia? Diese Frauen aber waren längst ausgestorben, weshalb Kollege Kayser ohne Ehefrau und Mutter sowie, nebenbei gesagt, auch ohne Muse nach Bad Au gekommen war.

Aber Ehefrauen, Mütter und Musen waren im Grunde ohnehin out. Mentorinnen hingegen waren angesagt. Und wenn es schon keine Förderin – oder müsste das nicht eigentlich Fördererin heißen, da wir doch auch von Lehrerinnen und nicht von Lehrinnen sprechen, was, zumal bei großem Binnen-I, eine recht witzige Sache wäre – wenn es also schon keine Frau gab, die ihn künstlerisch gefordert und gefördert hätte, gab es doch immerhin eine, die ihn befördert hatte. Nicht unbedingt die Karriereleiter hinauf, aber doch auf den freien Posten im Bad Auer Gymnasium. Und diese Frau wusste auch vom Fehlen der Waschmaschine. Was nicht heißen soll, dass diese Frau mit „man" gleichzusetzen wäre. Aber da der Erzähler naturgemäß sehr viel, wenngleich nicht alles, über Frau Glaunigg-Althoff weiß, weiß er eben auch, dass sie weiß. Und so weiter.

Damit nun die weißen Westen des Bruno Kayser so weiß blieben wie am Tage seines Dienstantritts in Bad Au, gestattete ihm die Direktorin, seine Wäsche vorübergehend, das heißt bis auf Weiteres, in der Waschmaschine der Schule zu waschen. Das Gerät entdeckt hatte übrigens Herr Kayser selbst. Schon an seinem zweiten Tag. Da hatte er sich nämlich verlaufen, hatte den Musiksaal im Keller anstatt im Souterrain gewähnt und sich unversehens in der Waschküche wiedergefunden. Warum das Gymnasium über eine solche Räumlichkeit verfügte, ist schnell erklärt: Es befand sich im Gebäude der ehemaligen Mädchenhaushaltungsschule. Da das Gymnasium als Schulform bis vor Kurzem stetig an Beliebtheit, Popularität und damit an Zulauf gewonnen hatte, indem es auch die Mädchen und Minderbegabten dorthin zog, das schwache Geschlecht im Gegenzug an der Führung des Haushalts aber immer weniger Interesse gezeigt hatte, hatte die Institution das Schulgebäude ver- und es der Gymnasialform überlassen müssen. Mit anderen Worten: Mangels Nachfrage war die Mädchenhaushaltungsschule vor mehr als zehn Jahren unter anderem Namen in ein kleineres Etablissement verlegt und inzwischen sogar ganz geschlossen worden. Die Waschmaschine – ursprünglich für die Reinigung von Tischtüchern, Servietten, Geschirrtüchern, Schürzen und dergleichen gedacht und gebraucht – war hingegen nicht mit übersiedelt, sodass sie jetzt tatenlos im Keller stand.

Bis zu Beginn dieses Schuljahres. Bis Bruno Kayser sie wieder in Gang oder Schwung gebracht hatte, was gar nicht so großer Überredungskunst, sondern nur des Aufdrehens des Hahns für die Wasserzufuhr bedurft hatte. Jetzt wusch sie wieder, welch ein Glück für Schüler und Kollegen, auch wenn die von diesem nichts ahnten, weil sie bei Glück und Musiklehrer immer noch an den verstorbenen Eckart dachten. Manchmal jedenfalls.

Nur Traude Kranzlbauer wusste noch von der Waschmaschine und ihrer Wiederinbetriebnahme, womit sich die Zahl der Mitwisser verdoppelt hatte. Dabei hatte die Geschichtslehrerin zuerst von der Wiederinbetriebnahme und dann erst von der Waschmaschine erfahren, falls sich das überhaupt so genau trennen ließ. Soll heißen: Weil Kollege Kayser im Grunde oder Untergrunde gar kein so übler Kerl war, hatte er der Kollegin den Vorschlag gemacht, sich doch ebenfalls der Waschmaschine im Keller zu bedienen. Bis zu diesem Zeitpunkt hatte auch Frau Kranzlbauer nichts von dem Gerät gewusst.

Dass sie schließlich davon erfuhr, hatte neben der Freundlichkeit des neuen Kollegen mit einer Lehrerkonferenz Mitte Oktober zu tun. Die war von Bettina Glaunigg-Althoff einberufen worden. Von wem auch sonst? Das sollte jetzt Brauch werden, einmal pro Monat die Lehrer, die ohnehin nichts anderes zu tun hatten, zusammenzutrommeln, um Feedback und Anregungen und was auch immer zu sammeln.

Um das Zusammentreffen zu versüßen und sicherlich auch, um ihrer Leidenschaft zu frönen, hatte Traude Kranzlbauer eine Nachtschicht eingelegt und – natürlich nach aus Urururgroßmutters Zeiten tradiertem Rezept – Rahmkipferl mit Mohn- beziehungsweise Nussfüllung gebacken. Weil die passionierte Bäckerin in dieser Hinsicht aber Perfektionistin war, durften Tischtücher auf den zusammengeschobenen Tischen und unter den zu erwartenden Bröseln nicht fehlen. Um es kurz zu machen: Irgendjemand musste die ebenfalls von der Mädchenhaushaltungsschule geerbten Tischtücher nach der Konferenz wieder von den Bröseln und Kaffeeflecken befreien und dieser Jemand hieß selbstverständlich ebenfalls Waltraud Kranzlbauer. Weil es im Lehrkörper keine zwei Waltraud Kranzlbauers gab, war Traude gerade dabei, die beschmutzten Tücher in zwei große Stofftaschen zu packen, als der neue Musiklehrer an sie herantrat und ihr nicht nur seine Hilfe anbot, sondern auch die Benutzung der hauseigenen Waschmaschine. Wodurch Traude Kranzlbauer also von deren Existenz, Verwendbarkeit und Verwendung erfuhr. In welcher Reihenfolge auch immer.

Die Brombeeren waren längst abgeerntet, noch viel länger schon war das Thermalbad geschlossen und das feucht-kalte Novemberwetter lockte niemanden mehr hinaus, besonders nicht mit dem Fahrrad. Zwar gab es immer Hartgesottene, die auch die kälteste Dusche nicht abschrecken konnte, solange ihr Drahtesel dabei keinen Rost ansetzte, aber zu diesen gehörte Maria Liliencron ganz entschieden nicht. Außerdem hatte sie kein Licht an ihrem Fahrrad, was im Herbst schon eine empfindliche Einschränkung darstellte, musste sie deswegen doch ständig auf die Zeit achten, die in Traude Kranzlbauers Küche so rasch verflog.

Dort nämlich, in Traudes Heim, verbrachte die Lehrerin im Krankenstand jetzt gerne ihre Nachmittage. Natürlich nicht alle, weil es ja auch Traudes Nachmittage waren, die diese dreimal in der Woche in der Schule verbringen musste. Außerdem hatte Maria Liliencron Termine bei Elfriede Hirschhauser wahrzunehmen, sonst wäre sie die längste Zeit im Krankenstand gewesen. Wenn sie ehrlich war, fand sie die Nachmittage mit Traude aber viel erbaulicher als die mit Frieda. Und wenn sie schon dabei war, ehrlich zu sein, so richtig ehrlich, dann gingen ihr der Krankenstand und die Frieda inzwischen schon ziemlich auf die Nerven. Ohne Thermalbad und Sonne und Brombeerschlag machte der schönste Krankenstand keinen Spaß mehr.

„Allein dass du so reden kannst, sagt mir, dass du wieder alle Sinne beisammenhast", stellte Traude Kranzlbauer fest. „Aber ich rate dir, es noch ein bisserl auszuhalten."

Das Aushalten bezog sich auf den Krankenstand, was auf den ersten Blick irgendwie paradox erscheinen mochte, weil Maria Liliencron ja krankgeschrieben worden war, weil sie es nicht mehr ausgehalten hatte, wobei es in diesem Fall die Tatsache war, dass sie völlig unbeabsichtigt ihren Kollegen oder besser ihren ehemaligen Kollegen, der bis zu diesem Moment allerdings noch nicht ehemalig gewesen war, also jedenfalls den Musiklehrer Eckart Glück über den Haufen gefahren und dabei – ich wiederhole: völlig unbeabsichtigt – zu Tode gebracht hatte.

Das wusste Traude Kranzlbauer selbstverständlich, das wussten alle Lehrer und noch viel mehr Leute in Bad Au. Wenn die Kollegin ihr jetzt aber dazu riet, den psychisch bedingten Krankenstand trotz Langeweile und einem Quäntchen Sehnsucht nach Schule, Kollegen und vielleicht sogar Schülern noch ein wenig länger auszuhalten und damit auszudehnen, hatte das mit der neuen Direktorin zu tun, die die Rekonvaleszente nach Traude Kranzlbauers Meinung gar nicht spät genug kennenlernen konnte.

„Du hast ja keine Ahnung, was für eine das ist", sagte sie daher zu Maria Liliencron, die in den vergangenen Wochen freilich schon allerlei über den neuen Schuldrachen, wie Traude die Chefin hasserfüllt zu bezeichnen pflegte, erfahren hatte.

„Wieso hat die den Posten überhaupt gekriegt?", erkundigte sich Maria Liliencron, die sich zudem nicht als Erste darüber wunderte, dass bis zum letzten Schultag vor den Ferien niemand etwas von den Ruhestandsplänen des alten Direktors Dippelbauer gehört hatte.

„Schwarzes Urgestein, nehme ich an", erwiderte die Kollegin, die der Liliencron schon fast so etwas wie eine mütterliche Freundin geworden war, und verzog angewidert das Gesicht.

„Du meinst, sie ist in der Partei?", fragte Maria Liliencron nach.

„Sicher", erklärte die mütterlich-kollegiale Freundin, „tritt der Lehrergewerkschaft bei und, schwups, bist du auch Parteimitglied."

„Ich dachte, die Gewerkschaft ist rot", gab die Jüngere schüchtern von sich.

Von der anderen erntete sie dafür nur ein mitleidiges Lächeln. Rot wurde daraufhin Maria Liliencron, wenn auch – wieder einmal – nur äußerlich, nur im Gesicht. Das verging rasch wieder.

„Im Übrigen", fuhr Traude Kranzlbauer fort, „macht rot oder schwarz keinen Unterschied. Nur eines von beiden muss es sein, weil alle anderen Farben einen bei uns nicht weiterbringen."

„Aber sie ist doch gar keine Hiesige", wandte die inzwischen wieder neutral gefärbte Maria Liliencron ein. „Du hast gesagt, sie käme aus Kärnten."

„Kommt sie auch. Aber gerade als Schwarzer tust du dich in Kärnten schwer", meinte Traude Kranzlbauer und biss herzhaft in einen Keks. „Negerli", sagte sie kauend. „Ist zugegeben kein allzu historisches Rezept, aber immerhin von meiner Mutter. Mit Kaffee im Keksteig, deshalb ein bisserl bitter. Ich übe schon für Weihnachten, musst du wissen", fügte sie hinzu.

Maria Liliencron war zwar der Meinung, dass die Kollegin derlei Übung nicht zwangsweise nötig habe, aber sie hatte gegen diese Art des Perfektionismus auch nichts einzuwenden.

„Ich probiere eben gerne was Neues", sagte Traude Kranzlbauer dennoch beinahe entschuldigend.

„Etwas neues Altes", lachte Maria Liliencron.

„Ja", gab Traude zu, „aber manchmal auch etwas ganz Neues."

Ehrgeiz im Backen war nicht das Schlechteste, fanden die beiden Frauen.

„Zumindest nicht für die anderen", sagte Maria Liliencron.

Zumindest nicht für alle, dachte Traude Kranzlbauer im Stillen und hatte eine Idee.

„Zuerst zu Frieda und dann zu Iris", dachte Maria Liliencron, als sie zum letzten Mal in die Pedale trat, um rechtzeitig vor Einbruch der Dämmerung von Traude Kranzlbauer und Bad Au wegzukommen. Ab morgen wollte sie wieder das Auto nehmen. Das wäre Frieda Zeichen genug für ihre, Marias, Genesung und damit konnte sie auch Iris samt all ihren Sachen von Oma und Opa abholen und wieder nach Hause, nach Scharndorf, bringen. Einmal musste sie ja ein Ende haben, diese Phase der Niedergeschlagenheit und Verzweiflung, der weder mit Antidepressiva noch mit therapeutischen Gesprächen beizukommen gewesen war. Die Zeit war vergangen und sie hatte viele Wunden geheilt. Nicht alle, nein, manche Wunden heilten wahrscheinlich nie, aber das Leben ging weiter, zumindest für die meisten, und Maria Liliencron wollte wieder daran teilnehmen.

„Kollege Kuntz, Kollegin Schwaiger, Ihre Dienste werden in naher Zukunft nicht mehr gebraucht", eröffnete Direktorin Glaunigg-Althoff die monatliche Lehrerkonferenz, die zwecks Unterscheidung von den jeweils zu Beginn und Ende eines Schuljahres stattfindenden Konferenzen „Jour fixe" getauft worden war. Bettina Glaunigg-Althoff machte sich damit sowohl bei den meisten Germanisten als auch bei allen zugegeben zahlenmäßig wesentlich schwächer vertretenen Romanisten unbeliebt. Bei den Vertretern der anderen Fachrichtungen machte sie sich allein durch die monatliche Einberufung des Treffens unbeliebt.

Einmal im Monat zum Jour fixe zu erscheinen, war jetzt also Pflicht, gehörte zum Dienst an der Schule wie bisher nur die Regel, bei Schularbeiten maximal die Hälfte minus eins der abgegebenen Arbeiten negativ zu beurteilen, weil das ganze Prozedere sonst hätte wiederholt werden müssen, was nicht nur einen erheblichen

Mehraufwand für die Lehrer und Schüler bedeutet, sondern auch den gesamten Zeitplan durcheinandergebracht hätte. Weil für die Wiederholung solch einer von beiden Seiten verpatzten Schularbeit erst wieder ein Termin gefunden werden musste, was in aller Regel schwierig war, weil nicht nur die Lehrer, sondern auch die Schüler viel zu tun hatten.

Was den Zeitplan der Lehrer durcheinanderbrachte oder doch mindestens strapazierte, indem er ihn nach hinten und vorne auszudehnen versuchte wie Waltraud Kranzlbauers Oberschenkel die Stützstrumpfhose Größe 46, waren daher dank der Aufmerksamkeit von Lehrern und vielleicht auch einigen Schülern nicht die Nachschularbeiten, sondern die unvermeidlichen, einmal pro Monat stattfindenden Jours fixes, an deren korrekter Pluralbildung sich schon gar niemand mehr versuchte. Die Fraktion der Romanisten ausgenommen.

Da hätte man es aufs erste Hinhören vielleicht als positive Wendung missdeuten können, dass Frau Schwaiger und Herr Kuntz ihres Dienstes enthoben wurden und somit wieder mehr Zeit für die wirklich wichtigen Dinge im Leben haben würden. Allein, es ging nicht um den Jour fixe, obwohl es für Monika Schwaiger auch darum ging. Vor allem ging es um die Unterrichtsstunden, die die beiden genannten Lehrer abtreten mussten, da, wie die Direktorin mit knappen Worten erklärte, Maria Liliencron in absehbarer Zeit, nämlich in einer Woche aus dem Krankenstand zurückkehren würde. Für die Vertretungslehrerin Monika Schwaiger hieß das, dass sie überhaupt abtreten und sich anderswo eine Stelle suchen musste. Für Alfred Kuntz bedeutete die bevorstehende Rückkehr der Kollegin lediglich eine Reduktion seiner Überstunden, sodass er künftig wieder mit der vollen Lehrverpflichtung am Bad Auer Gymnasium angestellt wäre und etwas mehr Zeit mit Frau und Kindern zu Hause verbringen konnte, falls er so etwas hatte beziehungsweise wollte.

Was genau er hatte oder wollte, interessierte die Direktorin allerdings nicht. Sie war schon zum nächsten TOP – „Tagesordnungspunkt", entschlüsselte Alfred Kuntz die Abkürzung für seinen ihn verständnislos anschauenden Kollegen Braunsfelder – übergegangen, der da lautete: die korrekte Planung, Durchführung und Nachbereitung pädagogisch wertvoller Schülerexkursionen. Zu planen, durchzuführen und nachzubearbeiten selbstverständlich von den Lehrern, da man die Schüler ja nicht zur Teilnahme am Jour fixe zwangsverpflichten konnte.

Während Monika Schwaiger mit erschrockenem Blick und hängenden Schultern auf dem Platz, der nun bald nicht mehr der ihre sein würde, immer kleiner und kleiner wurde, kochte in ihrer Noch-Kollegin Traude Kranzlbauer die Wut hoch. Auf wen die Lehrerin so wütend war, dass sie, ohne es zu bemerken, das natürlich von ihr selbst gebackene Früchtebrot mit den Fingern zerbröselte und es auf das natürlich ebenfalls von ihr oder der Waschmaschine – welcher auch immer – zu reinigende Tischtuch verteilte, ließ sich leicht erraten. Man brauchte sich nur an ihre Bemerkung gegenüber Maria Liliencron zu erinnern. Oder gegenüber Alfred Kuntz, dem sie ebenfalls davon erzählt hatte, dass diese Glaunigg-Althoff die schon traditionelle Exkursion in die Kaiserappartements und nach Schloss Schönbrunn – hintereinander, denn Traude Kranzlbauer wusste ja, was sich wo befand – nicht bewilligt hatte. Auch gegenüber Ernst Braunsfelder hatte sie ihrem Ärger über die Absage der Direktorin Luft gemacht. Als Grund hatte diese nur das Wort „Touristisch" auf das von Traude Kranzlbauer fein säuberlich ausgefüllte Antragsformular geschrieben.

Touristisch. Was sollte das heißen? Natürlich, die Bedeutung des Wortes war der Geschichtslehrerin nicht unbekannt, genauso wenig wie die Tatsache, dass sich um Hofburg und Schloss Schönbrunn beinahe zu jeder Jahreszeit Massen an Touristen drängten. Aber wie das damit zusammenhing, dass der Wien-Exkursion eine Abfuhr erteilt oder eigentlich die Abfuhr verweigert wurde, konnte Traude Kranzlbauer sich nicht erklären. Und auch Ernst Braunsfelder hatte es ihr nicht erklären können.

„Seltsam", hatte er nur gesagt, „mir hat die Frau Direktor die Exkursion ins Karikaturmuseum ohne Weiteres genehmigt."

Cäcilia Zeppezauer, die danebengestanden war, hatte interessiert die Brauen hochgezogen.

Dass dem Kollegen eine Exkursion in so etwas wie ein Karikaturmuseum gestattet, ihre Exkursion zu historisch bedeutenden Stätten hingegen abgelehnt worden war, stank Traude Kranzlbauer gewaltig. Aber da war noch etwas. Etwas, das ihr in ganz wörtlichem Sinne stank, ihre Geruchsrezeptoren unangenehm reizte. Die Lehrerin schielte und schnüffelte unauffällig zu dem neben ihr sitzenden Alfred Kuntz hinüber. Ob der irgendwie fettig-feuchte Geruch von ihm ausging? Hatte seine Frau ihn heute Morgen so aus dem Haus gehen lassen? Oder, überlegte die Kranzlbauer weiter, hatte er womöglich keine funktionierende Waschmaschine, sodass man ihn auch zwei Stockwerke tiefer schicken sollte, auf dass er Bruno Kayser als Unterwäscher Gesellschaft leiste.

Im nächsten Augenblick zuckte die Geschichtslehrerin zusammen, denn etwas oder jemand hatte, beinahe zärtlich, ihren Fuß gestreift. Und eigentlich, schoss es ihr im selben Moment durch den Kopf, stieg der Gestank unter dem Tisch hervor. Aber Turnschuhe waren das keine. Es war viel eher …

„Huch", entfuhr es nun auch der jungen, soeben unsanft verabschiedeten Kurzzeitkollegin Schwaiger, woraufhin die Lehrer erschrocken umher-, dann neugierig unter den Tisch und schließlich fragend einander ansahen.

Was machte der Hund unter dem Tisch?

Freilich war das nur die erste, noch dazu relativ leicht zu beantwortende Frage: Der schwarze Schnauzer leckte die zwischen den zusammengeschobenen und wieder auseinandergerutschten Tischen hinuntergefallenen Brösel des kranzlbauerschen Früchtebrots auf, wobei er, seine Existenz verratend, einen hündischen Geruch verströmte und an das eine oder andere Bein stieß, gehörte dieses nun zu einem Tisch oder einem Menschen.

Aber zu wem gehörte der Hund und wieso …

„Das ist nur Wolf", erklärte die Direktorin kurz und ging auch schon zum nächsten TOP – „Tagesordnungspunkt", raunte Alfred Kuntz dem zu seiner Linken sitzenden Ernst Braunsfelder ins Ohr, der sich mit dieser Abkürzung noch immer nicht hatte anfreunden können – über: wie man die mangelnde Disziplin der Schüler und Schülerinnen, bei denen immerhin noch Hoffnung auf Besserung bestehe, in den Griff bekommen könne. Und müsse. Und nicht nur die Disziplin, sondern auch die Bekleidung und Hygiene, obwohl das natürlich alles mehr oder minder zusammenhinge, denn wo keine innere Disziplin, da natürlich auch Nachlässigkeit bezüglich der äußeren Erscheinung, von der Sprache ganz zu schweigen. Und was heute der Jugend nicht ausgetrieben oder eingetrichtert würde, sei spätestens morgen der nicht mehr aufzuhaltende Niedergang der ganzen Gesellschaft.

Traude Kranzlbauer drehte sich die aus dem Früchtebrot gepickte Dörrzwetschge zwischen den Fingern um.

Am Krampustag kam Maria Liliencron zurück. Die erste Person, der sie begegnete, als sie in aller Herrgottsfrüh den Lehrertrakt des Bad Auer Gymnasiums betrat, um sich nach zwei Monaten Ferien und dreimonatigem oder eigentlich sogar längerem Krankenstand, weil er streng genommen noch in den Ferien begonnen hatte, auf den Unterricht einzustimmen, war Diana. Nein, nicht die Jagdgöttin, da sie noch niemals in ihrem fünfunddreißigjährigen Leben auf die Jagd gegangen war, auch nicht in den Karpaten, woher ihre Familie stammte. Jagd machte sie höchstens auf Staub und Schmutz. Oder, wenn es davon zu viel gab, auf jene Schüler, die ihrer Meinung nach für dieses Übermaß verantwortlich waren, weil sie sich nicht die Mühe machten, ihre Schuhe vom Straßendreck zu befreien, bevor sie das Schulgebäude betraten.

„Vorsicht, feucht“, sagte eine dunkle Stimme hinter der blonden Lehrerin, als diese die Eingangshalle betreten hatte.

Maria Liliencron nahm einen leichten, ihr unbekannten Akzent wahr und drehte sich erstaunt nach dem Sprecher um, wobei das Erstaunen nicht dem Akzent galt, sondern der Tatsache, dass sie in der ihr seit Jahren vertrauten Schule von einem fremden Erwachsenen angesprochen worden war.

In Gedanken schon im Konferenzzimmer hatte sie die Gestalt mit den kurzen dunkelbraunen Haaren, die mit Putzkübel und Wischmob links unter den hohen Fenstern stand, glatt übersehen. Dabei trug diese Person, die trotz ihrer Stimmlage und -färbung zweifellos weiblichen Geschlechts war, ein knallrotes T-Shirt, quasi Warnfarbe für Schüler und Lehrer, dass hier das Aufräumkommando unterwegs war und man ihm besser den Weg freimachen sollte, um nicht unter die Fransen des Wischmobs oder die Borsten des Besens zu geraten.

Mit anderen Worten: Diana war Putzfrau am Gymnasium in Bad Au, was einerseits erklärte, warum sie bereits vor Schülern und Lehrern durch die Gänge wuselte beziehungsweise wischte, andererseits aber auch, warum niemand ihren Nachnamen kannte. Außer vielleicht der Sekretärin Frau Drescher, die als gute oder jedenfalls als Seele der Schule für Personalangelegenheiten zuständig war, und

eventuell wusste auch noch die eine oder andere auf Korrektheit
bedachte Person Bescheid. Dass Diana wenigstens einen Vornamen
hatte, nämlich nicht nur in der Geburtsurkunde, wo sich ja auch
ihr Nachname, zumindest der vor ihrer Heirat, gefunden hätte, ver-
dankte sie der Größe der Schule und mithin dem Umstand, dass
zur Reinigung des Gebäudes drei Putzfrauen notwendig waren.
Und man hätte wohl schlecht alle drei „Putzi“ rufen können. Dafür
waren sie von Aussehen und Charakter denn doch zu verschieden.

Dass Maria Liliencron auf dem Gang Diana begegnete, wusste sie
im ersten Moment freilich nicht, denn die Frau mit den auffallend
zarten Gesichtszügen, die in merkwürdiger Weise mit ihrer Stimme kontrastierten, arbeitete erst seit dem Sommer hier. Also, seit
Beginn des Schuljahres. Zumindest wurde sie erst seit Beginn des
Schuljahres für ihre Arbeit bezahlt. Da in den Ferien in einer Schule naturgemäß nicht viel los ist, trat sich auch nicht viel Schmutz
los und man brauchte nicht umgehend eine neue Putzfrau ein-
zustellen, nur weil ihre Vorgängerin mit Ende des alten Schuljahres
ihren Dienst quittiert hatte. Die Ferien boten sich hingegen für so
etwas wie ein Praktikum an, im Zuge dessen die Kandidatinnen
für die offene Stelle auf Herz und Nieren geprüft wurden, weshalb
die Schule Anfang September fast so sehr geglänzt hatte wie die
Glatze des alten Direktors Dippelbauer, der zu diesem Zeitpunkt
freilich schon seit zwei Monaten nicht mehr durch die Gänge des
Gymnasiums wandelte, sondern den Ruhestand zu Hause genoss
oder vielleicht eher erduldete.

Maria Liliencron kannte Diana also noch nicht, doch war ihr die
Frau mit der dunklen Stimme auf Anhieb sympathisch.

„Guten Tag, ich bin Diana“, hatte sie sich vorgestellt, dabei den
Nachnamen schon aus Gewohnheit unterschlagen oder einfach nur
vergessen, den Gummihandschuh ausgezogen und Maria Liliencron die Rechte hingestreckt.

„Freut mich“, hatte die aus dem Krankenstand zurückgekom-
mene Lehrerin gesagt, der Putzfrau die Hand geschüttelt und noch
hinzugefügt: „Ich bin Maria.“ Das Liliencron verschwieg auch sie.
Nicht unbedingt aus Solidarität, denn davon ahnte sie in diesem
Moment noch gar nichts, sondern einfach nur, weil ihr diese Diana
so sympathisch war und sie sich freute, ihr als erster Person nach
ihrer Rückkehr in die Schule begegnet zu sein. „Tut mir leid, dass

ich Ihnen gleich wieder Schuhabdrücke auf dem frisch geputzten Boden hinterlasse."

„Macht nichts, ich wollte nur verhindern, dass Sie ausrutschen und sich den Kopf aufschlagen, Maria. Darum ging es", erklärte Diana liebenswürdig, zog sich aber sogleich wieder die Gummihandschuhe an und ergriff den Wischmob, um Frau Liliencrons Verfolgung aufzunehmen und die Spuren der Stöckelschuhe zu beseitigen.

„Hallo Maria", wurde die Lehrerin wenig später von Ernst Braunsfelder und Traude Kranzlbauer begrüßt.

Kurz bevor die beiden das bis auf Maria Liliencron leere Konferenzzimmer betreten hatten, hatten sie noch heftig miteinander diskutiert. Jetzt war die Freude darüber, die Kollegin am Ort ihrer Bestimmung oder Berufung oder doch nur ihres Berufs wiederzusehen, größer.

„Schön, dass du wieder da bist", sagte Herr Braunsfelder.

„Du wirst es leider bald bereuen", setzte Frau Kranzlbauer mit vielsagendem Blick hinzu.

„Aber geh, Traude", gebot der Kollege ihr Einhalt, da er wusste, was sonst unweigerlich kommen musste. „So schlimm ist sie auch wieder nicht. Sie bringt halt frischen Wind in die Schule und wirbelt damit ein bisschen Staub auf", sagte er und meinte damit weder Maria Liliencron, die außer ihrer Person und einer kleinen Handtasche für Kugelschreiber, Kalender, Handy, Lippenstift, Puder und so Zeugs heute noch gar nichts in die Schule mitgebracht hatte, noch Diana, die den Staub nicht aufwirbelte, sondern im Gegenteil zu beseitigen suchte. Außerdem wusste Braunsfelder noch gar nichts von Maria Liliencrons Begegnung mit Diana.

Weshalb also nur von der, aus Sicht der aus dem Krankenstand zurückgekehrten Lehrerin, neuen, für alle anderen Lehrer zu ihrem Leidwesen schon allzu bekannten Direktorin die Rede sein konnte. Und gerade diese Rede wollte Ernst Braunsfelder verhindern oder wenigstens im Keim ersticken, weil er die Beschwerden seiner Kollegen nicht mehr hören konnte. Was hatte es für einen Sinn, sich über die junge Frau Direktor aufzuregen? Sie war eben anders als der alte Dippelbauer. Man hatte sich mit ihr und der veränderten Situation zu arrangieren. Etwas anderes konnte man seiner Ansicht nach ohnehin nicht tun.

82

„Hast du Bettina ... Glaunigg-Althoff“, fügte er rasch hinzu, „überhaupt schon kennengelernt?“

„Nein, ich bin ja selbst erst vor zehn Minuten gekommen. Aber die Diana habe ich kennengelernt, die neue Putzfrau ...“

„FM“, unterbrach Ernst Braunsfelder sie.

„Wie bitte?“, fragte Frau Liliencron erstaunt.

„FM heißt das, Facility Management“, erklärte der gegen Abkürzungen und Fremdwörter normalerweise resistente Deutschlehrer der Fachkollegin. „Putzfrau sagt man nicht mehr. Das ist abwertend.“

„Wer behauptet das?“, wollte Maria Liliencron wissen.

„Die Frau Direktor. Und sie hat recht. Du als Frau müsstest das doch einsehen.“

„Wieso ich als Frau?“, äffte die Kollegin ihn nach.

„Weil die Bezeichnung Putzfrau impliziert“, sagte Ernst Braunsfelder und bediente sich nun doch eines Fremdworts, sei es, weil er seiner Aussage offizielleren Charakter verleihen wollte, sei es, weil er es genau so gehört hatte, „dass nur Frauen diese Tätigkeit ausüben. Hingegen ist FM geschlechtsneutral und diskriminiert niemanden.“

„Was allerdings nichts an der Tatsache ändert, dass *diese Tätigkeit* wie jede andere Drecksarbeit immer noch fast zu hundert Prozent von Frauen erledigt wird“, wandte Traude Kranzlbauer ein.

Doch ihre Worte gingen unter im Sturm der Empörung, der sich gerade in Maria Liliencron erhob und dem diese jetzt Luft machte. „Das ist der größte Schwachsinn, den ich je gehört habe“, platzte die psychisch gerade erst Genesene heraus, „und ich habe in meinem Leben schon viel Schwachsinn gehört – ich bin schließlich Lehrerin. Und Radiohörerin. Da haben sie letzte Woche auch erst wieder darüber berichtet, dass Frauen in Österreich immer noch viel weniger verdienen als Männer. Österreich ist in dieser Hinsicht so ziemlich das Schlusslicht in der gesamten Europäischen Union. Wenn nicht überhaupt das letzte ... Land“, fügte sie nach einer etwas zu langen Pause zwischen den beiden Wörtern noch hinzu.

„Daran sind allerdings zu einem guten Teil die Frauen selbst schuld, sagt die Studie, die es ja wissen muss. Weil sich die Frauen nämlich unbedingt die Berufe aussuchen, die so schlecht bezahlt sind. Dienstleistungs- und Sozialberufe in erster Linie. Und Putzen zählt dazu. Das wollen die Frauen natürlich unbedingt machen, sie lechzen geradezu danach. Pech, dass es dafür keine Kohle gibt, nur Staub. Warum diese von Frauen so gesuchten Jobs nicht besser bezahlt werden oder warum Hausarbeit, Kinder- und Altenbetreuung keinen höheren Stellenwert als Geld und Macht haben, fragt niemand. Stattdessen sollen wir Frauen in die Technik gehen und uns als Managerinnen an die Spitze drängen. Denn wir haben laut Gesetz ja die freie Wahl, uns genauso arschlochmäßig aufzuführen wie die Männer und dabei alles biologisch oder gesellschaftlich Weibliche so in den Dreck zu ziehen, dass eine hoffnungslose Idiotin ist, wer sich trotz anderer Möglichkeiten dafür entscheidet, liebevolle Mutter, kochende Hausfrau oder meinetwegen treusorgende Ehefrau zu sein und bestenfalls einen sozialen Beruf auszuüben – und vielleicht sogar den nur halbtags. Übertroffen werden diese Frauen in ihrer Blödheit nur noch von jener Handvoll Männer, die diese Aufgaben freiwillig übernehmen, ohne von der Natur mit einer Vagina, einer Gebärmutter, Brüsten und Eierstöcken anstelle von Penis und Hoden gestraft worden zu sein. Scheiß auf FM und erweise lieber unseren Putzfrauen deinen Respekt!", schloss Maria Liliencron und funkelte ihren Kollegen wütend an.

„Da sagst nix mehr", meinte Traude Kranzlbauer lächelnd zu ihrem sprachlosen Kollegen.

Aber Ernst Braunsfelder sagte doch noch etwas: „Ich habe gar nicht gewusst, dass du so verbohrt bist." Er wirkte regelrecht eingeschnappt.

„Weder verbohrt noch verklemmt", entgegnete Maria Liliencron mit Bestimmtheit.

„Aber ...“

„Kein Aber. Ich kann das Märchen von der Selbstverwirklichung der Frauen nicht mehr hören, wenn sich der Erfolg am Gehalt misst und das Ende vom Lied ist, dass erfolgreiche Frauen wie Männer sind. Reiche Arschlöcher, die auf Kosten anderer den Lebensstil repräsentieren, den unsere immer noch männlich dominierte Gesellschaft uns Frauen, aber genauso euch Männern diktiert."

„Und was schlägst du vor?", fragte der Kollege ernst.

„Brüste statt Ellbogen", erklärte Frau Liliencron und straffte die Schultern.

Traude Kranzlbauer nickte zustimmend.

„Sie ist vielleicht noch nicht ganz wieder auf dem Damm, immerhin ist es der erste Tag“, verteidigte Ernst Braunsfelder, nachdem er die Sprache wiedergefunden hatte, Maria Liliencron vor der Direktorin. Da die Lehrerin sich nicht nur in ihr flammendes Plädoyer – wofür oder wogegen eigentlich? – hinein-, sondern dabei auch ihre Lautstärke enorm gesteigert hatte, waren ihre Schlussworte endlich auch der Chefin zu Ohren gekommen.

Besser der Schluss als der Anfang, dachte Herr Braunsfelder bei sich, hielt es aber doch für angebracht, den Worten der Maria Liliencron noch mindestens ein weiteres, ein gutes folgen zu lassen, das er nun bei Bettina Glaunigg-Althoff für sie einlegte.

Diese neigte den Kopf zur Seite, sah Ernst Braunsfelder mit einem schwer zu deutenden Blick an und meinte nur: „Ich verstehe.“

Damit war der Deutschlehrer entlassen, denn die Frau Direktor wandte sich den Mails auf dem vor ihr stehenden Bildschirm zu. Da wandte sich auch Braunsfelder um, zum Gehen nämlich, und machte sich auf den Weg in die 6b, um den Schülern und Schülerinnen ein bisschen österreichische Literaturgeschichte einzubläuen. Oder näherzubringen. Oder es immerhin redlich zu versuchen.

„Eigentlich sollten wir feiern, dass Maria zurück ist“, meinte Alfred Kuntz am frühen Nachmittag.

Die potenziell zu Feiernde überlegte einen Moment. Sie musste noch eine Stunde in der Klasse absitzen beziehungsweise abstehen. Danach hatte sie nach Hause fahren und nach dem ungewohnten und damit ungewohnt anstrengenden Arbeitstag verschnaufen wollen, bevor sie Iris am Abend vom Malkurs abholte, den das talentierte Mädchen seit einigen Wochen besuchte. Das war eigentlich Frieda Hirschhausers Idee gewesen, quasi Maltherapie, damit das Kind nicht, wie das ja häufig der Fall war, an den Leiden der Mutter zugrunde ging.

Die Therapie hatte sich als unnötig erwiesen, zumindest für die vollkommen intakte Psyche des Mädchens, was schon wieder eine solche Anomalie darstellte, dass es eigentlich therapiert gehörte, denn wie sollte sich ein psychisch völlig ungestörter Mensch unter seinesungleichen zurechtfinden? Glücklicherweise hatte die psychisch sehr wohl gestörte Mutter aber noch so viel Verstand und Gefühl besessen, das Mädchen aus der Hand der Maltherapeutin in die Hand einer Zeichenlehrerin zu übergeben. Und diese besuchte Iris nun auch nach der Rückkehr der Mutter in die Normalität regelmäßig einmal pro Woche. Sehr zur Freude von Mutter Maria, Töchterchen Iris sowie der Zeichenlehrerin, die nicht nur der regelmäßigen Einkünfte wegen von der Begabung des Mädchens überzeugt war.

Nur einen Haken hatte die Sache: dass nämlich in den frühen Abendstunden kein Bus von Bad Au nach Scharndorf fuhr, weil die Schüler da trotz Nachmittagsunterrichts schon zu Hause sein sollten und die älteren von ihnen noch nicht wieder von den abendlichen Treffen mit Freunden zurückgebracht werden mussten. An Mal- und Schwimm- und sonstige Kurse dachte die Busgesellschaft offenbar nicht, weshalb Maria Liliencron ihre Iris Woche für Woche mit dem Auto ab- und nach Hause holte.

Verschnaufen, beschloss sie nichtsdestotrotz, konnte sie später auch noch. Wenn Fred schon so lieb war und ihre Rückkehr unter die Lebenden oder die Lehrer oder, was die Sache am besten traf, unter die lebenden Lehrer feiern wollte, sollte sie sich nicht dagegenstellen beziehungsweise davor flüchten.

„Gehen wir ins Café Sisi", schlug sie überraschend vor. Überraschend nicht nur für sie selbst, sondern auch für Traude Kranzlbauer, die daran erkannte, dass die Kollegin die tragischen Ereignisse inklusive deren Vorgeschichte tatsächlich überwunden hatte.

Alfred Kuntz war in Ermangelung von Traudes Wissen weniger überrascht. Und noch weniger erfreut. Um Marias Rückkehr zu feiern, hatte er ein oder zwei andere Lokale im Visier gehabt und wollte deren Namen auch schon aufs Tapet bringen, als er sich besann und quasi in sein Schicksal ergab, das darin bestand, der Kollegin zuliebe Gefahr zu laufen, im Café Sisi alten, an ihren künstlichen Gebissen nuckelnden Damen zu begegnen. Aber, beschloss er dann, es ging weder um ihn noch um alte Damen, sondern um eine junge Kollegin, die eine schwierige Zeit durchgemacht hatte und es verdiente, dass man auf ihre Wünsche einging. Und wo er die Zeit verbrachte, bis er sich nicht mehr länger vor dem Nachhausegehen drücken konnte, war im Grunde egal.

„Ich habe noch eine Stunde", sagte er deshalb, „aber dann komme ich gerne nach."

„Ich muss auch noch eine Stunde unterrichten", bekannte Maria

Liliencron. „Dann können wir zusammen gehen. Und du, Traude", wandte sie sich an die Historikerin, „musst du noch einmal los oder hast du's für heute geschafft?"

„Geschafft, ich bin fertig", antwortete Frau Kranzlbauer und ließ die genauere Bedeutung ihrer Worte offen. „Kommt sonst noch wer mit?"

„Wenn du so lieb wärst, dann könntest du noch dem Ernstl Bescheid geben", bat Maria Liliencron. „Und der Cilli, wenn du sie irgendwo siehst."

„Der Cilli sage ich es gerne und dem Ernstl, weil ich so lieb bin", erwiderte Traude Kranzlbauer. Und so saßen am späten Nachmittag des fünften Dezember fünf Lehrer des Bad Auer Gymnasiums im Café Sisi, wo Petra Sandor die letzten zwei Krampusse aus der Vitrine nahm. Krampusse aus feinem Briocheteig mit Rosinen als Augen und langen Zungen aus rotem Esspapier. Morgen würden sie durch Nikoläuse ersetzt werden.

„Soll ich die beiden in ein oder in zwei Papiersackerl stecken?", fragte sie Inspektor Obermayer, der sein kritisches Auge gerade über das schweifen ließ, was er in der Mehlspeisenvitrine noch übrig gelassen hatte.

„In zwei Sackerl bitte", sagte er und fügte nach kurzem Überlegen hinzu: „Und ein Punschkrapferl bitte. Das brauchen Sie aber nicht einpacken."

„Einzupacken", murmelte Ernst Braunsfelder, für den Inspektor zum Glück nicht vernehmbar, vor sich hin.

„I-Tüpferl-Reiter", schalt ihn Maria Liliencron, die ihm die Sache mit der, dem oder den FM längst verziehen zu haben schien, scherzhaft.

„Das ist kein vernachlässigbares i-Tüpferl und auch kein i-Punkt, sondern ein absolut notwendiges *zu*", rechtfertigte sich der Kollege.

„Gar nicht notwendig", lachte Maria Liliencron, „du siehst doch, dass der Herr Inspektor sein Punschkrapferl auch so bekommen hat."

Tatsächlich verließ Franz Obermayer soeben mit dem bereits angebissenen Punschkrapferl in der einen und einer gut gefüllten Papiertragetasche in der anderen Hand das Café Sisi.

„Andererseits", schaltete sich jetzt Alfred Kuntz ein, „ist so ein i-Punkt ganz und gar nicht vernachlässigbar. Im Türkischen zum

Beispiel wird ein völlig anderer Laut daraus, wenn du beim *i* den Punkt weglässt."

„Wir sind aber nicht in der Türkei", stellte Ernst Braunsfelder ganz richtig fest.

„Nein, aber nur, weil die Osmanen Wien 1683 trotz Belagerung nicht eingenommen haben", meinte Alfred Kuntz.

„Genauso wenig wie 1529", ergänzte Traude Kranzlbauer. „Da haben sie die Stadt nämlich schon einmal belagert. Und auch das war nicht die erste Auseinandersetzung mit den Türken, die damals allerdings Osmanen hießen."

„So? Und wann war der erste Türkenkrieg?", wollte der Geograf Kuntz wissen.

„Der Erste Türkenkrieg fand 1663/64 statt, aber ..."

„Das war doch dann erst nach der Belagerung von 1529", stellte Maria Liliencron verwirrt fest.

„Ja, und nicht nur das", gab die Historikerin Kranzlbauer zu. „1526 hat Ferdinand I. in der Schlacht von Mohács die Türken besiegt, dabei zwar das Herzogtum Böhmen gewonnen, weil in derselben Schlacht sein Schwager gefallen ist, aber drei Jahre danach sind die Türken doch wieder vor Wien gestanden, allerdings vergeblich, wie ihr vorhin gehört habt. Dann kam Ende des 16., Anfang des 17. Jahrhunderts der Lange Türkenkrieg."

„Und wieso war der nicht der erste?", fragte die Mathematikerin Zeppezauer.

„Das kann ich dir leider auch nicht erklären", gab Traude Kranzlbauer sich geschlagen und unterschlug ihrerseits den uneinsichtigen Kollegen den Großen und den Dritten Türkenkrieg, weil die Sache ohnehin schon verzwickt genug war.

„Eines haben die Türkenkriege und -belagerungen unabhängig von ihrer Zahl und Reihenfolge aber doch gebracht", meinte Alfred Kuntz. „Den Kaffee und das Kipferl, ohne die das Wiener und natürlich auch das Bad Auer Kaffeehaus ein bisschen trist wäre."

„So zumindest die Legende", räumte Traude Kranzlbauer ein und biss herzhaft in ihre Powidlkolatsche.

„Ist schon gut, so wie es ist", meinte jetzt auch Ernst Braunsfelder in versöhnlichem Tonfall, „also dass die Türken in der Türkei sind und wir Bad Auer – oder Scharndorfer – in Bad Au. Ein jeder dort, wo er zu Hause ist."

„Und warum bleiben die Kärntner dann nicht in Kärnten?“, fragte Alfred Kuntz gereizt. Womit man glücklich oder unglücklich wieder beim Gesprächsthema Nummer eins angelangt war und Maria Liliencron erleichtert feststellte, dass sie sich auf den Weg machen musste, um ihre Tochter vom Malkurs abzuholen, der gegenüber den im Sommer begonnenen Reitstunden immerhin den Vorteil hatte, dass das Kind zwar mit Farbe bekleckst war, aber nicht wie ein Misthaufen stank, was sich in dem kleinen Renault Clio recht positiv bemerkbar machte. Gerade weil unmerkbar.

„Was ist eigentlich los mit dir, Fred, du warst doch früher nicht so ... so still und in dich gekehrt?“, fragte Maria Liliencron den hageren Kollegen ein paar Tage später, als sie, diesmal nur zu zweit, im Café Sisi saßen, um zu besprechen, welche Länder und Kontinente Alfred Kuntz während ihrer Abwesenheit mit ihren Geografieklassen entdeckt hatte.

Freilich hätte das besser schon passieren sollen, bevor die Lehrerin den Unterricht in besagten Klassen wieder selbst übernahm, aber da hatte sie noch andere Dinge im Kopf oder schlicht keine Lust gehabt, sich selbigen darüber zu zerbrechen. Mit zerbrochenen Köpfen wollte sie nichts zu tun haben.

„Mit mir? Nichts. Wieso?“, antwortete der Kollege ausweichend.

„Na, eben darum: weil du so still bist“, wiederholte Maria Liliencron. „Macht dir die neue Direktorin solche Schwierigkeiten?“

„Hm, nein, ja, auch.“ Alfred Kuntz’ Auskunftsfreude hielt sich in Grenzen, zumindest was sein Gefühlsleben betraf. Umso lieber schien er die Kollegin über die von ihm vertretungsweise übernommenen Geografiestunden informieren zu wollen.

„Also, pass auf, mit der 3a habe ich in Europa begonnen, genauer gesagt in Bad Au ...“

„Das habe ich mir fast gedacht“, nahm Maria Liliencron ihn gut gelaunt auf die Schaufel.

„Warum? Ach so, verstehe“, sagte Alfred Kuntz unwillig. In puncto gute Laune konnte er mit der Kollegin offenbar nicht mithalten. Noch ließ er sich davon aber nicht entmutigen. „Wir haben die heimische Geologie durchgenommen und sind noch im September auf den Geolehrpfad am Buchenberg gegangen“, fuhr er fort.

„Und das hat dir die Glaunigg-Althoff gestattet?“, fragte Maria

Liliencron neugierig. „Ich habe gedacht, die sei bei Exkursionen so heikel.“

„Ich hab's einfach gemacht, wäre nie auf die Idee gekommen, dass so ein kleiner Spaziergang schon als Exkursion gilt. So was mach ich doch schon seit zehn, fünfzehn Jahren“, sagte Kuntz und übersah dabei geflissentlich, dass er vor zehn oder fünfzehn Jahren wahrscheinlich zum ersten und letzten Mal mit einer Schulklasse den Buchenberg erklommen hätte – damals noch ohne Geologie-Lehrpfad, weil der erst eine Innovation der jüngsten Stadtregierung war. „Aber natürlich hat's danach trotzdem ein Donnerwetter gegeben, da hast du schon recht“, gab er zu.

„Und deshalb bist du so bedrückt?“, versuchte die offensichtlich besorgte Kollegin es noch einmal.

„Deshalb? Ja, nein, auch. Ich bin nicht bedrückt“, entgegnete Alfred Kuntz, ohne zu bemerken, dass diese Aussage nun wirklich in sich sehr widersprüchlich war.

„Aber still bist du“, bohrte Maria Liliencron nach.

„Du lässt mich ja nicht ausreden“, verteidigte er sich.

„Weil es mich, ehrlich gesagt, nicht sonderlich interessiert, was du mit den Schülern gemacht hast. Das kann ich im Lehrplan nachlesen.“

„Wenn es dich nicht interessiert, brauche ich es dir ja nicht erzählen“, grummelte der Kollege.

„Zu erzählen“, korrigierte Maria Liliencron, in der in diesem Moment die Germanistin die Oberhand über die Geografin gewonnen hatte.

„Ach, hab mich doch gern“, schnaubte Alfred Kuntz, „ihr Frauen seid mir manchmal echt zu heavy. Fräulein, zahlen, bitte“, rief er Petra Sandor zu und ließ Maria Liliencron verdattert an dem runden Marmortischchen im Café Sisi zurück.

„Hast du gesehen, wie der Typ sie einfach sitzen gelassen hat?“, flüsterte die junge Frau zwei Tische weiter ihrem Gegenüber aufgeregt zu.

„Was soll's?“, entgegnete der ebenfalls junge Mann mit der prächtig gegelten schwarzen Schmalzlocke und griff gelangweilt nach seinem iPhone.

Irgendwelche Nachrichten? Irgendetwas Neues auf Facebook,

Twitter, WhatsApp und Co, das ihm die Zeit vertrieb, bis seine Freundin endlich ihr Kaffeezeugs ausgetrunken hatte?

„Das ist doch keine Art, eine junge Frau, platsch-bum, allein zu lassen.“

„So jung ist die doch gar nicht mehr“, meinte der Schmalzlockenträger und scrollte mit dem Zeigefinger über das Touchpad.

„Im Vergleich zu ihm allemal“, beharrte seine Begleiterin, „außerdem kann man sich auch einer älteren Frau gegenüber höflich benehmen.“

„Hm.“ Ah, Marcel hatte etwas gepostet!

Die junge Frau resignierte. Ihre langen, grell orange lackierten Nägel griffen zu der vor ihr auf dem Tisch stehenden Kaffeetasse. Das heißt, natürlich griff die ganze Hand nach der Tasse, nur fiel die im Vergleich zu den Nägeln kaum auf.

„Ich bin fertig“, sagte sie dann und jeder außer ihrem Freund hätte an ihrer Stimme erkannt, dass diese Worte nicht nur darüber informierten, wie voll oder leer die Kaffeetasse, sondern auch darüber, wie gekränkt die Sprecherin war.

Dass Marcel sich gerade mit einer halb leeren Bierflasche vor dem Fernseher fadisierte, beanspruchte aber fast die gesamte Aufmerksamkeit des jungen Mannes. Das musste man einsehen, musste jedenfalls seine Freundin einsehen, immerhin hatte sie darin schon bald zwei Jahre Übung.

„Zahlen“, rief ihr Begleiter der in seinen Augen wohl auch nicht mehr jungen Frau Sandor zu und winkte mit einem Zwanziger. Was immerhin bewies, dass ihn die letzten Worte seiner Freundin trotz Marcels Intervention erreicht hatten.

„Gott sei Dank sind die weg“, zischte Lise Vrabec Gerti Haberhauer und Mitzi Calloni zu, „das war ja vielleicht unappetitlich, wie der Bursche die Topfenkolatsche in sich hineingestopft hat.“

„Und geschmatzt hat er noch dazu“, pflichtete Gerti ihr bei.

„Vom Schlürfen beim Biertrinken ganz zu schweigen“, empörte sich Lise.

„Wer trinkt im Café Sisi schon Bier?“, ereiferte sich jetzt wieder Gerti. „Wo's hier doch den besten Kaffee weit und breit gibt und wir noch dazu in einer Weingegend leben.“

„Das ist halt die Jugend von heute“, seufzte Mitzi Calloni und sog an ihrem künstlichen Gaumen. „Endlich“, sagte sie dann erleichtert und spuckte ein Nussstückchen aus, das sich zwischen ihren Dritten verfangen hatte.

Eine kurze Zeit der Besinnung

„Franz, dieses Mal ist es wirklich ein Mordversuch", sagte Thomas Machacek und betrat Inspektor Obermayers Dienstzimmer.

„So?" Der Beamte in Polizeidiensten schien von der Eröffnung des jüngeren, schlankeren, besser aussehenden Kollegen nicht recht beeindruckt zu sein.

„Glaubst du's mir nicht?", fragte Inspektor Machacek deshalb herausfordernd.

„Nein", antwortete Franz Obermayer prompt. „Das ist sicherlich wieder nur falscher Alarm. Morde passieren in Bad Au ... nicht." Er hatte kurz überlegt, ob er „schon lange nicht mehr" sagen sollte, aber das hätte eine Erklärung erfordert. Und was ging es den zehn, zwölf Jahre hier diensttuenden Inspektor an, was vor seiner Zeit in Bad Au geschehen war? Richtig, nichts, gar nichts. Das war, wie man so sagte, Schnee von gestern oder sogar vorgestern und daher vollkommen uninteressant, zumal im Dezember, wo man täglich auf den Schnee des aktuellen meteorologischen Winters hoffen oder sich vor ihm ängstigen durfte, weil dann wieder die Straßen glatt und die Autofahrer überfordert und überhaupt alle unzufrieden waren.

„Aber um dir die Freude zu machen", sagte Inspektor Obermayer, der ja nicht grundsätzlich unhöflich sein wollte, „was ist denn passiert?"

„Es geht wieder um diese Direktorin", fing Thomas Machacek zu erzählen an, nachdem er breitbeinig wie ein trotz seiner rund vierzig Jahre junger Apoll vor dem gesetzten Kollegen Aufstellung genommen hatte. „Da hat offensichtlich jemand etwas gegen sie."

„Aber anscheinend nichts Wirksames", grummelte Franz Obermayer vor sich hin und schien noch immer nicht wirklich interessiert.

„Wieso …“

„Weil's nur ein Mord*versuch* war“, erklärte der Kollege gelangweilt seinen Einwurf. Himmel, wie lange musste er noch auf Dienstschluss warten, um endlich einen Happen aus dem Café Sisi holen zu können? Da hatten es die Kollegen im Außendienst besser. Bei den paar Parksündern blieb ihnen mehr als genug Zeit, ihren Blutzuckerspiegel mit einem Punschkrapferl oder einer anderen süßen Köstlichkeit auf Stand zu bringen, dachte der Inspektor und vergaß völlig, dass er es nach zwanzig oder mehr Dienstjahren eigentlich als unter seiner Würde empfand, sich draußen die Sohlen abzulaufen und Strafzettel ausfüllen zu müssen. Doch für ein sandorsches Punschkrapferl hätte er heute alles getan. Na ja, fast alles, zumindest aber Strafzettel ausgestellt.

Thomas Machacek hatte sich wieder gefangen, fing jedenfalls noch einmal von vorne zu erzählen an. Dass jemand etwas gegen die Direktorin des Gymnasiums haben müsse, weil innerhalb von nur drei Monaten bereits der zweite Mordanschlag auf sie verübt worden sei. Glücklicherweise sei auch der schiefgegangen, aber der Hund habe alles vollgespien.

„Die Hündin“, versuchte Inspektor Obermayer, den anderen zu korrigieren, traf damit aber nicht unbedingt ins Schwarze.

„Wieso Hündin?“, wunderte sich Inspektor Machacek.

„Weil die Direktorin ja wohl eine Frau ist“, wollte der Ältere, Dickere und trotz oder gerade wegen seines kaschierten Haarverlusts Unattraktivere den Kollegen aufklären.

Wie sich herausstellte, hatte der von der Sachlage allerdings weit mehr Ahnung und erklärte daher seinerseits dem Franz Obermayer, dass es mit dem Hund schon seine Richtigkeit habe, weil es zum Glück der Hund der natürlich weiblichen Frau Direktor gewesen sei, der die vergifteten Weihnachtskekse gefressen oder eben nicht wirklich gefressen, sondern nach wenigen Minuten unter entsetzlichem Winseln und Würgen wieder ausgespien habe.

Nun legte Inspektor Obermayer doch die ohnehin zerfurchte Stirn in Falten, kratzte sich unter seinem Toupet und dachte angestrengt nach, während Thomas Machacek ihn, in seiner Haltung unverändert, erwartungsvoll ansah. Schließlich hob Franz Obermayer den Kopf, erhob ernst seine Stimme und fragte: „Was, bitte schön, macht ein Hund im Schulgebäude?“

Aber das konnte ihm der aufgeklärte Kollege auch nicht verraten. Er bot dem älteren Beamten lediglich an, den kleinen Jakob aus diesem gefährlichen Etablissement herauszuholen, weil er, Machacek, sich ohnehin gerade auf den Weg dorthin machen wolle. Und überhaupt.

Dabei wäre es leicht gewesen zu erklären, was der Hund im Schulgebäude machte, außer Weihnachtskekse zu fressen natürlich: Dreck machte er. Und zwar nicht nur nach dem zweifelhaften Genuss und der unerfreulichen Wiedergabe besagter Kekse, sondern ganz generell. Weil Hunde immer und überall Dreck machen, wo sie sind. So weit jedenfalls die Meinung von FM Diana. Aber die zählte ja nicht.

Anders Cäcilia Zeppezauer. Die beziehungsweise deren Meinung zählte wenigstens ein bisschen. Und wie Cäcilia Zeppezauer Unpünktlichkeit und Unaufrichtigkeit verabscheute, so verabscheute sie auch Unordentlichkeit. Vor allem wenn sie in krassem Gegensatz zu den von den Lehrern des Gymnasiums seit Neuestem oder seit drei Monaten geforderten Qualitäten stand.

Und deshalb, nur deshalb war Cäcilia Zeppezauer damit einverstanden gewesen, dass Diana das von Wolf verunreinigte Lehrerzimmer unmittelbar nach der Auflösung des vorweihnachtlichen Jour fixe einer radikalen Säuberungsaktion unterzogen hatte. Sämtliche von dem im Grunde armen Hund im Raum verteilte Häufchen und Bröckchen und Pfützchen hatte die aufmerksame Diana noch in dem ganzen Tumult weggewischt. Damit nicht am Ende jemand hineintrat und den Dreck samt Gestank, der weit über den normalen Hundegeruch hinausging, im gesamten Schulgebäude verteilte. Deswegen konnte ihr wirklich niemand einen Vorwurf machen, nicht einmal die Polizei, obwohl die den Auswurf des Hundes, also die Reste dessen, was ihm sein Frauchen – denn dieses selbst war es gewesen – zum Fraß oder zum Genuss oder eben zum Unglück vorgeworfen hatte, nur zu gerne zwecks Analyse an ein Labor geschickt hätte. Das war nun dank Dianas Umsicht nicht mehr möglich, zumal diese Umsicht auch dafür gesorgt hatte, dass die anderen noch nicht verzehrten Kekse entsorgt worden waren.

Sie habe sie die Toilette hinuntergespült, erklärte sie den Beamten mit ihrem stärksten rumänischen Akzent. Das dumme Ausländerpack verstand halt nichts von Mülltrennung.

So blieb den Vertretern der Exekutive also nichts anderes übrig, als zu versuchen, den Vorfall mithilfe ihrer Fragen zu rekonstruieren. Freilich sah es mit dieser Rekonstruktion eher schlecht aus, weil befriedigende Antworten zumeist ausblieben. Die Kekse waren weg, der Hund gerade noch am Leben und Bettina Glaunigg-Althoff mit Appetitlosigkeit gestraft. Oder eher gesegnet, hatte sie in den paar Monaten, seitdem sie die Geschicke des Gymnasiums in Bad Au lenkte, doch schon ein paar Kilo zugenommen. Frustfressen oder so ähnlich. Denn dass sie hier im rauen Norden nicht unbedingt zu den beliebtesten Personen zählte, war selbst ihr nicht verborgen geblieben. Weshalb also der gute Wolf die Weihnachtskekse bekommen hatte: weil die Direktorin es sich durch die Ablehnung dieser Kekse nicht noch weiter mit den untergebenen Kollegen verscherzen, durch deren Genuss aber auch nicht noch mehr Fett ansetzen wollte. Das hätte ihren Reizen als Frau womöglich geschadet.

Nur wer ausgerechnet diesen Teller auf ihren Platz gestellt hatte, wusste man genauso wenig, wie wer die Kekse vergiftet hatte. Wenn sie denn überhaupt vergiftet gewesen waren und Wolf sich den Magen nicht an etwas anderem verdorben hatte.

Das Konferenzzimmer hatte selbstverständlich Traude Kranzlbauer schon frühmorgens vor Unterrichtsbeginn für den Jour fixe hergerichtet, also die Tische – dies mit Unterstützung einiger männlicher Kollegen – zusammengeschoben und mit blendend weißen Tischtüchern bedeckt, Teller, Gläser und Kaffeetassen darauf verteilt, Servietten ausgelegt und schließlich nicht nur die fein säuberlich abgezählten Kekse, sondern auch Namenskärtchen verteilt.

Das mit den Namenskärtchen war so eine Sache. Sie bestanden nämlich ebenfalls aus Mürbteig, der allerdings nicht zu Herzen und Sternen ausgestochen und nicht zu Kipferln geformt, sondern mit einem speziellen Prägestempel bearbeitet worden war. Der letzte Schrei.

„Ich habe diesen Prägestempel beim Krawany in Pförring gesehen“, entschuldigte sich Traude Kranzlbauer. „Man kann die Plastiklettern einzeln einsetzen und Wörter oder eben Namen auf die Kekse stempeln. Da konnte ich nicht widerstehen, ich habe das Ding gekauft und wollte es natürlich vor Weihnachten noch ausprobieren.“

Dass Frau Kranzlbauer im Allgemeinen eher an historischen Kü-

chenutensilien als an neumodischem Schnickschnack interessiert
war, konnten die Beamten ja nicht wissen.

Dank dieser süßen Namenskärtchen war es also ein Leichtes gewesen, Sitzplatz und Keksteller all jener Personen, die am frühen
Nachmittag zum Jour fixe zusammenkommen würden, zu ermit-
teln. Und so lange, bis zum frühen Nachmittag, waren die Kekse
für jedermann zugänglich auf den Tischen im Konferenzzimmer
gestanden. Da hätte jeder Lehrer kommen und wer weiß was an-
stellen können.

Das sah Traude Kranzlbauer im Nachhinein auch ein und ließ
betrübt den Kopf hängen. Denn wie leicht hätte jemand Fingerabdrücke auf der perfekten, matt glänzenden Schokoladenglasur
hinterlassen oder die Zuckerperlen von den Rumherzen naschen
können. Wie sehr also war durch diese Unachtsamkeit nicht nur
das Leben der Direktorin, sondern auch die Arbeit der Traude
Kranzlbauer bedroht gewesen.

Damit aber war Frau Kranzlbauer mehr oder weniger als Einzige
aus dem Schneider oder eigentlich aus dem Visier der Ermittler.
Denn dafür, dass sie ihre wundervollen Kekse nicht selbst vergiftet hatte, legten fast alle ihre Kollegen die Hand ins Feuer. Traude
Kranzlbauer verwendete seit Jahren ausschließlich die besten Zu-
taten, damit nur ja nichts schiefging.

Hier aber stockten die Ermittlungen, denn alle hätten können,
aber niemand hatte gesehen. Und die magersüchtige Kunstlehrerin
Renate Binder, die zu Bettina Glaunigg-Althoffs linker Seite gesessen war, hatte sich für deren Kekse genauso wenig interessiert wie
der zuckerkranke Rudolf Mühlegger zur Rechten der Direktorin.
Dagegen konnte selbst der ambitionierte Thomas Machacek nichts
tun.

Es war der dritte Adventssamstag, als Maria Liliencron nachmittags um vier das Café Sisi betrat. Draußen war es bereits dunkel,
was um diese Uhrzeit immerhin mit dem Sonnenstand zu erklären
war. Tatsächlich jedoch war es den ganzen kurzen Tag über nicht
richtig hell geworden, weil die Sonne zwar aller Wahrscheinlichkeit
nach am Himmel gestanden oder über den Himmel gewandert war,
die dichten Wolken, aus denen es immer wieder heftig schneite,
den Blick auf sie aber verwehrt hatten. Und nicht nur den Blick

auf die Sonne verwehrten sie, sondern verhinderten auch den Weg der Sonnenstrahlen auf die Erde. Kurz: Es war den ganzen Samstag über dunkel, kalt und winterlich nass gewesen. Ein Wetter zum Verkriechen, sofern man nicht von vornherein so klug gewesen war, im Bett zu bleiben.

Im Bett allerdings hatte Maria Liliencron nichts und niemand gehalten, weshalb sie wie gewohnt um sechs Uhr aufgestanden war. Leise, um Iris, die heute einmal ausschlafen durfte, nicht zu wecken. Sie hatte Frühstück gemacht, zuerst Kaffee für sich selbst, danach Müsli für sich und ihre Tochter. Gleichzeitig vertrug sich das nämlich nicht, wenn man es genau nahm. Also nicht Mutter und Tochter, die gegen halb, drei viertel acht ganz einträglich miteinander in der Küche saßen und frühstückten, sondern Kaffee und Müsli.

Denn wenn man sein Müsli zwecks verbesserter Eisenaufnahme und so mit Orangensaft genießt, steht oder stünde das dem Kaffeegenuss im Weg. Und umgekehrt der Kaffeegenuss der Eisenaufnahme.

Deshalb also die zeitliche Trennung, die sich so natürlich nur am Wochenende durchhalten ließ, weil Maria Liliencron nicht bereit war, wochentags schon um fünf Uhr aufzustehen, nur um zwischen Kaffee und Müsli eine mindestens einstündige Pause, sozusagen eine Freistunde für den Magen und das Blut, einzulegen.

Ein lang gezogenes beziehungsweise gestaffeltes Frühstück gehörte zum regulären Samstagsablauf also dazu. Dann Schularbeiten korrigieren, während Iris sich zumeist wieder in ihr Zimmer zurückzog und sich alleine mit irgendetwas beschäftigte, zum Beispiel malte. Anschließend einkaufen, manchmal mit, manchmal ohne Iris, heute ohne. Einzukaufen bedeutete am Samstagvormittag, Runde um Runde auf dem Parkplatz des Supermarktes zu drehen, bis man endlich eine legale Möglichkeit fand, das Auto für die geplanten zwanzig Minuten abzustellen, wobei manche freilich schon früher kapitulierten, vorzugsweise genau vor dem Eingang des Geschäfts. Ungeachtet des Standorts des Autos und dessen Grad an Legalität, was sich jetzt sowohl auf den Standort als auch auf das Fahrzeug selbst beziehen ließ, wurden aus den geplanten zwanzig leicht vierzig Minuten, weil andere Kunden mit ihren Einkaufswagen die Gänge blockierten, um sich irgendwann entnervt in die garantiert falsche Schlange an einer der drei oder vier geöffneten Kassen zu drängen, wobei sie bestimmt die Hälfte jener Dinge, die sie hätten einkaufen wollen oder sollen, vergessen hatten, dieses Vergessen jedoch dadurch kompensierten, dass sie zwei Drittel des schließlich Eingekauften weder vorher noch nachher haben und ganz bestimmt nicht zahlen wollten. Was in Summe also bedeutete, dass sie mengenmäßig eineinhalbmal so viel eingekauft hatten wie geplant, zusätzlich aber mit Auswahl und Zusammensetzung des Einkaufs, der nach fünfundvierzig Minuten – im Falle eines legalen Standorts fünfundvierzigeinhalb Minuten – im Kofferraum des Autos verstaut war, unzufrieden waren.

Dass Samstage im Allgemeinen nicht dazu angetan waren, die Menschen zufriedenzustellen und positiv auf das Wochenende einzustimmen, schien verständlich. Unverständlicher mochte es erscheinen, dass nicht einmal ein solcher Samstag Maria Liliencron ihre gute Laune verderben konnte. Obwohl, da die Lehrerin seit jenem zuerst im Brombeerschlag und dann mit Traude Kranzlbauer verbrachten Oktobernachmittag eigentlich fortwährend guter Laune war, musste vielleicht eher von einer durch und durch positiven Lebenseinstellung gesprochen werden als von einer flüchtigen Laune, so ungeheuerlich das auch erscheinen mochte für eine Lehrerin mit ihrer Vorgeschichte und für einen Menschen ganz allgemein.

Denn die Deutsch- und Geografielehrerin ließ sich, wobei die Wahl der Fächer in diesem Fall keine Rolle spielte, durch nichts davon abbringen, selbst ohne Einkaufsliste die benötigten Lebensmittel und nicht mehr einzukaufen, regte sich nicht mit einer einzigen Faser ihres rund dreißigjährigen schlanken Körpers darüber auf, dass drei Plätze vor ihr an der Kasse ein Mann partout nicht glauben wollte, dass es Tiefkühlpizza in der vergangenen, nicht aber in der aktuellen Woche im Sonderangebot gegeben hatte. Sie störte sich auch nicht daran, dass die geplagte Kassiererin zwei Kunden vor ihr die Kassenrolle wechseln und kurz darauf eine neue Rolle mit Fünfcentstücken anbrechen musste, was natürlich alles Zeit kostete – Zeit, die mit Geld nicht zu bezahlen war, vor allem nicht mit Fünfcentstücken. Als sich die Kundin vor Maria Liliencron dann noch bei besagter beziehungsweise bekeifter oder angekeifter Kassiererin darüber beschwerte, dass die im Werbeprospekt zum halben Preis dargebotenen Hühnerteile ausverkauft seien, konnte sich Maria Liliencron ein Lachen fast nicht verkneifen. Nicht aus Schadenfreude über den Leerausgang der Kundin oder weil sie die Situation der entnervten Kassiererin so amüsiert hätte, sondern aufgrund des Dialogs, der sich zwischen den beiden Frauen entspann.

„Da kann ich doch aber nichts dafür", stellte die um die heiß ersehnten Hühnerteile gebrachte Kundin entschieden fest.

„Ich auch nicht", gab die Kassiererin zurück und ergänzte: „Die neue Lieferung gibt es erst am Montag."

„Und wie komme ich dazu?", fragte die Kundin, wobei sie das Personalpronomen betonend ganz eindeutig den Umstand meinte, dass sie am Wochenende keine gebratenen Hühnerkeulen auftischen konnte.

Dennoch hätte ihr Maria Liliencron um ein Haar geantwortet: „Am besten am Montag mit dem Auto."

Da die Kassiererin aber bereits den letzten Artikel der in ihrem Glauben an die Verheißungen des Werbeprospekts arg enttäuschten Kundin vom Förderband genommen und über den Scanner gezogen hatte und die Endsumme nannte, lachte die Germanistin Liliencron nur stillschweigend in sich hinein, während die Geografin in ihr die Frau – zusammen mit allen sich in ähnlicher Weise gebärdenden Kunden – auf den Mond oder nach Kentucky wünschte. Hauptsache, weit weg.

Maria Liliencron war auch nach dem Verlassen des Supermarkts noch guter Laune, lachte den beiden Autofahrern, die sich um ihren frei werdenden Parkplatz stritten, freundlich zu und reihte sich mit ihrem Renault Clio, an dem nur Eingeweihte noch die Spuren des für den anderen tödlichen Unfalls entdecken konnten, in die Schlange der hinter der Stopptafel wartenden Fahrzeuge ein.

An Maria Liliencrons guter Laune, die verdächtig in die Nähe einer positiven Lebenseinstellung rückte, änderte sich auch am frühen Nachmittag nichts, als die Lehrerin beziehungsweise Mutter, wobei die Mutter, weil Wochenende, an erster Stelle genannt werden müsste, auch wenn sie vormittags Schularbeiten korrigiert hatte, bei einem unschuldigen Blick aus dem Fenster hinaus in die graue Beinahe-Dämmerung feststellen musste, dass der über Mittag gefallene Schnee liegen geblieben war: auf dem dürren Gras im Vorgarten genauso wie auf dem Weg, der die Haustür mit dem Eingangstor verband, wie selbstverständlich auch auf Dach, Windschutzscheibe und Motorhaube des ohnehin weißen Renault.

Früher hätte Maria Liliencron bestimmt lautstark darüber geschimpft, dass das Wetter oder die Wolken es wagten, den Schnee ausgerechnet auf ihr Auto fallen zu lassen, wenn sie damit die Tochter übers Wochenende zu den Großeltern bringen wollte. Hätte. Tatsächlich aber hatte sie Iris in den letzten Jahren so gut wie nie zu den Großeltern gebracht, weil sich deren Freude über den Besuch der Enkelin in sehr überschaubaren Grenzen gehalten hatte. Und noch früher hatte die kleine Iris die Wochentage bei den Großeltern beziehungsweise der Großmutter verbracht, während ihre eigene Mutter sich an der Universität abmühte, um den Eltern nach der Schande mit der Enkelin wenigstens einen Studienabschluss samt Berufsaussichten ins Haus zu bringen. Weshalb der Tochter-Transport samstags also in der umgekehrten Richtung wie an diesem dritten Advent erfolgt war, Iris also nicht weggebracht, sondern nach Hause oder jedenfalls zur Mutter geholt wurde, die damals zwar bereits in Scharndorf lebte, aber nur eine winzige Mansardenwohnung gemietet hatte und noch nicht Eigentümerin eines Häuschens mit Vorgarten, Gartenweg und Eingangstor gewesen war, vor welchem jetzt also das schneebedeckte Auto stand. Aber geflucht hätte die chronisch überarbeitete Studentin, Assistenz- und Junglehrerin allemal über die Frechheit des Wetters, es ausgerechnet dann schneien zu lassen, wenn sie das Haus verlassen musste.

Aber seit Maria Liliencron ihren Kollegen Eckart Glück mit besagtem oder beschneitem weißen Renault Clio über den Haufen gefahren hatte, war irgendwie alles besser, entspannter. Oder eigentlich nicht seit dem Unfall, sondern seit der Therapie bei Frieda Hirschhauser, bei der es sich genau genommen um ein psychologisches Beratungsgespräch gehandelt hatte, weil die Frieda ja nur ein Psychologiestudium oder so ähnlich, aber keine Therapieausbildung vorweisen konnte.

Aber wenn man es wirklich genau nahm, so ganz genau, dann war das Verhältnis zwischen Maria Liliencrons Eltern und der gar nicht mehr so kleinen Iris ziemlich bald nach dem Unfall besser geworden, als sich die beiden noch mehr als rüstigen Pensionisten spontan der aufgrund eines psychischen Zusammenbruchs ihrer Mutter beraubten Enkelin angenommen hatten. Dass der ehemalige Leiter der öffentlichen Bücherei in Bad Au und seine selten jemals berufstätige und darum eigentlich nicht pensionsfähige Frau überhaupt schon im Ruhestand waren, lag auch nur daran, dass sie ihre Tochter für die damaligen Verhältnisse erst sehr spät in die Welt gesetzt hatten, welchen Umstand diese Tochter mit ihrer beinahe noch jugendlichen Schwangerschaft irgendwie unbewusst auszugleichen versucht haben mochte, um die Familie damit zur allgemein erwünschten Durchschnittlichkeit zurückzukatapultieren.

Die seelische Ausgeglichenheit, gute Laune oder gar grundsätzlich positive Lebenseinstellung, die Maria Liliencron jetzt ein Liedchen trällern ließ, während sie mit dem Besen den Schnee von Dach und Motorhaube kehrte, um anschließend die eisverkrustete Windschutzscheibe mit einem Schaber zu bearbeiten, während Tochter Iris ihr vom Küchenfenster aus dabei zusah, diese durch nichts zu erschütternde gute Verfassung beherrschte die Lehrerin und Mutter erst seit dem Ende der hirschhauserschen Therapiesitzungen oder meinetwegen Beratungseinheiten.

Als die ausgeglichene, gut gelaunte und womöglich sogar dem Leben gegenüber positiv eingestellte Maria Liliencron an jenem dritten Adventssamstag nachmittags um vier das Café Sisi betrat, weil sie sich selbst und der Welt beweisen wollte, dass sie das inzwischen auch alleine konnte – und vielleicht auch, weil sie einen guten Kaffee trinken und eine noch bessere Mehlspeise dazu genießen wollte –, erblickte sie, alleine an dem Tischchen beim Fenster sitzend, Alfred Kuntz. Da erstarb der Dreißigjährigen die Melodie auf den Lippen. So überrascht war sie, den Kollegen hier zu sehen. Sich selbst sah sie durch seinen Anblick jedoch bestätigt: Dem Englisch- und Geografielehrer ging es nicht gut. Daran änderten auch der angebissene Florentiner und der ohnehin verdächtige, halb ausgetrunkene Caffè Latte nichts, die vor ihm auf der Marmortischplatte standen. Recht besehen zeugten gerade diese Indizien vom Unwohlbefinden des Lehrers, da sich an ihrem Zustand in der letzten halben Stunde nichts geändert hatte, wenn man vom Zerfall des Milchschaums absah.

Da Maria Liliencron aber weder um die exakte Halbwertszeit von Milchschaum noch um den während der letzten halben Stunde unveränderten Zustand des angebissenen Florentiners wusste, war es ein anderer Aspekt dieses Stilllebens, das ihr etwas über Alfred Kuntz' Seelenzustand verriet: der unendlich traurige, erschöpfte und von Spuren der Verzweiflung durchzogene Gesichtsausdruck, wie sie ihn am Ende des Sommers nur allzu oft in ihrem Badezimmerspiegel gesehen hatte. Freilich wich der Gesichtsausdruck des rothaarigen Kollegen sofort einem zaghaften Lächeln, als Kuntz der jungen Frau Liliencron ansichtig wurde.

„Hallo Maria", begrüßte er sie, als sie an seinen Tisch trat und sich mit einem stummen Blick die Erlaubnis erbat, Platz zu nehmen. „Was führt dich hierher?"

„Ich wollte es mir hier auch ohne Eckart gut gehen lassen", erwiderte die Lehrerin, die dieses Mal um keine Antwort auf eine tatsächlich gestellte Frage verlegen war. „Und was machst du hier, außer Kaffee und Kekse zu konsumieren?"

Alfred Kuntz ließ sich mit seiner Antwort hörbar oder eigentlich unhörbar Zeit, bevor er antwortete: „Ich bin vor der Stille zu Hause geflüchtet."

Herr Kuntz hatte den inhaltlich kurzen, zeitlich wegen des häufigen Stockens jedoch recht langen Bericht über seine Lebensgefährtin, die seit Jahren immer wieder an Depressionen litt und seit ein paar Monaten nur noch schweigend vor sich hin starrte, ohne dass sie sich in stationäre Behandlung begeben wollte, soeben beendet, als Ernst Braunsfelder das Café Sisi betrat. Er war sichtlich überrascht, an einem Samstag hier auf zwei Arbeitskollegen zu treffen, zog zum Zeichen der Freude jedoch seine Mundwinkel in die Breite und setzte sich zu den beiden an das runde Marmortischchen, auf diese Weise das Kleeblatt vervollständigend. Dabei handelte es sich freilich um keinen Glücksklee, denn dazu hätten ja vier gehört. Personen oder Blätter. Je nachdem, ob im übertragenen oder im biologischen Sinne, wobei Glücksklee biologisch eigentlich nicht existierte und daher eher numinos sein musste. Oder auch dubios.

Als vierte Person trat lediglich Petra Sandor an das Tischchen heran, um die Bestellung des neu hinzugekommenen Gastes aufzunehmen. „Einen großen Brauen bitte", sagte dieser. „Was können Sie heute an Mehlspeisen anbieten?"

„Florentiner hätten wir da", antwortete die junge Frau Sandor, fügte aber, als ihr Blick auf den seit mittlerweile einer Stunde unverändert einmalig angebissenen großen Keks des Alfred Kuntz fiel, rasch hinzu: „Oder Zigeunerschnitten, ganz frisch."

„Zigeunerschnitten?", wiederholte Ernst Braunsfelder skeptisch. „Ist das denn politisch korrekt?"

„Na, sind nicht die Schlechtesten", räumte Petra Sandor mit ihrem unvergleichlichen ungarischen Akzent ein, in dem die drei *e* so offen waren, dass eine ganze Roma- oder Sintisippe hätte Einzug halten können.

„Ich bleibe doch lieber beim Apfelstrudel", entschied Braunsfelder.

„Wie der Herr meinen", gab Petra mit unverändert ungarischem Akzent und Wiener Wortwahl zurück, notierte das Gewünschte auf ihrem kleinen Notizblock und verschwand hinter der Theke, wo sie den großen Braunen samt kleinem Wasser auf einem ovalen Tablett herrichtete, auf dem daneben gerade noch ein Dessertteller mit Apfelstrudel Platz hatte.

Maria Liliencron und Alfred Kuntz, die durch das Auftauchen des Kollegen in ihrem Gespräch unterbrochen worden waren, weil ein richtiges Gespräch ja kein Monolog ist, sondern zumindest jeden Gesprächspartner einmal zu Wort kommen lassen sollte, schwiegen. Und auch Ernst Braunsfelder, der diese Stille, die langsam nicht nur Herrn Kuntz unangenehm zu werden begann, ausgelöst hatte, schwieg. Er war viel zu sehr mit Apfelstrudel und Kaffee beschäftigt, um zu sprechen. Als die Lehrerin endlich doch eine Frage an ihn richtete, musste er erst schlucken, ehe er antworten konnte.

„Was führt dich eigentlich an einem Samstagnachmittag ins Kaffeehaus?", wollte die Kollegin wissen oder tat zumindest so. „Noch dazu bei diesem Sauwetter?"

„Genau dieses Sauwetter", entgegnete Ernst Braunsfelder und sagte, bevor er sich das nächste Stück Apfelstrudel in den Mund schob: „Die Irina meint, bei so einem Wetter kann man nur mit Schokoladentorte vor dem Fernseher sitzen."

Maria Liliencron und Alfred Kuntz sahen einander fragend an. Weil aber keiner der beiden aus Braunsfelders Worten schlau wurde, worin sich die Kollegen hoffentlich von den Schülern unterschieden, richteten sie ihre fragenden Blicke auf den Sprecher beziehungsweise Esser, der weiter an seinem Strudel kaute, sodass Kuntz sich genötigt fühlte nachzufragen.

„Weil deine Frau also mit Schokoladentorte vor dem Fernseher sitzen möchte, sitzt du mit Apfelstrudel im Café Sisi?"

Braunsfelder nickte, trank einen Schluck Kaffee und entgegnete: „Richtig, als Belohnung und Weggeld sozusagen, weil ich als ihr treusorgender Ehemann mich selbstlos hinaus in dieses Unwetter wage, um für meine Liebste ein oder zwei Stück Sachertorte aufzutreiben. Ich bin auch schon fast wieder weg."

Er steckte das letzte Stück Apfelstrudel in den Mund, schob den leeren Teller von sich, trank den Kaffee aus, ließ das Glas Wasser unberührt stehen und winkte Frau Sandor. Diese dachte, der eilige Gast wollte nach der Eliminierung des Strudels vielleicht doch noch die Zigeunerschnitten probieren. Ernst Braunsfelder hingegen wollte zahlen oder musste es vielmehr, weil die beiden durch seine Anwesenheit ein bisschen gestörten Kollegen ihn wohl genauso wenig eingeladen hätten wie Petra Sandor, die jetzt statt einer weiteren Bestellung zwei Beträge auf ihren Notizblock kritzelte, die Summe darunterschrieb und den Zettel mit den Worten „Fünf zehn, bitte" vor Braunsfelder auf die Marmorplatte legte.

„Stimmt so", sagte der Lehrer, als er Frau Sandor die Münzen in die Hand drückte. Dann stand er auf, wünschte den beiden Kollegen noch ein angenehmes Wochenende und wagte sich wieder hinaus in das Schneetreiben, das mittlerweile beängstigende Ausmaße angenommen hatte.

„Der kommt noch einmal wieder", stellte Maria Liliencron fest.

„Wieso das denn?", wollte Alfred Kuntz wissen.

„Er hat keine Sachertorte mitgenommen."

Doch Ernst Braunsfelder kam nicht mehr zurück.

Weihnachtsmodalitäten

„Entschuldigung", sagte Erika schüchtern, nachdem sie, vielleicht zu zaghaft, an die Bürotür geklopft und, da von drinnen keine Reaktion zu hören gewesen war, noch einmal fester dagegengepocht hatte. Weil noch immer keine Antwort herausgekommen war, war sie einfach hineingegangen. Freilich nur einen Schritt, bevor sie wieder stehen blieb. Ihr Herz klopfte heftig, wie es schon einmal im Sommer geklopft hatte, als sie die Werkstatt des Walter Ebendorfer betreten hatte. Die Werkstatt, aber eben nicht das Büro des Chefs. Denn die Vespa, das war in Anbetracht von Erikas nach dem Kauf auf ein Minimum zusammengeschrumpftem Budget klar gewesen, hatte damals schwarz repariert werden müssen. Schwarz als Adverb, nicht als Adjektiv, denn von der Karosserie her war die kleine Vespa rot, daran änderte auch nichts, dass am Kotflügel viel von dem roten Lack abgesplittert war. Adverb also, nicht Adjektiv. Ein feiner Unterschied, den es in Bezug auf Farben zwar nicht unbedingt gibt und der den deutschen genauso wie den österreichischen Muttersprachlern im Allgemeinen unverständlich bleibt, der hier aber doch sehr entscheidend war. Insofern er nämlich darüber entschied, ob die Vespa nach der Restauration durch den jungen Jörg Windsperger noch der Beschreibung im Typenschein entsprach.
Da der kulante Mechaniker bezüglich seiner metasprachlichen Kenntnisse zwar zur Allgemeinheit der Österreicher gerechnet werden musste und sich noch nie, nicht einmal oder besonders nicht in der höheren technischen Lehranstalt den Kopf über Adjektive und Adverbien zerbrochen hatte, dafür aber umso mehr Ahnung von der praktischen wie von der geschäftlichen Seite gewisser Reparaturarbeiten hatte, kam er zum Glück, der diesen Deal vor vielen Wochen vermittelt hatte, gar nicht in Versuchung, die – im Übrigen niemals so oder anders oder überhaupt ausgesprochene – Aufforderung des

ehemaligen Kunden und Musiklehrers, Erikas Vespa schwarz zu restaurieren, zu missverstehen. Mit anderen Worten: Es war ihm klar, dass es hier nicht um eine Umlackierung ging, sondern darum, Erikas Vespa im Pfusch wieder fahrtauglich zu machen. Was allerdings nicht bedeutete, dass er pfuschen im Sinn von nachlässig sein durfte. Doch das war der Jörg Windsperger ohnehin nie, wenn es um wirklich wichtige Dinge wie Vespas ging, da mochte diese vermaledeite deutsche Sprache noch so zweideutig sein.

Und deshalb, wegen der Sache mit der Schwarzarbeit, hatte Erika die Vespa damals auch an einem Freitagnachmittag in die Werkstatt bringen müssen, obwohl sie in den Ferien ja an jedem Wochentag sogar vormittags Zeit dazu gehabt hätte. Es ging aber selbstverständlich darum, dass Jörgs Chef und Kollegen das an der Steuer vorbeigeschmuggelte Geschäft nicht mitkriegten, obwohl alle mit Ausnahme des Werkstattbesitzers es in ihrer Freizeit und an ihrem Dienstort genauso machten und alle ohne Ausnahme des Chefs davon wussten. Logisch irgendwie, auch wenn am Freitagnachmittag meistens nur noch Jörg Windsperger in der Werkstatt blieb. Nicht weil er besonders viel geschwarzarbeitet hätte, was den Gesetzen des Staates genauso wie denen der Grammatik widersprochen hätte, sondern weil er leidenschaftlich gerne an seinen eigenen Vespas herumschraubte. Weil er Mechaniker war und wusste, was er tat beziehungsweise was so eine Vespa vertrug, bevor sie unverträglich wurde, konnte er, im Unterschied zu so manchem Hobbybastler, samstags und sonntags dann mit seinen glänzend restaurierten Modellen spazieren fahren. Zumindest mit jeweils einem von ihnen. Denn wie man mit einem Hintern nicht auf mehreren Hochzeiten tanzen kann, kann man auch nicht mit einem Hintern auf mehreren Vespas zugleich fahren. Jedenfalls nicht mit einem Hintern von halbwegs normalen Ausmaßen.

Körperteile von normalen Ausmaßen oder eigentlich Körperteile von über das normale Maß hinausgehenden oder hinausstehenden Ausmaßen bringen uns zu dem vielleicht merkwürdigen Umstand zurück, dass der Chef, also Walter Ebendorfer, zwar von den Fleiß- und Schweißaufgaben seiner Burschen, die großteils schon als ausgewachsene Männer bezeichnet werden sollten, wusste und diesen Eifer tolerierte, sich selbst aber dieses Vergehens der Schwarzarbeit nicht schuldig machte. Das – und hier müssen alle eventuell lüsternen Erwartungen hart enttäuscht werden – lag nicht etwa an seiner Moral oder Gesetzestreue, sondern hing schlicht mit seinem schier gigantischen Bauch zusammen, der es ihm trotz Hebebühne unmöglich machte, unter einem Auto zu arbeiten. Weshalb er den lieben langen Arbeitstag hinter seinem Schreibtisch im Büro oberhalb der Werkhalle klemmte und seine Burschen oder Männer unter sich beziehungsweise unter den Autos seiner Kunden arbeiten ließ. Aber gutmütig, wie er war, hatte Walter Ebendorfer an jenem lang vergangenen Freitagnachmittag hinter der Glasscheibe seines Büros die Augen abgewandt. Manchmal war Jörg Windsperger am Freitagnachmittag nämlich doch nicht so allein in der Werkstatt, wie er glaubte.

„Entschuldigung", sagte Erika jetzt noch einmal, darin trotz ihrer noch jungen Jahre eine echte Österreicherin.

Denn Österreicher genauso wie Österreicherinnen, die, sämtliche Genderbemühungen über den Haufen werfend, ihren männlichen Kollegen darin aufs Haar, dessen Schnitt auch nichts mehr über das Geschlecht seines Trägers oder Verweigerers aussagt, gleichen, beginnen, so wird behauptet, jede Kontaktaufnahme mit einer Entschuldigung. Ob sie sich bei dem auf diese Weise Angesprochenen gleich von vornherein für die durch die Kontaktaufnahme und alles Weitere bedingte Störung entschuldigen wollen oder ganz allgemein die eigene Existenz entschuldigen zu müssen glauben, mag von Fall zu Fall verschieden sein. Am wahrscheinlichsten ist aber, dass sie es nicht anders gelernt haben. Genauso wie sie jede Rede, jeden Vortrag und sogar jede Aussage im Rahmen eines laufenden, besonders natürlich eines stockenden oder stolpernden Gesprächs mit „Äh" oder „Ähm" oder einem ebenso langen „Aaahm" zu beginnen pflegen, wenn sie ihrem Gesprächspartner oder -gegner nicht gerade ins Wort fallen.

Hier aber ging es erst einmal um die Kontaktaufnahme, von Ins-Wort-Fallen war noch keine Rede, weshalb die Entschuldigung instinktiv angemessener erschien als jeder noch so lang gezogene a- oder Umlaut.

„Entschuldigung", sagte Erika nun bereits zum dritten Mal und endlich hob der Werkstattchef den kleinen Kopf über seinem runden Bauch, der sich aufgrund der sitzenden Position des Herrn Ebendorfer, vielleicht aber auch einfach aus Gewohnheit und mangels anderer Ausweichmöglichkeiten schon bis über die Brust geschoben hatte.

„Bitte?", brummte Walter Ebendorfer und fegte mit dem Handrücken eine steinharte Rosine samt ein paar Bröseln von seinem Schreibtisch.

„Bitte", sagte jetzt auch Erika, allerdings ohne Fragezeichen dahinter, „ich wollte nur dem Jörg Windsperger ein kleines Weihnachtsgeschenk vorbeibringen."

„Er muss irgendwo im Lager sein", entgegnete der Werkstattleiter, als er den jungen Mechaniker durch die Glasscheibe seines Büros, die den Blick auf die Werkhalle gewährte, nicht entdecken konnte, und wollte sich wieder seiner Arbeit zuwenden, deren Art und Wesen auf den ersten Blick freilich genauso wenig zu erkennen war wie auf den zweiten oder dritten.

Doch Erika stand weiterhin an der Tür. Nicht unbeweglich, weil sie verlegen von einem Fuß auf den anderen trat, aber doch noch annähernd an der Stelle, an der sie ihre dritte Entschuldigung ausgesprochen hatte. „Aber", begann sie wieder, „er ist doch heute gar nicht da."

„Richtig", bestätigte Walter Ebendorfer, der sich nach kurzem Überlegen an den Grund dafür erinnerte, weshalb er den jungen Windsperger heute noch gar nicht gesehen hatte, „der hat sich einen Urlaubstag genommen."

Das wusste die Erika und deshalb war sie heute in die ebendorfersche Werkstatt gekommen. Um dem Jörg ein kleines Dankeschön zu geben, das zugleich ein Weihnachts- und Lebewohlgeschenk sein sollte. Denn mit Weihnachten stand fast schon der Jahreswechsel vor der Tür. Neues Jahr, neues Glück. Sie wollte optimistisch und mit freiem Kopf oder Herz oder was auch immer ins neue Jahr gehen. Jörg sollte der Vergangenheit angehören. Weil der Mechaniker aber trotz all der Enttäuschungen, die sie seinetwegen erlitten hatte, im Grunde ein anständiger Mensch war, wollte sie sich auch anständig von ihm verabschieden. Nur halt nicht persönlich.

Dass sie bei dem allen ein bisschen übertrieb, war ihr irgendwo tief im Inneren bewusst. Aber das eigene Leben als Drama, Roman oder – was in Zeiten wie diesen glaubwürdiger war – als Film zu sehen, gehört zu diesem Alter einfach dazu. Die Jugend war und ist doch zu allen Zeiten mehr oder weniger gleich. Ganz anders natürlich, aber doch irgendwie gleich. Deshalb also das Weihnachtsgeschenk, das aus einem weich verpackten, kleinen Vespamodell bestand und das Walter Ebendorfer gnädig in Empfang nahm. Seinem Grummeln und Brummeln entnahm Erika, dass er es zuverlässig an den jungen Windsperger weitergeben wollte. Danach verschwand die Siebzehnjährige mit wehenden blonden Haaren aus dem Büro, ohne dass der Werkstattchef ihr auch nur einen Blick nachgesandt hätte.

„Die haben schon wieder diese entsetzlichen Häkelkappen auf", flüsterte Hildegard Binsen, Pardon, Frau Doktor Hildegard Binsen ihrem Freund Alois Hirschhauser über das glücklicherweise recht kleine Marmortischchen im Café Sisi zu. Eigentlich war Flüstern unhöflich und geziemte sich für eine Dame nur in Ausnahmefällen. Dann nämlich, wenn es sich bei der Dame um eine Souffleuse im Theater handelte, die dem vergeblich nach Worten suchenden Schauspieler die entfallenen Textzeilen aus der Tiefe des in die Bühnenrampe eingelassenen Souffleur- oder eigentlich Souffleusenkastens hinaufreichte. Nun war Frau Doktor Binsen aber weder Souffleuse noch Friseuse, was schlicht daran lag, dass sie dereinst anstatt des Souffleurs Michelsen oder des Friseurs Hirschhauser den Doktor Binsen geehelicht hatte.

Außerdem befanden sich die beiden alten Herrschaften nicht im Theater, obgleich das Café Sisi in manchem den Eindruck eines solchen erwecken mochte. Darzustellen, wer hier alles auf- und ab- beziehungsweise ein- und wieder in die Dezemberkälte hinaustrat, wäre zwar vielleicht ein Kapitel für sich gewesen, aber nicht unbedingt ein Drama, weil ein solches in der Regel aus mehreren Akten bestand, man von Akten hier aber noch kaum etwas gesehen hatte – einerseits weil das hochanständige und ein bisschen katholisch prüde Ehepaar Sandor lieber Landschaftsaquarelle oder Stadtansichten an die Wände hängte, andererseits weil es sich um ein altmodisches Kaffeehaus handelte, wo in ganz traditioneller Weise Zeitungen zum Lesen auslagen. Und selbst wenn hier einmal ein Mann mit einem Aktenkoffer aufgetaucht war, hatte er diesem nur eine Zeitung entnommen, was allerdings einem Affront gleichgekommen war, weil Zeitungen ins Café Sisi mitzubringen etwas von Eulen-nach-Athen-Tragen hatte. Bunte Vögel gab es hier schon genug. Weil Vögel aber nicht das Gedächtnis von Elefanten haben, erinnerte sich niemand mehr des Gastes, der das Café während einiger Wochen mit seiner Anwesenheit beehrt hatte und danach mitsamt seinem Aktenkoffer und der darin befindlichen groß-formatigen Zeitung wieder verschwunden war, ohne irgendwelche Spuren zu hinterlassen. Weshalb wir ihn getrost wieder unter eines der Marmortischchen fallen lassen dürfen.

Ebenso gleichgültig hätten Frau Binsen auch die drei Trägerinnen der Häkelkappen sein können, die zwei Tische weiter bei einem Teller von Petra Sandors kunstvoll verzierten Weihnachtskeksen und Kaffee saßen. Indes – sie waren es nicht.

„Die sind ja entsetzlich“, wiederholte Hildegard Binsen.

„No, lass sie doch, lass sie“, beschwichtigte Alois Hirschhauser sie oder versuchte es zumindest in der Hoffnung, das Interesse der lieben Hildegard auf etwas anderes zu lenken. Zum Beispiel auf das für Weihnachten völlig untypische Wetter. Vergeblich.

„Die Kappen“, beharrte die alte Frau, „waren schon in der letzten Saison nicht mehr en vogue. Bestimmt nicht einmal in der vor-letzten.“

„Das waren ihre Trägerinnen auch nicht“, stellte Herr Hirschhau-ser trocken fest und trank von seiner Melange, von deren Milch-schaum ein wenig auf seiner Oberlippe zurückblieb. Das half.

„Alois“, richtete Hildegard Binsen ihre Aufmerksamkeit jetzt nämlich auf ihn, „ich bitte dich, wisch dir den Mund ab. Du siehst aus wie der Weihnachtsmann, den es nicht gibt.“

Das war natürlich ein bisschen unlogisch, denn wie konnte Alois Hirschhauser aufs Milchbarthaar jemandem gleichen, der gar nicht existierte? Das war wie zu behaupten, Homer habe niemals gelebt, und im nächsten Atemzug zu sagen, dass er blind gewesen sei.

Der alte Herr riss denn auch die Augen über seinem weihnachts-mannmäßigen Milchschaumbart auf und sah Hildegard Binsen, scheinbar zu Tode erschrocken, an. „Was, den gibt es nicht?“, fragte er und Entsetzen schwang in seiner Stimme mit.

Hildegard Binsen kräuselte ihre Altdamenstirn, während sich Alois Hirschhausers Mundwinkel zunehmend in die Breite zogen, wodurch der weiße Streifen auf seiner Oberlippe zwar schmaler, aber auch länger wurde, bevor der alte Herr nach seiner hellblauen Papierserviette griff und sich seiner mit einer gnädigen Handbewegung entledigte. Dann lächelte er verschmitzt. „Da habe ich an die 80 Jahre alt werden müssen, bis du mir sagst, dass es den Weihnachtsmann nicht gibt."

„Selbstverständlich gibt es ihn nicht. Nicht für dich. Nicht bei uns. Weil bei uns allein das Christkind die Geschenke bringt", klärte Hildegard Binsen ihren Begleiter über österreichische Traditionen auf. Dann wandte sich ihr kritischer Blick wieder den drei Frauen mit ihren Häkelkappen zu.

Eine von ihnen, die, unter deren hellbeiger Wollkappe sich ein paar kurze grauviolette Dauerwellenlocken hervorstahlen, sagte gerade bedauernd zu ihren Freundinnen: „Ich habe seit Jahren keine Weihnachtskekse mehr gebacken." Und sie fügte hinzu: „Ich bewundere die Frauen, die sich die Zeit dafür nehmen."

„Warum tust du's nicht einfach, Gerti?", fragte eine der beiden anderen, bevor sie sich eine Kokosmakrone in den Mund schob.

„Ach, weiß du, Mitzi, im Alter wird man halt ein bisserl bequem. Da reduziert man die Arbeit, wo's geht."

„Nein", entgegnete Mitzi, in der wir natürlich die Calloni erkennen, entschieden, „das weiß ich nicht. Wenn ich etwas tun will, tue ich es. Das ist heute nicht anders als früher."

„Hast du früher Kekse gebacken?", wandte sich Lise Vrabec, die Dritte in der Damenrunde, an Gerti Haberhauer.

„Nein", gab diese zu. „Da hab ich keine Zeit dafür gehabt. Ich hab doch arbeiten müssen." Und mit einem Seitenblick auf Mitzi Calloni fuhr sie fort: „Ich habe nämlich keine drei Witwenpensionen bekommen, mit denen ich meine drei Kinder hätte durchbringen können."

„Ich habe auch keine drei bekommen", erwiderte die Calloni und ließ offen, ob sich diese Aussage auf die Anzahl der Kinder oder der Pensionen bezog. „Aber", lenkte sie das Gespräch wieder auf Gerti Haberhauer zurück, „jetzt musst du nicht mehr arbeiten, jetzt kannst du doch nach Herzenslust Kekse für deine drei Kinder und ihren Nachwuchs backen."

„Hm", machte Gerti, „aber ich muss doch ..."

Sie zögerte, suchte offenbar nach etwas, was sie unbedingt tun oder erledigen musste, weil sich der Mensch, jedenfalls der mitteleuropäische Mensch, selbst wenn er nicht protestantisch war, doch in erster Linie über seine Arbeit definierte. Und Arbeit etwas war, was man, wiewohl ungern, leisten musste, wogegen man sich nicht wehren konnte und worüber man folglich nicht nachzudenken brauchte, weil es dem eigenen Dasein wenigstens Sinn verlieh. Wenn schon sonst nichts. Und das war, so viel zeigte das Beispiel Gerti Haberhauers, früher nicht anders gewesen als heute. Nur dass es heute nicht mehr die von außen aufgebürdete Arbeit war, die sie von einer sinnvollen und erfüllenden Tätigkeit abhielt, sondern ...

„... mein Gehirn auf Trab halten", vollendete Gerti Haberhauer den angefangenen Satz endlich.

„Und womit machst du das, wenn ich fragen darf?", warf Mitzi Calloni ein, die Erlaubnis für diese Frage nicht mehr abwartend.

„Ich versuche, die Mordfälle im Tatort vor den Kommissaren zu lösen", erklärte Gerti. „Oder bevor ich einschlafe", fügte sie leise hinzu und nahm sich insgeheim vor, statt der einschläfernden nächsten Mörderjagd beizuwohnen, lieber Vanillekipferl zu backen. Oder Zimtkarten, die machten sicherlich weniger Arbeit.

Maria Liliencron hatte auch keine Weihnachtskekse gebacken. Das hatte sie noch nie. Ähnlich wie bei der jungen Gerti Haberhauer lagen die Gründe auf der Hand: Eine alleinerziehende Mutter musste Geld ins Haus und das oder die Kinder zuerst in den Kindergarten und später in die Schule bringen. Sie musste dafür sorgen, dass die Wohnräume nicht im Dreck und sie selbst nicht in Arbeit erstickte. Zusätzlicher Mehlstaub in der Küche wäre da kontraproduktiv gewesen. Außerdem gab es dafür Großmütter. Zumindest in Maria Liliencrons Fall. Oder eigentlich in Iris Liliencrons Fall, denn es war ja deren Großmutter, Marias Mutter, die für das adventliche Keksebacken die Verantwortung trug, wobei sie an den Wochenenden selbstverständlich tatkräftige Unterstützung durch ihre Enkelin erfuhr, die mit geschickten Fingern Ornamente aus Zuckerguss auf die Kekse zauberte.

Es war das erste Mal seit vielen, genauer gesagt seit zwölf Jahren, dass Maria Liliencron sich auf das Weihnachtsfest freute. Dieser Umstand verdiente hervorgehoben zu werden, weil sich in ganz Bad Au und wahrscheinlich auch darüber hinaus so gut wie niemand auf Weihnachten freute. Mit Ausnahme vielleicht der Kinder, sofern sie nicht gerade das Pech hatten, in eine dieser viel zu zahlreichen Familien hineingeboren worden zu sein, bei denen zu Weihnachten die Stimmen nicht erhoben wurden, um dem alle Jahre wiederkehrenden Jesuskind ein Liedchen zu singen, sondern um einander Schimpfworte und Härteres an den Kopf zu werfen, weil man einander unterm Jahr dafür viel zu selten zu Gesicht bekam und deshalb die Gelegenheit beim Schopf packen musste, wenn ausnahmsweise einmal alle, die einem seit Jahr und Tag das Leben zur Hölle auf Erden machten, beisammen waren. Wobei dann nicht selten neben der Gelegenheit auch die Frau oder Tochter oder Schwester beim Schopf ergriffen und unsanft dazu bewegt wurde, das Zimmer zu verlassen oder gerade nicht zu verlassen. Wo also das Weihnachtsfest, der schönste Tag im Jahr, zur familiären Gewaltorgie ausartete, die nur der lichterloh brennende oder sich mit dem Teppich innig verschmelzende Christbaum zu beenden oder wenigstens bis zur nächsten Gelegenheit zu unterbrechen vermochte. Wer Pech hatte, gehörte also solch einer Familie an und verabscheute Weihnachten aus nachvollziehbaren Gründen. Nur – wer hatte heutzutage schon Glück?

Glück war Mangelware und wurde nicht einmal im seit Ende August tobenden Weihnachtsgeschäft angeboten. Das heißt, angeboten wurde es eigentlich sogar recht oft, beinahe so oft wie die noch weitaus beliebtere Sicherheit, und die Menschen gaben das Geld, das sie ohnehin nicht hatten, liebend gern dafür aus, weil die Hoffnung bekanntlich zuletzt stirbt. Sogar erst nach dem Glück. Und vielleicht hielt irgendeines der materiellen oder immateriellen Produkte ja doch, was seine Hersteller oder Erfinder versprachen. Den Gesichtern der enttäuschten Käufer zu Weihnachten nach zu urteilen, stellten sich die Erwerbungen aber allesamt als Mogelpackungen heraus. Kein Weihnachtswunder also, dass nicht nur die Bad Auer an fast allen anderen Tagen im Jahr glücklicher oder zumindest weniger unglücklich waren.

Maria Liliencron stand wartend im Vorraum. Ihre blendend weiße Bluse mit dem verspielten Spitzenbesatz bildete einen hübschen Kontrast zu dem schlichten schwarzen Rock, den sie anlässlich des Heiligen Abends, der ja doch irgendwie ein religiöser Feiertag war und ihr damit für Miniröcke nicht geeignet erschien, ausgewählt hatte. Iris suchte in ihrem Zimmer im Obergeschoss noch leicht verzweifelt nach einem Geschenk für ihren Opa, das sie in der Eile beinahe vergessen hätte und jetzt nicht finden konnte. Anders als in früheren Jahren, in denen Weihnachten nichts als Stress bedeutet hatte und Maria Liliencron schon allein der Gedanke, zwei Minuten nach der vereinbarten Uhrzeit bei ihren Eltern anzuläuten, ein unangenehmes Gefühl in der Magengrube verursacht hatte, ließ sie ihrer Tochter heute Zeit.

Während Iris, dem sich in seiner Lautstärke steigernden Gepolter nach zu urteilen, sämtliche Schränke und Schubladen durchwühlte und schließlich sogar unter ihrem Mobiliar nach dem verschollenen Geschenk fahndete, genoss ihre Mutter die Vorfreude auf das Fest. Verwundert stellte sie fest, dass sie sich ehrlich und aufrichtig darauf freute, den Heiligen Abend mit ihren Eltern und ihrer Tochter zu verbringen, weil sie wusste: Die drei anderen freuten sich ebenfalls. Vielleicht hatte dieser Unfall im Sommer doch irgendwie sein Gutes gehabt, indem er die Familie Liliencron näher zusammengebracht hatte. Obwohl man Weihnachten, rein theoretisch, ja auch zu fünft hätte feiern können.

Dieser Gedanke verschaffte noch einem anderen, weniger freudigen Gefühl Raum, dem der Sehnsucht. Freilich nur für einen kurzen Moment, der aber doch lange genug währte, dass er Maria Liliencron zum Handy greifen und eine SMS schreiben ließ.

Von herzen frohe weihnachten und viel kraft besonders in diesen tagen wünscht dir deine maria

Sie überflog den Text noch einmal, überlegte kurz und löschte das Possessivpronomen. Dann schickte sie die SMS ab.

„Gott sei Dank, ich hab's gefunden", rief Iris und kam ganz unweihnachtlich die Stiege heruntergepoltert, mit beiden Händen ein flaches, viereckiges, in buntes Papier eingepacktes Paket über ihrem Kopf balancierend.

Der Heilige Abend bei ihren Eltern war für Maria Liliencron die erste richtige Weihnachtsfeier in diesem Jahr. Da Tochter Iris malte und nicht musizierte, kam die darob schier untröstliche Mutter um das zweifelhafte Vergnügen herum, in den eher hallenden als heiligen Räumlichkeiten der Bad Auer Musikschule einem weihnachtlichen Blockflötenkonzert zu lauschen und ihren Nachwuchs im Duell mit anderen Kindern hoffnungsfroher Eltern spielen zu hören. Nun hätte es zwar die Möglichkeit gegeben, Iris' Kunst nebst der ihrer Kollegen aus der Malschule in den saisonbedingt leeren Gängen des Thermalbades, das auf diese Weise zur Abwechslung einmal das Auge und den Geist anstatt den Körper zu erfreuen versuchte, zu bewundern. Und Maria Liliencron hätte die Bilder der Tochter nur allzu gerne bewundert, weil doch jedes Elterntier stolz auf die ganz passable Leistung des Nachwuchses war, wenn es sich nicht gerade um einen Fall spätpubertären Konkurrenzdenkens handelte. Aufseiten der Eltern, versteht sich. Aber da Mama Liliencron jeden Gedanken daran, in Konkurrenz zu ihrer Tochter treten zu wollen, aufgegeben, im Keim erstickt oder ohnehin nie gehabt hatte, und weil sie seit ein paar Wochen überhaupt beinahe mit sich und der Welt im Reinen war, hätte sie den der latenten Feuchtigkeit ausgesetzten Bildern an den Wänden des Thermalbads gerne den ihnen und ihrer Schöpferin gebührenden Respekt gezollt. Jedoch hatte Iris rundweg erklärt, sie male in erster Linie für sich selbst, in zweiter Linie für die Mama und dann irgendwann vielleicht noch für die Frau Lehrerin. Für andere potenzielle Betrachter ihrer Wasserfarbenbilder blieben keine Linien mehr übrig, weshalb die weihnachtliche Gemäldeausstellung ohne liliencronsche Beteiligung stattfinden musste.

So weit oder naheliegend die Erklärung für den Umstand, dass Maria Liliencron die tochterbedingte Teilnahme an Freizeitweihnachtsfeiern erspart geblieben war. Mit Weihnachten am Gymnasium verhielt es sich ähnlich. Nachdem der adventliche Jour fixe mitsamt den bekömmlichen wie auch den hundsmiserablen Keksen zwar in die Arbeitszeit, jedoch gleichzeitig ins Wasser des Spülkastens gefallen war, stand es der Frau Direktor eigentlich bis obenhin oder jedenfalls der Sinn nicht nach einer Wiederholung der Aktion.

Sie selbst verlor freilich kein Wort darüber, weder über den Vorfall noch über den Jour fixe, den mindestens ihr Hund zum Kotzen gefunden hatte, und schon gar nicht über eine eventuell nachfolgende Weihnachtsfeier im Kreis der Kolleginnen und Kollegen oder meinetwegen der Untergebenen, die sich allerdings nur ungenügend gendern lassen. Weshalb man am 23. Dezember nach Unterrichtsschluss mit ein paar, je nach Qualität der zwischenkollegialen Beziehung, ausführlicheren oder knapperen guten Wünschen auseinanderging.

Die Frau Direktor hatte sich für diesen Tag beurlauben lassen und war schon am 22. Dezember gen Süden aufgebrochen. Ob des ungewöhnlich heftigen und zu Weihnachten wirklich nicht zu erwartenden oder eigentlich nicht zu erwarten gewesenen Schneefalls – eine Formulierung, welche aber viel zu kompliziert für einen so einfachen Sachverhalt ist, der die Straßenverhältnisse andererseits umso schwieriger gestaltete, weshalb die Grammatik der Formulierung dem Sachverhalt vielleicht doch wieder angemessen wäre. Dass also die Fahrbahnen rutschig und nur langsam zu passieren waren, rechtfertigte nach Meinung der Direktorin den frühzeitigen Aufbruch der Bettina Glaunigg-Althoff in ihre Kärntner Heimatgemeinde. Und von den Lehrern des Bad Auer Gymnasiums hatte kaum jemand die Absicht, ihr deshalb Steine in den Weg zu legen. Nicht einmal Schotter oder auch nur Streusand.

„Gesegnete Weihnachten, alle miteinander, wir sehen uns am 7. Jänner wieder", hatte Cäcilia Zeppezauer sich nach ihrer letzten Unterrichtsstunde von allen im Lehrerzimmer verabschiedet.

Traude Kranzlbauer hatte kleine, liebevoll in Zellophan verpackte und mit rotgoldenen Schleifen verzierte Früchtebrote verteilt und war dann ebenfalls gegangen, um die Klosterkipferl nach einem mittelalterlichen Rezept aus dem Stift Altenburg ganz neuzeitlich mit Schokolade zu überziehen. Wegen der Kinder ihres Bruders. Ernst Braunsfelder wünschte allen Kolleginnen und Kollegen sowie dem nicht dem Lehrkörper angehörenden Personal schöne Feiertage und Gesundheit für das neue Jahr. Renate Binder, die Traude Kranzlbauers Früchtebrot dankend abgelehnt hatte, huschte wie ein Schatten ihrer selbst durch die Tür hinaus, wo sich ihre Konturen rasch zwischen den Schneeflocken auflösten. Bruno Kayser verabschiedete sich von jedem Einzelnen mit einem Händedruck, der sich gewaschen hatte, obwohl er, wie er sagte, während der Weihnachtsferien wohl das eine oder andere Mal in die Schule kommen würde, um ein paar Kleinigkeiten zu erledigen. Vielleicht begegnete man sich ja.

Und so verließ einer nach dem anderen das Konferenzzimmer. Als endlich auch Rudolf Mühlegger, der Weihnachten überhaupt nichts abgewinnen konnte, mit säuerlichem Gesichtsausdruck gegangen war, blieben nur noch Alfred Kuntz und Maria Liliencron zurück, die sich bisher anscheinend nicht hatten entscheiden können, welche Bücher, Stifte, Zettel und Unterrichtsmaterialien aus ihren völlig überfüllten Spinden sie über die Feiertage entbehren oder nicht entbehren konnten, und deshalb sehr lange und umständlich in ihren schulischen Habseligkeiten gekramt hatten. Freilich mit weit weniger Gepolter, als Iris Liliencron das am späten Nachmittag des folgenden Tages auf der Suche nach Opas Geschenk tun sollte.

„Geschafft", seufzte Maria Liliencron endlich und hievte ihre schwere Umhängetasche auf den beängstigend aufgeräumten Tisch.

„Dann steht dem Aufbruch ja nichts mehr im Weg", meinte Alfred Kuntz.

„Doch, du", lachte Maria Liliencron und wies mit dem ausgestreckten Finger zuerst auf die hagere Gestalt des Kollegen und dann auf die Tür dahinter.

Kuntz drehte sich um, als wüsste er nicht seit zehn oder mehr Jahren, wo sich die Tür des Konferenzzimmers auf den Gang hinaus befand, und müsste sich darum erst mit eigenen Augen vergewissern, dass wirklich und wahrhaftig er es war, der die hübsche und freundlich lächelnde Lehrerin Liliencron daran hinderte, sich auf den Weg nach Hause zu machen.

Nach Hause, wo sie die schwere Tasche abstellen und aus ihren hohen Schuhen schlüpfen würde, wo sie sich des kurzen engen Rocks entledigen und in Hausschuhen und Trainingshose in die Küche gehen würde, um etwas zu kochen für sich und ihre Tochter, die sie bestimmt schon sehnsüchtig erwartete.

Der Englisch- und Geografielehrer ertappte sich dabei, dass er sie darum beneidete, die Tochter. Denn so abwechslungsreich und interessant fremde Länder auch sein mochten, am schönsten war's doch immer noch daheim. Aber was er in den gedanklichen Weiten der anglophonen Welt in den letzten Jahren am meisten vermisst hatte, war gerade jene Wärme eines Zuhauses. Die Geborgenheit.

Nun hätte Alfred Kuntz, weil Mann, diesen Gedanken – der eigentlich eher ein Gefühl war, das Gedanke genannt werden musste, weil Gedanken doch viel maskuliner als Gefühle waren – natürlich niemals oder zumindest in dieser Situation nicht so formuliert. Dennoch legte der Blick, mit dem er die Kollegin bedachte, nachdem er die Augen von der Tür ab- und Maria Liliencron zugewandt hatte, nur allzu beredtes Zeugnis davon ab. Und weil Empathie, Intuition, Eingebung und alle diese Sachen zutiefst feminin waren, erfasste Frau Liliencron diese Tatsache in dem kurzen Moment, den es dauerte, bis der Kollege einen Schritt zur Seite trat, um ihr den Weg freizugeben.

Da ließ sie die vollgepackte Tasche auf dem Tisch stehen und zog stattdessen einen der Sessel unter dem Tisch hervor. Und danach einen zweiten. „Bleiben wir noch ein paar Minuten, Fred", sagte sie.

Ein stiller Nachmittag. Das sonst immer bis zum letzten unaufgeräumten Winkel mit Leben oder anderem Zeugs erfüllte Lehrerzimmer einsam bewacht nur von diesem Paar. Oh wie lachte da, nach dem ersten Schreck über diese intime Atmosphäre, das Herz des Alfred Kuntz vor Freude über die traute Zweisamkeit mit der lebenslustigen Kollegin, die er der vertrauten gemeinsamen Einsamkeit mit der depressiven Lebensgefährtin vorzog. Alter Knabe im rotblonden Haar, durch das sich freilich schon etliche silberne Lamettafäden zogen, und Maria, die gleichermaßen keusche wie mit weiblichen Reizen gesegnete Mutter eines Kindes, dessen Vater nicht auf dieser Welt war. Nicht mehr jedenfalls, aber das wusste Alfred Kuntz gar nicht, weil Maria Liliencron gegenüber ihren Kollegen so gut wie nie ein Wort über diese Sache oder Person verloren hatte.

So saßen die beiden und redeten. Zumindest versuchte Maria Liliencron, ihren Kollegen dazu zu bewegen, nachdem er sich schon nicht auf den Gang hinausbewegen, sondern auf einen Sessel hatte setzen müssen. Wobei ihm das sogar ohnehin lieber war, obwohl natürlich aufgesessen nicht aufgehoben war und er irgendwann nicht darum herumkommen würde, nach Hause oder wohin auch immer zu gehen.

Wie viel Zeit inzwischen verstrichen war, wurde erst von der Pausenglocke kundgetan, die in Unkenntnis von Wochen- oder gar Feiertagen unermüdlich dafür sorgte, die Schüler rechtzeitig zu Pausenbeginn aus ihrem Halbschlaf zu erwecken und die Lehrer ans Schlussmachen zu erinnern. Mangels im Gebäude verbliebener Schüler schreckte ihr kreischendes Gerassel an diesem Spätnachmittag nur die beiden Lehrer aus ihrem Gespräch, das sich hauptsächlich um die Frage gedreht hatte, wie sehr man sich eine psychische Erkrankung eines nahen Angehörigen zu Herzen gehen lassen durfte, ohne dass es einem auf den Magen schlug und man Schaden am eigenen Leib oder noch schlimmer der eigenen Seele nahm.

Bevor auch das Herz noch in Mitleidenschaft gezogen wurde, schlug den beiden sitzen gebliebenen Lehrern jetzt aber die rettende Stunde beziehungsweise die durch keine noch so heiligen Zeiten zu beeindruckende Pausenglocke. Als sie fünf Minuten später zum zweiten Mal schrillte und damit den Beginn einer Unterrichtsstunde für nichts und niemanden einläutete, hatten Maria Liliencron und Alfred Kuntz das Schulgebäude verlassen, jeder auf dem Weg zu dem, was er sein Zuhause zu nennen gezwungen oder gewillt war. Und wo sich Maria Liliencron tatsächlich ihrer schweren Tasche, der hohen Schuhe und des kurzen Rocks entledigte.

Am Abend des folgenden Tages stand sie dann, bepackt mit Weihnachtsgeschenken und gekleidet in einen züchtigen langen Rock, im Vorzimmer und wartete auf Töchterchen Iris, damit Mutter und Tochter den Heiligen Abend mit den Eltern Liliencron verbringen konnten.

„Komm, trink noch einen Schluck, Maria", forderte die alte Frau Liliencron ihre Tochter auf.

„Nein, danke, sonst kann ich nicht mehr nach Hause fahren", wehrte die Angesprochene ab.

„Ums Können geht's nicht, sondern ums Dürfen beziehungsweise Nicht-Dürfen", bemerkte Marias Vater trocken. „Nach Hause fahren dürfen tust du schon seit dem zweiten Achtel nicht mehr."

Die unschöne Formulierung stieß seiner Tochter selbst nach drei Achteln Wein noch sauer auf. Auf stieß auch der Vater und verzog angewidert das Gesicht, was allerdings wenig mit Wörtern, mehr mit Wein zu tun hatte. Mit zu viel Wein.

„Du darfst spätestens seit dem zweiten Achtel nicht mehr fahren und ich hätte schon nach dem ersten Achtel, das heißt eigentlich schon nach dem ersten Schluck, wissen müssen, dass ich diesen süßen Traminer nicht leiden kann", fuhr der Vater fort.

„Das hättest du schon vor dem ersten Schluck und ganz sicher vor der zweiten Flasche wissen können", mischte sich seine Frau ins Gespräch. „Es steht ja auf dem Etikett, dass es ein süßer ist, was man von dir nicht gerade behaupten kann."

„Ich ziehe bei Weinen und Weibern eben das Säuerliche vor", gab der alte Herr, jede Etikette gering achtend, zurück. Auch das Glas stellte er, beinahe leer, auf den Tisch zurück. „Im Unterschied zu säuerlichen Frauen kann ich mich an süßen Wein aber einfach nicht gewöhnen.“

„Merkt man gar nicht“, erwiderte seine Frau und gab sich keine Mühe, den Sarkasmus in ihrer Stimme zu kaschieren.

Da erklärte Tochter Maria, ganz in der Art eines schmollenden Kindes, dass sie sehr wohl noch nach Hause fahren könne. Und dürfe, denn das erste der drei Achtel sei ja schon geraume Zeit her und der Alkohol darum längst abgebaut.

„Über das Dürfen“, meinte der Vater, „können wir streiten.“ Womit er eindeutig recht hatte, das bewies die momentane Situation. „Aber in Bezug auf das Können solltest du es deiner Tochter zuliebe nicht auf einen Versuch ankommen lassen.“

„Und du solltest deiner Tochter zuliebe nicht in eine Vaterrolle verfallen, die du in ihrer Kindheit nicht gerade glänzend gespielt hast“, sagte die alte Frau Liliencron. „Das Kind ist alt genug, um zu wissen, was sie darf oder kann und was nicht. Aber schlafen darf sie hier auf jeden Fall.“

„Das muss sie sogar“, brummte Herr Liliencron und trank mit gespielter Überwindung, die ihm auch beim vierten Achtel noch nicht flüssig aus der Hand und über die Lippen ging, sein Glas aus.

Dem Kind Maria schwirrte nach diesem Wortwechsel der Kopf. Dass dem Alkohol eine Teilschuld daran zugeschoben werden konnte, war möglich, vielleicht sogar wahrscheinlich. Auslöser des Schwirrens und Sirrens und Irrens war aber die verwirrende Häufung von Modalverben. Bei der Auswahl an Dingen, die sie durfte, konnte, sollte oder musste, wusste Maria Liliencron gar nicht mehr, was sie eigentlich wollte. Aber dafür hatte sie, das Kind, ja ihre Eltern. Damit die ihr sagten, was sie zu wollen hatte.

„Du, Mama“, meldete sich jetzt eine vierte Stimme zu Wort, „ich mag nicht mehr hier sitzen. Ich gehe schlafen.“

Maria blickte irritiert auf ihre Tochter, als wäre ihr eben erst bewusst geworden, dass noch eine Person und Generation anwesend war. Eine Person, die sie beinahe augenblicklich aus der Tochterzurück in die Mutterrolle katapultierte und sie zu einem weniger emotions- und mehr vernunftgelenkten Handeln zwang, sodass sie der alten Frau Liliencron ihr Glas hinschob und resigniert bat: „Schenk mir noch was ein, damit ich den Papa von dem süßen Zeug erlösen kann.“

Dann erst wandte sie sich an Iris, die verunsichert im Türrahmen stand. „Tu das, meine Liebe, wir fahren morgen nach dem Frühstück nach Hause."

Während Iris schon die Stiege in den ersten Stock hinauflief, wo die Großmutter ihr am Ende des Sommers Marias ehemaliges Kinderzimmer hergerichtet hatte, sagte selbige zu ihrer Tochter: „Ihr könntet eigentlich auch zum Mittagessen bleiben."

„Nein, nein", wehrte die Tochter ab, „mach dir meinetwegen nicht so viel Mühe."

„Ich mache mir die Mühe nicht deinetwegen, sondern wegen der Iris. Und uns mache ich auch keine Mühe, sondern Brathendl mit Semmelfüllung", erklärte Frau Liliencron.

„Wegen der Iris brauchst du dir aber weder Mühe noch Brathendl zu machen. Die mag nämlich kein Geflügel."

„Siehst du", mischte sich jetzt Herr Liliencron wieder in das Gespräch, „da hättest du doch die Gans machen können."

„Papa, Gans ist genauso Geflügel", wies Maria ihren Vater auf die Biologie des Essens hin.

„Das weiß ich, mein Schatz, aber ob deine Tochter das Hendl oder die Gans nicht isst, ist wurscht. Und da wäre mir die Gans zu Weihnachten lieber gewesen, weil man so ein Hendl auch am Würstelstand kriegt."

„Du meinst am Hühnergrill", präzisierte seine Frau, hörbar pikiert.

„Du musst es ja wissen", gab der Herr Gemahl zurück.

„Papa, lass die Mama in Frieden", bat Maria, wobei der Tonfall der Bitte eher einem Befehl angemessen gewesen wäre, was wiederum die alte Frau Liliencron Partei für ihren Mann ergreifen ließ.

„Sprich nicht so mit deinem Vater, Kind", fuhr sie die Tochter an. „Woher soll er wissen, was es am Würstelstand und was es am Hühnergrill zu kaufen gibt, wo er die ersten fünfundzwanzig Jahre seines Lebens von seiner Mutter und die letzten gut vierzig Jahre von mir bekocht worden ist?"

Müßig zu erwähnen, dass Herr Liliencron, der im Übrigen eine schuldbewusste Miene an den Tag legte, noch keine siebzig Lenze zählte. Und siebzig Weihnachten auch nicht. Wenn er überhaupt etwas zählte, waren es die an diesem Abend getrunkenen Achtel, was ihm mit steigender Anzahl jedoch immer schwererfiel, wobei das auch bei einem pensionierten Bibliothekar nicht den mangelnden Rechenkünsten angelastet werden durfte. Obwohl der Rechenvorgang eigentlich dadurch hätte vereinfacht werden können, dass die Zahl der Achtel durch zwei dividiert wurde. Immerhin hatte die alte Frau Liliencron abwechselnd ihm und ihrer Tochter eingeschenkt. Aber das Einzige, was Herr Liliencron in Bezug auf weinselige Rechenaufgaben an diesem Abend noch einfiel, war: Gut, dass man nach gesteigertem Alkoholgenuss nur doppelt sah und nicht auch noch doppelt hörte.

So blickte er also mit glasigen Augen auf die Damen Liliencron, deren eine – oder zwei? – gerade erklärte, dass sie Iris in den vergangenen Monaten dazu gebracht habe, neben vierbeinigen Tieren auch Huhn zu essen, was die gewiefte Enkelin der ahnungslosen Mutter aber offenbar verschwiegen habe. Und so weiter. Als hätte sich sonst nichts geändert.

Auch im Hause Obermayer verbrachte man Weihnachten zu viert. Und zwar sowohl den Heiligen Abend als auch den ersten Feiertag, wenngleich ungleich, also in anderer Besetzung, was aber für die jeweilige Gesamtzahl keine Rolle spielte. So hatte am Heiligen Abend Franz Obermayers Mutter ein kurzes Gastspiel gegeben.

Seine Mutter, die deshalb doch noch lange nicht als Klein-Jakobs Großmutter bezeichnet werden durfte. Wer sie mit Oma ansprach, stieß bei ihr auf alles andere als taube Ohren, insofern die alte Frau beinahe allergisch darauf reagierte und den spätestens nach drei Sekunden völlig eingeschüchterten Sprecher beziehungsweise Versprecher so zur Schnecke machte, dass er mit eingezogenen Fühlern davonkroch. Wortarm und zugleich vielsagend unterstützt wurde sie darin von ihrem Sohn, der von allen, die über die Jahre mit der richtigen Anrede seiner Mutter zu kämpfen gehabt hatten, der Einzige war, der diese Anrede nie auch nur um eine Silbe geändert hatte. Indem er dem ersten zielgerichtet artikulierten Laut seines Lebens treu geblieben war und diesen durch einmalige Wiederholung zum unbestreitbar richtigen Mama komponiert hatte, das Musik in seiner Mutter untauben Ohren war.

Der Weihnachtsabend bei Obermayers ging also mit Franz und Belinda, Mama und Jakob über die Bühne. Am ersten Feiertag gab es eine kleine personelle Änderung, insofern Mama gegen Thomas

Machacek ausgetauscht wurde. Übrigens auf ihren eigenen Wunsch hin, da die alte Frau beteuerte, wenn sie nach Belindas Weihnachtskarpfen, der übrigens ganz hervorragend gewesen sei, obwohl vielleicht mit einer Spur zu viel Knoblauch, aber trotzdem recht gut, wenngleich er eventuell etwas mehr Salz vertragen und ein paar Stunden länger entschlammt werden hätte können, wenn sie danach also auch noch ihrer Schwiegertochter sicherlich ebenfalls ganz ausgezeichnete Gans äße, würde sie womöglich aus allen Nähten platzen, weil so eine Gans ja nicht gerade zum leichten Essen zähle, Flugvogel hin oder her. Zumal wenn man am Vorabend mindestens ebenso fetten Karpfen genossen hätte.

Kurz und gut, obwohl Franz Obermayers Mutter verbal selten kurzen Prozess machte, verabschiedete sich die verweigernde Großmutter nach dem Dessert auf ungewisse Zeit und räumte das Christbaumfeld für Franz Obermayers Kollegen. Dass der zu Weihnachten kam, hatte schon beinahe Tradition. Ein bisschen jedenfalls. Das hatte sich gleich in seinem ersten Jahr in Bad Au ergeben, als Franz und Belinda noch alleine feierten beziehungsweise mit einer dritten Portion Weihnachtskarpfen dastanden, weil Mama ihren Besuch in letzter Minute abgesagt hatte. Nicht weil sie lieber bei Papa oder Opa geblieben wäre, denn Mann gab es in ihrem Haus schon länger keinen mehr, sondern weil sie sich den Magen an irgendeiner Torte verdorben hatte.

Um nicht dem gleichen Schicksal zu erliegen, den Fisch aber auch nicht wegwerfen zu müssen, hatte Franz Obermayer damals kurz entschlossen den neuen Kollegen eingeladen. Belinda war einverstanden gewesen und seither war Thomas Machacek sozusagen Stammgast bei den Obermayers, verstand sich in späteren Jahren auch ganz ausgezeichnet mit Klein-Jakob. So gut, dass der Kleine mitunter Papa zu ihm sagte, was alle drei beteiligten oder auch unbeteiligten Erwachsenen in betretenes Schweigen verfallen ließ, das fast so unangenehm war wie ein omabedingter Zornausbruch von Franz Obermayers Mutter, die Thomas Machacek übrigens tunlichst aus dem Weg ging, da mochte die Verdorbenheit aller späteren Karpfen, Gänse und Desserts nur ein Vorwand sein.

„Papa", sagte Jakob denn auch gerade, wandte sich, die Schachtel mit dem neuen Playmobil-Bauernhof in der Hand, aber glücklicherweise an Franz Obermayer, „der ist von dir, oder?"

„Nein, mein Lieber, den hat das Christkind gebracht“, entgegnete der Hausherr mit gewichtiger Stimme.

„So ein Blödsinn“, mischte sich Thomas Machacek ein und zwei Augenpaare richteten sich auf ihn, sodass er, der im Grunde kein Spielverderber sein wollte, lieber nichts gesagt hätte. Nun ließen sich einmal ausgesprochene Worte aber ebenso schlecht wieder zurücknehmen wie andere verschossene Munition, sodass Machacek keinen Rückzieher mehr machen konnte und in Notstand geriet. In Erklärungsnotstand, versteht sich.

„Es gibt doch gar kein Christkind“, presste er schließlich hervor. „Das weiß der Jakob mit seinen zehn Jahren doch schon.“

Natürlich wusste Jakob das. Er wusste sehr vieles, weil Kinder im Allgemeinen nicht halb so ahnungslos waren, wie die Erwachsenen glaubten, und auch nicht halb so begriffsstutzig wie sie selbst. Aber gerade weil sie das nicht waren, spielten sie mit oder jedenfalls spielte Jakob seine Rolle, die es den Eltern erlaubte, das Gesicht zu wahren.

„Natürlich gibt es ein Christkind“, erklärte der Kleine und sah Thomas Machacek mit einem Blick an, der keinen Widerspruch duldete. „Und den Weihnachtsmann gibt es auch. Sie waren beide heute Abend hier.“ Er drehte sich um und suchte unter dem Christbaum nach dem Detektivset, das er – von wem auch immer – bekommen hatte. Er zog es unter einem Berg bunten Geschenkpapiers hervor und hielt es Machacek hin. „Damit kannst du die Fingerabdrücke vom Christkind und die Fußstapfen vom Weihnachtsmann sichern“, sagte er.

„Und eine DNA-Probe des Barthaars vom lieben Gott nehmen“, fügte Franz Obermayer amüsiert hinzu.

Zu viele Väter, dachte seine Frau bei sich.

Den Spuren nach zu urteilen, musste es ein wahres Massaker gewesen sein. Mit Ausnahme von ein paar Hautfetzen war allein das Skelett übrig geblieben, um dessen Beseitigung jetzt fast ein Streit ausbrach. Einfach in den Restmüll geworfen, würde es bald zu stinken beginnen. Bis zur endgültigen Entsorgung in der Kälte vor dem Haus zwischengelagert, würde es die Aufmerksamkeit irgendwelcher Kreaturen erregen, die man doch lieber vom Haus fernhalten wollte. Es schlicht einzuäschern, war seit dem Umstieg vom rußenden Kohleofen auf das geschlossene System der Gasheizung auch nicht mehr möglich. Und so hätten die paar Hühnerknochen beinahe einen handfesten Weihnachtskrach heraufbeschworen. Dass es nicht dazu kam, sondern etwas anderes Maria Liliencron allein innere Kämpfe austragen ließ, lag an Iris, die sich im kritischen und darum vielleicht geeignetsten Moment des Hühnerknochenentsorgungsstreits zu Wort meldete. In dem Moment, in dem die drei Erwachsenen allesamt schwiegen – nicht um die Auseinandersetzung beizulegen, sondern um ganz kurz zu verschnaufen und Kräfte für einen neuerlichen, den erbittertsten Angriff zu sammeln. Möglich, dass Iris zuvor schon versucht hatte, etwas zu sagen, im allgemeinen Geschrei und Gekeife aber nicht gehört worden war, weil schriller die Stimmen nie klangen als in der Weihnachtszeit.

Jetzt aber erklang ihre Stimme, nicht schrill, sondern nur ein bisschen hoch und piepsig, wie sich das für eine Zweitklässlerin gehörte, die sich im Alltag zwar schon als großes Mädchen fühlte, am Weihnachtstag aber unversehens wieder in die Rolle der Kleinen zurückfiel, wozu nicht nur die Freude über die Geschenke, sondern auch die Furcht vor den streitenden Erwachsenen beitragen mochte.

„Mama", piepste Iris also und das zarte, ob der Aufregung kindlich hohe Stimmchen lenkte sofort die Aufmerksamkeit der Mutter wie auch die der Großeltern auf sich, was der Sprechenden eher unangenehm war, aber doch nicht so unangenehm wie das Geschrei um dieses lächerliche skelettierte Federvieh, wobei sich um die Entsorgung der Federn zum Glück schon viel früher jemand gekümmert hatte. Vor Weihnachten, als derlei Fragen nur zum Tod des Huhns, nicht aber zum Bruch des Weihnachtsfriedens geführt hatten. Eines Friedens, der allerdings nicht nur am Heiligen Abend sowie an den folgenden Feiertagen gefährdet war, sondern auch darüber hinaus. Im Grunde genommen waren die Tage bis zu Silvester oder Neujahr doch allesamt gefährlich, weil an ihnen der Friede gefährdet war. In den Nächten sowieso, weil ja, wer morgens nicht aufzustehen und zur Arbeit oder in die Schule zu gehen brauchte, gerne die Nacht zum Tag machte und glücklich oder glücklos weiterstritt. Richtig rau konnte es in diesen Nächten zugehen, das hatten die Leute immer schon gewusst.

Auch Iris mit ihren elf, zwölf Jahren wusste das. Und dieses Wissen oder Bewusstsein ließ sie unbewusst vielleicht den richtigen oder den am wenigsten falschen Moment für ihre Eröffnung wählen, dass sie die letzte Nacht des Jahres gerne mit ihrer Freundin Dani verbringen wollte. Nicht wie in allen für sie bisher vergangenen Jahren mit der Mutter.

Das schlug ein wie eine Bombe. Schleuderte zwar weder Steine noch Dreck durch die Luft, nahm den Streithähnen und -hühnern aber nichtsdestotrotz für einen Augenblick den Atem, sodass sie bei den Vorbereitungen für den nächsten Hieb im verbalen Schlagabtausch innehielten und einander wortlos ansahen. Weil keiner wusste, was der andere sagen wollte, konnte auch keiner dagegenreden. Schweigen im Christbaumwalde.

Bis Maria Liliencron zugleich das Wort und die Schulter ihrer Tochter ergriff und sagte: „Wenn Danis Eltern dabei sind, darf mein großes Mädchen das neue Jahr erstmals außer Haus begrüßen.“

„Bei dir piept's wohl“, stellte Vater Liliencron fest.

Seine Tochter wandte ihm abrupt den Kopf zu, ihr Blick ein einziger Ausdruck der Empörung. „Das betrifft dich jetzt aber wirklich nicht!“, fuhr sie ihn an. „Ich finde sehr wohl, dass ...“

„Natürlich betrifft es mich nicht“, lenkte ihr Vater ein, „es war ja auch dein Handy, das gepiepst hat.“

„Oh“, zog Maria Liliencron zurück, „da muss eine SMS gekommen sein.“

Aber weil die wohlerzogene Tochter und junge Pädagogin trotzdem noch wusste, was Anstand war, verzichtete sie auf den sofortigen Griff zum Mobiltelefon. Außerdem war Weihnachten, da konnte nichts so wichtig sein, dass es sofortiger Aufmerksamkeit bedurft hätte. Das redete sie sich jedenfalls ein.

Jahreswechsel, Wechseljahre

Silvester war grauenvoll, Neujahr nicht weniger und damit sichergestellt, dass das neue Jahr um keinen Deut besser begann, als das alte geendet hatte.

Den Jahreswechsel verbrachte man mit Freunden und hatte Spaß, weil der Alkohol dafür sorgte, dass man die Peinlichkeiten des Abends gnädig übersah und die der Nacht gründlich vergaß. Sofern sie überhaupt ihren Weg in das umnebelte Bewusstsein fanden und nicht dank Silvesterkälte schon auf dem Weg dorthin zu Raureifnadeln erstarrten, die dann am Morgen, am Vormittag oder spätestens zu Mittag schmerzlich ins aufgeweichte Gehirn piksten. Wovon natürlich gänzlich verschont blieb, wer mit dem bedrohlichen Näherkommen des Jahreswechsels feststellen musste, dass er keine Freunde hatte, mit denen gemeinsam das Überleben des alten und das Willkommen des neuen Jahres begossen und in Alkohol ertränkt werden konnte. Keine Freunde, kein Spaß.

Nun bestand rein theoretisch die Möglichkeit, sich mutterseelenalleine einen oder zwei oder drei hinter die Binde zu gießen. Das soll's ja auch geben, wenngleich es das eigentlich nicht geben sollte, dass einer alleine säuft, weil man dank Alkohol doch bekanntlich alles doppelt sieht, also auch die Einsamkeit, was verständlicherweise ein Problem darstellt. Oder auch zwei.

Während man sich alleine aber volllaufen lassen konnte, auch wenn man es nicht sollte, durfte man dieser Versuchung in Gegenwart eines anderen nicht nachgeben. Da mochte die Einsamkeit noch so drückend sein. Genau das war es aber, was sich Jahr für Jahr oder Jahreswechsel für Jahreswechsel abspielte, wobei sich dieser Zustand immer weniger an feste Ereignisse gebunden fühlte. Gemeinsame Einsamkeit, die den jeweils anderen davon abhielt, sich ganz dem eigenen Unglück oder der eigenen Depression hinzugeben, sozusagen die Waffen zu strecken und zuzugeben: „Ja, es geht mir scheiße. Ja, ich fühle mich einsam und weiß nicht, wie das weitergehen soll, das mit mir und mit dir, die wir einmal von uns gesprochen haben."

Dem anderen in seinem Leid nicht helfen können, hatte Maria gesagt, und den eigenen Weg finden müssen. Und wenn schon nicht gleich finden, dann wenigstens suchen, weil er sich einem ja selten aufdrängte, sondern quasi erobert werden wollte. Das freilich hatte Maria Liliencron nicht gesagt, das entsprang den Gehirnwindungen von Alfred Kuntz, denen die Kollegin allerdings auf die Sprünge geholfen hatte. Einmal mit dem Finger geschnippt und die nach unten durchhängende Gehirnwindung nach oben federn lassen, wodurch sich ein Gedanke gelockert hatte und durch den Äther der missmutig vor sich hin grübelnden grauen Zellen gewandert war, bis er auf seiner Herbergssuche auf offene Türen oder Ohren oder was auch immer gestoßen war.

Von der Sinnlosigkeit, am Leid des anderen zu zerbrechen, hatte Maria gesprochen und davon, das Schöne im eigenen Leben zu sehen. Weil es das immer gäbe, in jeder Situation. Wo das Schöne an seiner Situation war, fragte sich Alfred Kuntz und stützte den immer grauer werdenden Kopf in die Hand. An eine depressive Lebensgefährtin gefesselt zu sein, weil man das doch nicht tun konnte, einen psychisch kranken Menschen alleine zu lassen, egal, wie einsam man seinetwegen war.

Und er liebte sie doch auch, hatte sie zumindest einmal geliebt und sich daran gewöhnt, wie er sich an sie gewöhnt hatte. Die Gewöhnung an die beiderseitige Liebe hatte lange Zeit über die aufgrund der Gewöhnung aneinander abnehmende Liebe hinweggetäuscht. Bis diese Depressionen aufgetaucht waren, die einen Menschen leider zutiefst unliebenswürdig machten. Alfred Kuntz hatte versucht, sich auch daran zu gewöhnen, war aber an seine Grenzen gestoßen und bei diesem Zusammenstoß zwar nicht ebenfalls zusammengebrochen, aber doch arg verletzt worden. Was er keinesfalls zugeben wollte, was Maria Liliencron aber schlicht als Tatsache hingestellt hatte. Und sie hatte damit so unrecht nicht. Nur beschleunigte das Wissen um oder der Glaube an die eigenen Verletzungen nicht zwangsweise auch deren Heilungsverlauf. Da musste man schon etwas tun.

Das hatte auch diese Frieda gesagt und Maria war ins kalte Wasser des Bad Auer Thermalbads gesprungen.

„Warum nur springen andere Leute nicht?", dachte Alfred Kuntz verärgert. Ins Wasser, vor einen Zug oder aus dem Fenster. Wenn schon sonst nichts half, obwohl bei ihnen eine Schraube locker war.

Ein laut vernehmliches Plopp wie von einem aufgeschlagenen Tennis- oder eher, weil größer, Basketball ließ den Lehrer aus seinen tristen Gedanken auffahren. Nicht gleich in den Himmel, dafür war die Jahreszeit die falsche, aber doch wenigstens bis in die Realität, die selbst zu Weihnachten der Hölle näher als dem Himmel zu sein schien.

Das Plopp war der Signalton, der auf Alfred Kuntz' Handy das Eintreffen einer SMS vermeldete. Es darum harmlos zu nennen, wäre aber falsch gewesen, riss es den Lehrer doch aus seiner Feiertagslethargie. Und von Freude darüber konnte keine Rede sein. Im Gegenteil. Alfred Kuntz überlegte ernsthaft, ob er seine mittelalterlichen Knochen überhaupt dazu zwingen sollte, sich vom Arbeitssessel, der in den Weihnachtsferien freilich nicht der Arbeit diente, zu erheben und in Richtung Mobiltelefon zu bewegen, das entgegen seiner Bezeichnung leider weder zur Hand noch selbst mobil war. Weshalb also der Berg zum Propheten kommen musste. Oder so ähnlich. Dieses Gleichnis hatte Herr Kuntz noch nie verstanden, wobei er sich zugegeben auch nicht wirklich darum bemüht hatte. Er war ja nicht Religionslehrer. Geschichtslehrer auch nicht, obwohl das nicht der Grund für den epochalen Irrtum in der Datierung seiner Gebeine war. Das Mittelalterliche der Knochen bezog Herr Kuntz vielmehr auf sein eigenes Lebensalter und mithin das seiner Knochen, die er selbstverständlich alle schon von Geburt an besaß und bestand und, wenn es sich nicht verhindern ließ, sogar bewegte. Oder eben nicht.

Ein anderer Mittvierziger hätte sich vielleicht als einen Mann in den besten Jahren bezeichnet. Weil Männer in Bezug auf die eigene körperliche Verfassung ja ein bisschen dem Euphemismus nachhängen. Wenn Alfred Kuntz jedoch die psychische Verfassung mit einbezog, wollte es ihm nicht gelingen, von seinen besten Jahren zu sprechen. Jedenfalls nicht in der Gegenwart, weil früher doch alles besser gewesen war. Da hatte Claudia mit ihren Depressionen noch nicht jeden Rest von Energie aus ihm herausgesaugt. Da war sie noch damit beschäftigt gewesen, die eigenen Energiereserven aufzubrauchen.

Es hätte natürlich beiden Lebenspartnern gutgetan, einmal aus dem Trott herauszukommen, aber der Mensch ließ sich in seiner Lethargie und Melancholie und Soziophobie halt nur sehr ungern stören. Weshalb Alfred Kuntz, nachdem er seine Knochen samt Muskeln und Haut und Haaren und allem, was zu so einem menschlichen Körper dazugehörte, vom Arbeitssessel gehievt hatte, eher verärgert zum Handy griff.

Wer wollte da etwas von ihm, wo doch Ferien waren? Die alten Eltern konnten es nicht sein, denn die hätten vom Festnetzanschluss aus angerufen, weil Schreiben für sie noch ursächlich mit Kugelschreiber und Papier verbunden war. Kollegen simsten ihn in den Ferien eigentlich nicht an, weil keiner von ihnen zugeben wollte, dass er selbst an den Feiertagen an die Schule und mithin an die Arbeit dachte.

Freunde? Was wollten die vor Silvester, wo Claudia und er doch schon seit Jahren auf keiner Party mehr gewesen waren, weil Depressionen selten dazu beitrugen, die Stimmung zu heben, bereits gehobene Stimmung und Partylaune – der anderen, versteht sich – einen aber umgekehrt das eigene gemeinsam-einsame Elend aber noch stärker empfinden ließen.

Neue Nachricht empfangen, las Alfred Kuntz, was er dank des Plopps ohnehin schon wusste. Was er dann aber las, löste beinahe einen Fluchtreflex in ihm aus. Fluchtreflex nicht vor der Nachricht, sondern vor dem, was Zuhause zu nennen ihm mittlerweile schwerfiel.

Danke für deine weihnachtsgrüße. Möchtest du vielleicht auf ein zwangloses jahresabschlussgespräch vorbeikommen? Lg m.

Das Display zeigte eine Nummer, die er zwar schon seit Monaten, womöglich gar seit zwei oder drei Jahren eingespeichert, aber erst in letzter Zeit zu kontaktieren begonnen hatte. Aber dass ihm die in den letzten Wochen mit zunehmender Häufigkeit gewechselten SMS beinahe schon zur lieben Gewohnheit geworden waren, hätte er nicht einmal vor sich selbst zugegeben, wie der anfängliche, obwohl vielleicht nur vorgeschützte Ärger über die sms-bedingte

Störung bewies. Nichtsdestotrotz tippte Alfred Kuntz spontan drauflos: *Ja.*

Nein, das war keine gute Antwort.

Wenn's dir recht ist, tippte er und löschte auch das wieder, denn natürlich war Maria Liliencron sein Besuch recht. Sonst hätte sie die Einladung wohl kaum geschickt.

Ich komme, tippte er und griff sich im nächsten Moment ans Hirn. Dann fügte er noch ein *gerne* hinzu.

Erst nachdem er die SMS abgeschickt hatte, fiel ihm ein, dass er vielleicht nach der genauen Uhrzeit hätte fragen sollen.

Alfred Kuntz saß seit einer guten Stunde im Café Sisi, wobei die Güte der Zeit lediglich das Mehr an Minuten bezeichnete, die der Lehrer bereits in der Café-Konditorei verbrachte. In ihrer Qualität waren ihm die schleichend verstreichenden Minuten immer minderwertiger erschienen, je mehr ihrer verstrichen oder verschlichen waren. Wartete er doch allein darauf, Maria zu treffen. Freilich nicht im Café Sisi, denn er wollte sie ja zu Hause in Scharndorf heimsuchen, weil sie eben dort und nicht in Bad Au und schon gar nicht im Café Sisi daheim war. Aber hier im Kaffeehaus wartete es sich trotz allem angenehmer als im eigenen ... nein, nicht Zuhause, sondern in den eigenen vier Wänden, aus denen er am frühen Nachmittag geflohen war.

Nachdem er ziellos durch die Stadt gestreift war und sie ihm wieder einmal vor Augen geführt hatte, wie verflucht klein sie doch war, hatte er um fünf Uhr endlich Maria Liliencron angerufen. Fünf Uhr war ihm logisch erschienen, weil da am Silvestertag auch die letzten Geschäfte zusperrten. Und da hätte er der Kollegin sagen können, er sei mit dem Einkaufen – wovon, wofür, für wen? – fertig und ohnehin gerade unterwegs und könne also auf einen Sprung vorbeikommen. Denn selbstverständlich hatte er ihr nicht auf die Nase gebunden, dass er seit ihrer SMS quasi auf Nadeln gesessen war und die Stunden gezählt hatte, bis er sie anrufen und besuchen konnte, ohne dass sie die Dringlichkeit, mit der er das von ihr vorgeschlagene Treffen herbeisehnte, bemerkte.

Weil es aber seit halb vier stockdunkel und seit dem 21. Dezember eiskalt war, hatte Alfred Kuntz um halb fünf das Café Sisi aufgesucht. Um sich zu wärmen und sich mit einem Espresso, den

Petra Sandor ihm als Mokka serviert hatte, weshalb ihm vielleicht auch die richtige Crema gefehlt hatte, Mut anzutrinken. Alkohol wäre dafür nicht infrage gekommen. Erstens musste er noch Auto fahren, zweitens wollte er Maria gegenüber nicht allzu viel Unsinn von sich geben.

Dass Herr Kuntz noch immer im Café Sisi saß und inzwischen den dritten Espresso oder Mokka oder was auch immer trank, lag daran, dass Maria Liliencron um fünf Uhr noch keine Zeit für ihn gehabt hatte. Und um halb sechs auch noch nicht, weil ihr Töchterchen erst um halb sieben von der Mutter ihrer Freundin abgeholt werden würde. Dann erst könne der Kollege kommen, hatte Frau Liliencron gesagt. Und so saß er geschlagene eineinhalb Stunden als einziger Gast im Café Sisi, bis dieses um sechs seine Pforten beziehungsweise Petra Sandor die Tür schloss. Hinter dem letzten Gast des Jahres, der es – aber das wusste sie nicht – verabsäumt hatte, noch einmal für kleine Jungs zu gehen. Was die Dringlichkeit, mit der es ihn zu Maria Liliencron zog, noch erhöhte.

Es machte natürlich keinen guten Eindruck, wie er da fünf nach halb sieben bei der Kollegin auf der Matte stand und sofort nach dem Klo, ähm, der Toilette, ähm, dem WC fragte.

„Bitte hinsetzen", rief Maria Liliencron ihm hinterher, während sie in die Küche ging.

Was sollte sie Fred jetzt eigentlich anbieten? So weit hatte sie, als sie die Einladung aussprach beziehungsweise ausschrieb, nicht gedacht: dass man einem Gast ja auch irgendetwas auftischen und vor allem einschenken musste. Unschlüssig stand Maria Liliencron, übrigens im kleinen Schwarzen, nicht im züchtig verlängerten Rock, zwischen Spüle und Küchentisch. Was konnte sie hervorzaubern, um das Eis zu brechen?

Sie öffnete zuerst den Kühlschrank und holte eine Flasche heraus, griff dann in die Lade unter der Arbeitsfläche und angelte nach dem Öffner. Dem Namen der Bank, die dieses praktische Utensil einst am Weltspartag verschenkt hatte, fehlte bereits ein schwarzes T. Als die Lehrerin den Flaschenöffner an den Kronkorken ansetzte und diesen hochheben wollte, zerbrach der Öffner. Es ärgerte sie, dass Spargeschenke trotz Einsparung der Zinsen vonseiten der Bank in ihrer Qualität immer weiter absanken. Zudem hatte sie sich am scharfen Rand des Kronkorkens geschnitten, sodass die blutige

Maria jetzt rote Abdrücke auf dem zur Jahreszeit in Widerspruch stehenden grünen Apfel hinterließ, den sie vom Tisch nahm und auf die Arbeitsfläche legte, wo er genauso wenig hingehörte, aber nicht weiter auffiel, denn bei den Damen Liliencron kugelte immer irgendein Obst in der Küche rum. Nur um Getränke war es grundsätzlich schlecht bestellt.

Ich hätte einen Barkeeper einspannen sollen, dachte die Lehrerin und Mutter resigniert. Das letzte Hochprozentige hatte sie nach dem Genuss der fetten Gans zu Martini getrunken, woran sie jetzt mit Wehmut zurückdachte. Weil so eine Gans, da musste sie ihrem Vater recht geben, eben doch etwas ganz anderes als das Huhn war, das ihre Mutter der Familie an Weihnachten aufgetischt hatte. Das hatte sie als nicht so prickelnd empfunden, aber nichts gesagt, sondern, weihnachtlich milde gestimmt, das trockene Fleisch still von den Knochen gekratzt und verzehrt. Als sie jetzt die Klospülung gleich einer Urquelle rauschen hörte, beschloss Maria Liliencron, die Latte nicht allzu hoch zu legen.

„Magst einen Kaffee?", fragte sie den Kollegen, als er aus dem Badezimmer zurückkam.

Er möge, sagte er, mochte zwar nicht, glaubte aber zu müssen, weil er Maria nicht enttäuschen wollte. Deswegen durfte man keine Rücksicht darauf nehmen, was man nach Ansicht der Ärzte sollte oder nicht sollte. Außerdem war ja Silvester und der Abend noch lang. Die Nacht sowieso.

Was war das eigentlich zwischen der dreißigjährigen Maria Liliencron und dem schon etwas in die Jahre, die nicht seine besten waren, gekommenen Alfred Kuntz, dessen einst feurig rote Haarpracht langsam, aber sicher von ergrauten Strähnen dominiert wurde, die, wenn man ehrlich war, eigentlich nur sehr wenig mit edlen Silberfäden gemein hatten? War das ein Arbeitsgespräch zwischen zwei Kollegen, die selbst am Silvesterabend nicht von der Pflicht lassen konnten? War das eine Silvesterparty, zu der sich die beiden verpflichtet fühlten, obwohl keine anderen Partygäste aufzutreiben gewesen waren? Oder war das durch Gastfreundschaft getarnte Beziehungsarbeit? Für einen Kurzbesuch oder den Sprung, auf den Alfred Kuntz vorbeizukommen vorgegeben hatte, dauerte dieses merkwürdige Etwas jedenfalls schon zu lange.

Maria Liliencron hatte sich, als sie eine leichte Nervosität bei ihrem Kollegen zu bemerken glaubte, doch noch einmal auf die Suche nach einem anderen Mittelchen oder Wässerchen gemacht, von dem sie hoffte, dass es die Stimmung lockern würde. Und war auf eine Flasche Marillenschnaps gestoßen. Der lockerte Alfred Kuntz zumindest einmal die Zunge, da er den in den letzten Monaten recht wortkargen Lehrer quasi eine Zeitreise unternehmen und vorübergehend wieder zu dem sprachfreudigen Fred von einst werden ließ. Der sich im Übrigen nicht scheute, ein von der umsichtigen Maria eingeschenktes Gläschen nach dem anderen zu leeren. Spätestens nach dem zweiten hatte er nämlich verdrängt, dass er eigentlich noch Auto fahren musste, nach dem dritten hatte er es vergessen.

Anders Maria Liliencron. Die hatte es nicht vergessen. Warum sie trotzdem mit der erwähnten Umsicht das geleerte Gläschen wieder und wieder befüllte? Weil ihr nach Freds zweitem Glas die vage Idee gekommen war, den Kollegen heute nicht mehr gehen, geschweige denn mit dem Auto fahren zu lassen. Im Zuge seines dritten Gläschens war die Idee zum Plan gereift, der spätestens mit dem vierten Glas, an das der Kollege sich gar nicht mehr erinnern konnte und darum gleich zum fünften weitergeschwenkt war, feste Form angenommen hatte. Eine feste Form, die darin bestand, den weichgesoffenen Lehrer oder Leerer ins ebenso weiche Bett zu bugsieren und ihn dort zu behalten, bis man oder frau ihn am nächsten Morgen oder, entsprechend den Umständen, im Lauf des nächsten Tages guten Gewissens wieder nach Hause fahren lassen konnte.

Nach Hause zu seiner Lebensgefährtin Claudia, die ihn seit Jahren nicht nur von Silvesterpartys, sondern auch von so gut wie allen anderen gesellschaftlichen Vergnügungen abhielt. Zu Claudia, die ihn mit ihren Depressionen noch weiter runterzog, seit Alfred Kuntz sich nicht einmal mehr in die Schule flüchten konnte, weil dort seit dem Ende des Sommers ein anderer böser Geist sein Unwesen trieb. Zu Claudia, die jede Hilfe, die ihr Lebensgefährte ihr vermitteln wollte, kategorisch ablehnte und nicht einmal ordentliche Antidepressiva schlucken wollte, um diese beschissene Welt nicht durch einen kitschigen rosa Schleier sehen zu müssen, wie Fred sagte, dass sie sagte. Zu Claudia, die das neue Jahr so schrecklich alleine und depressiv beginnen würde, wie sie das alte beendet hatte, während sie, Maria Liliencron, die dank Frieda Hirschhauser mit neuer Lebensfreude gesegnet war, ihren Lebensgefährten abfüllte und abschleppte.

Es machte sich bezahlt, dass sie selbst nur einmal kurz am Marillenschnaps genippt hatte, um sozusagen auf den Geschmack zu kommen, denn wenigstens eine Person musste in solch einer Situation klar denken können.

„Gehen wir", sagte Maria Liliencron mit einem Mal. „Ich führ dich nach Hause."

Als Alfred Kuntz die Augen aufschlug, traf sein Blick Maria Liliencrons Gesicht. Das jagte ihm einen gehörigen Schrecken ein. Nicht weil er diese Maria mit der anderen verwechselte und sich im Himmel und daher gestorben wähnte. Dem Dasein oder eigentlich Dortsein im Himmel widersprachen die grauenhaften Kopfschmerzen, die er als der Hölle angemessen empfand, aufgrund derer er aber leider sicher war, sich noch auf Erden und somit unter den Lebenden zu befinden. Erfahrungssache.

Das Erschrecken des Alfred Kuntz hing vielmehr damit zusammen, dass er sich nicht erklären konnte, was Maria Liliencrons Gesicht hier zu suchen hatte. Und wo *hier* überhaupt war.

Maria, überlegte er mit schmerzendem Schädel, gehört zur Schule. Aber wieso lag er in der Schule? Hatte er sich irgendwo den Kopf angeschlagen? Und waren nicht eigentlich Ferien? Oder hatte seine Unwissenheit bezüglich der Ferien mit einem Unfall zu tun? Eine Wiederholung der Ereignisse mit anderen Vorzeichen?

Aber nein, fiel ihm endlich ein, es war Silvester gewesen. Und jetzt war, dem Licht nach zu urteilen, das erbarmungslos durch das Fenster fiel und durch seine Augen direkt in sein Gehirn zu stechen schien, Neujahr. Hoffentlich war noch Neujahr.

Alfred Kuntz' Gedanken fanden schwerfällig ihren Weg zurück zum Fenster, dem Licht entgegen. Fenster? Schlafzimmerfenster. Sein Schlafzimmerfenster!

Oh Gott!, schrie Alfred Kuntz lautlos, meinte das Echo dieses Schreis aber umso lauter in seinem schmerzgeplagten Kopf widerhallen zu hören. Was zum Teufel macht Maria in meinem – und Claudias! – Schlafzimmer?

„Hier, mein Guter, ich habe dir Tee gemacht", beantwortete die junge Frau die Frage, die der ältere Kollege, der sich in diesem

Moment so richtig alt fühlte, gar nicht ihr, sondern nur sich selbst gestellt hatte, wobei die Antwort, wenig überraschend, ein bisschen ausweichend ausfiel, da Maria Liliencron den Tee höchstwahrscheinlich in der Küche, nicht im Schlafzimmer gekocht hatte.

Und im Grunde hatte Alfred Kuntz auch nicht nach dem Tee gefragt. Verunsichert war er eher bezüglich der vergangenen Nacht.

Mein Guter, sickerten Marias Worte allmählich in sein Gehirn. „Mein guter *was*?", fragte er sich entsetzt.

So etwas soll's ja geben, dass gute Kollegen zu guten Freunden und sogar zu sehr guten Freunden werden. Oder jedenfalls zu Liebhabern guter Freundinnen. Aber wenn es sich bei dem Kollegen um einen zwar nicht verheirateten, aber doch vergebenen Mann handelte, sollte es das nach Ansicht des Herrn Kuntz eher nicht geben. Obwohl die Moral ihm bei der Rekonstruktion der vergangenen Nacht auch nicht weiterhalf, da sie im Allgemeinen alles andere als eine gute Freundin des Alkohols war und in seiner Gegenwart nur zu gerne das Feld räumte.

„Ich habe dich stockbesoffen nach Hause geführt und die Claudia hat dich ausgezogen und ins Bett gebracht", erklärte Maria Liliencron milde lächelnd die Umstände, die Alfred Kuntz in seine momentane Lage gebracht hatten.

Ausgezogen? Unter der Bettdecke tastete er sich ab. Tatsächlich, er war nackt.

„Claudia?", fragte er und ließ offen, ob er die Worte der Kollegin anzweifelte oder sich besorgt nach seiner Lebensgefährtin erkundigte. Oder gar deren Namen vergessen hatte.

Letzteres schien die immer noch lächelnde Maria Liliencron jedoch nicht in Erwägung zu ziehen, denn sie sagte: „Claudia war noch wach, als wir gekommen sind. Sie hat sich um dich gekümmert." Sie machte eine kurze Pause und fuhr dann fort: „Wir sind fast die ganze restliche Nacht in der Küche gesessen und haben geredet. Von Frau zu Frau."

Alfred Kuntz schwante Schlimmes, doch er irrte sich.

„Ich habe ihr Friedas Visitenkarte gegeben. Frieda Hirschhauser, du erinnerst dich?" Alfred Kuntz nickte. Ja, an diese Frieda glaubte er sich ohne Gewissensbisse erinnern zu dürfen, was nach so einer Silvesternacht ja nicht bei allen Frauennamen der Fall sein musste. Frieda also. Das war doch diese Psychotante ...

„Und Claudia hat mich gebeten, der Frieda auch ihre Nummer zu geben, damit sie es sich nicht wieder anders überlegt“, sagte Maria Liliencron, deren Lächeln allmählich deutliche Spuren von Müdigkeit erkennen ließ. „Du verstehst?“

Alfred Kuntz nickte immer noch, obwohl er nicht sicher war, was er hatte verstehen sollen. Aber Claudia würde es ihm schon erklären. Oder Maria. Oder irgendjemand anderer. Nur nicht jetzt. Jetzt wollte er schlafen, um diese höllischen Kopfschmerzen loszuwerden, die durch das Nicken lediglich an Rhythmus gewonnen, aber nichts von ihrer Intensität verloren hatten.

„Claudia schläft im Wohnzimmer“, sagte Maria Liliencron und wandte sich zum Gehen. „Ich fahre nach Hause. Dort wartet jemand auf mich.“

Dann nickte Alfred Kuntz ein.

Busch für Fortgeschrittene

Nach den Weihnachtsferien kam der verdächtig blonde Engel verändert in die Schule zurück. Die Mähne war weg. Das heißt, sie war nicht eigentlich weg, sondern eben verändert, verwandelt in beinahe ebenso lange Dreadlocks, die jetzt von Mattis Kopf herunterhingen. Herunter kullerten auch die Tränen, die aus den Augen des Mädchens drängten, als wollten sie gar nicht mehr aufhören. Das hätte sogar ein Herz aus Stein erweicht, sollte man meinen. Das Weinen, nicht die Dreadlocks. Obwohl ...

Johanna und Erika waren neben die vorübergehende Freundin beziehungsweise Konkurrentin getreten und Erstere berührte Matti vorsichtig am Arm.

„Was ist los?", fragte sie und vermutete bereits das Ende der im Sommer so hoffnungsfroh begonnenen Lovestory. Sie musste sich allerdings ein wenig gedulden, bevor ihre Neugier gestillt wurde, denn vor lauter Schluchzen war Matti vorerst zu keiner Antwort fähig.

„Diese blöde Kuh", heulte Matti, wurde aber sofort wieder von ihrem heftigen Schluchzen am Weiterreden gehindert.

„Hat sie dir Kevin ausgespannt?", forschte Erika nach, ohne zu wissen, von wem die schier untröstliche Klassenkameradin eigentlich sprach oder wenigstens zu sprechen versuchte.

Matti schüttelte den Kopf.

„Hat sie dich beleidigt?", fragte Johanna.

Matti schüttelte abermals den Kopf.

„Hat sie etwas Schlechtes über dich erzählt?", riet Erika.

Wieder daneben. Erika und Johanna sahen einander ratlos an.

„Um wen geht es eigentlich?", forderte Zweitere schließlich Klarheit.

„Um die Glaunigg-Althoff", gab Matti Auskunft, ohne sich in

ihrem Weinen unterbrechen zu lassen. Tränen hingen in den blonden Dreadlocks. Ein romantischer Dichter hätte sie wohl mit Tautropfen verglichen, aber die Zeit der Romantik war lange vorbei, was den Schriftsteller von heute zum Glück der Aufgabe enthebt, einen ebenso schönen Euphemismus für die andere aus Mattis Nase tropfende Körperflüssigkeit finden zu müssen.

„Und was hat sie getan?", fragte Erika, obwohl ihr da so einiges in den Sinn kam. Die für die siebten Klassen traditionell im Frühjahr geplante Sportwoche zum Sprachkurs, wahlweise in England oder Frankreich, umzuwandeln zum Beispiel. Oder den Mädchen große Ausschnitte zu verbieten, die den Blick auf mehr oder weniger aufreizende BHs freigegeben hätten. Ebenso wie es den Burschen seit Neuestem verboten war, ihre Hosen über die Boxershorts hinabrutschen zu lassen. Angeblich aus Sicherheitsgründen, weil die jungen Herren sonst womöglich darüber gestolpert wären. Mit einem allzu sexy Aussehen konnte das nämlich nichts zu tun haben. Aber dass Matti sich wegen solcher Lappalien die Augen ausheulte, mochte Erika doch nicht glauben.

„Also, was ist los?", drängte jetzt auch Johanna.

„Ich muss sie abschneiden, hat sie gesagt, sonst kriege ich ernsthafte Probleme", schniefte Matti.

Dass sich das erste *sie* im Gegensatz zum zweiten auf die Dreadlocks bezog, war den beiden Freundinnen sofort klar. Nicht umsonst war Mattis neue Frisur in den wenigen Tagen nach den Weihnachtsferien das Thema schlechthin gewesen. Zumindest in der 7a, nachdem man sich mit der aufgezwungenen Sprachwoche im regnerischen England als Ersatz für Segeln und Surfen im sonnigen Süden abgefunden hatte.

„Was soll die dir denn für Probleme machen?", meinte Erika und begleitete ihre rhetorische Frage mit einer wegwerfenden Handbewegung. „Die unterrichtet uns doch gar nicht."

„Nein, aber der Kayser."

„Was", lachte Johanna auf, „unser Jonny will dir wegen der Dreads was antun?"

Jonny kam natürlich nicht von Bruno und von Kayser schon gar nicht, sondern von Johann Sebastian. Ganz klar. Wie das österreichische Wasser vom Rainhard. Womit der Bogen vom Barock zum 20. Jahrhundert gespannt und bereit zum Spielen wäre.

Bereit waren auch die drei Mädchen, allerdings nicht unbedingt zum Spielen, denn es war ihnen bitterernst, sondern eher zur Rache wegen der verpatzten Sportwoche, der Kleidungsvorschriften und der Drohung, dass die Direktorin Matti bei ihrem Schützling Bruno Kayser durchfallen lassen würde, wenn sie sich nicht von ihren unanständigen Dreadlocks trennte. Und wer wollte schon in Musik durchfallen? Wer wollte überhaupt durchfallen, wenn es nicht gerade darum ging, die Eltern zu provozieren oder sich möglichst unaufwendig von lästigen Klassenkollegen zu befreien? Lästig waren Matti Erika und Johanna und, nebenbei gesagt, auch Kevin aber überhaupt nicht. Vor allem jetzt nicht. Denn jetzt saßen die drei Mädchen, Freundinnen, eng beieinander und überlegten, was in dieser Sache zu tun, das heißt, wie die ungeliebte Direktorin zu beseitigen sei.

„Wir könnten ihr die Radmuttern aufschrauben", schlug Erika vor.

„Sei nicht lächerlich", wandte Johanna ein. „Damit handelst du dir nur Ärger ein, wenn dich wer dabei sieht. Aber bevor sie eine ernst zu nehmende Geschwindigkeit drauf hat, ist das Rad eh schon weg."

Physik bei Professor Reinolter hatte sich ausgezahlt. Zumindest um einen kindischen Mordversuch im Keim zu ersticken. Oder nach Ersatz für ihn zu suchen.

„Wir könnten sie vergiften", meinte Matti, indem sie auf die Chemie umschwenkte.

„Und womit?" Erika schien skeptisch.

„Mit Kaffee."

„Hast du sie schon mal vor dem Kaffeeautomaten gesehen?", fragte Johanna.

„Nein", gab Matti zu.

„Außerdem weiß man nie, wer als Nächster kommt und ob es dann nicht den Falschen erwischt", gab Erika zu bedenken.

„Und wie willst du das Gift überhaupt in den Kaffee geben?", fragte Johanna.

„Man müsste es in den untersten Becher füllen", erklärte Matti ohne große Überzeugung, „in den, der als Nächstes rauskommt."

„Vergiss es", erwiderte Erika. „Wir können nichts tun. Und in zwei Jahren sind wir sowieso aus der Schule draußen."

„Vorausgesetzt, ich falle nicht durch", seufzte Matti.

„Dann schneid dir die Dreads halt ab", sagte Johanna schulterzuckend.

„Nie und nimmer", protestierte Matti, „vorher faschier ich sie!" Womit sie eindeutig nicht ihre Haarpracht meinte.

„Gute Idee", pflichtete Erika ihr bei.

„Wie war die Exkursion ins Karikaturmuseum?", fragte Cäcilia Zeppezauer ihren Kollegen Braunsfelder am Ende der zweiten Januarwoche, als die beiden einander in einer Pause auf dem Gang begegneten und gemeinsam den Weg in Richtung Lehrerzimmer einschlugen.

„Pädagogisch wertvoll", entgegnete der Deutschlehrer, womit er bewirkte, dass die Stirn der Mathematikerin Wellen schlug. Oder Falten, aber mit einer solchen Bemerkung sollte man bei einer Frau um die fünfzig ein bisschen vorsichtig sein.

„Pädagogisch wertvoll?", wiederholte die Kollegin fragend, nachdem Braunsfelder keine Anstalten machte weiterzusprechen.

„Sicher", meinte er seltsam emotionslos, „sonst hätte ich sie ja nicht durchführen dürfen."

„Versteht sich", entgegnete Cäcilia Zeppezauer, obwohl sie überhaupt nichts verstand, ihr die wenigen Worte des Deutschlehrers im Gegenteil spanisch vorkamen.

Spanisch wurde am Bad Auer Gymnasium allerdings nur als Freifach angeboten, weder von Braunsfelder noch von Zeppezauer, sondern von einer externen Kollegin, die an diesem Tag nicht an der Schule weilte. Außerdem galt das Angebot nur für die Schüler, weil Lehrer bereits gelehrt waren und keines weiteren Unterrichts bedurften. Von sommerlichen Fortbildungen einmal abgesehen. Soll heißen: Weil weder Ernst Braunsfelder noch Cäcilia Zeppezauer jemals im Leben die spanische Sprache erlernt hatte, musste die Kommunikation in diesem Moment ins Stolpern geraten.

„Ich werde die Schule wechseln", sagte der Lehrer unvermutet.

„Was? Jetzt? Mitten im Schuljahr?", wunderte sich Cäcilia Zeppezauer.

„Ja, nein, nach den Semesterferien", erklärte Ernst Braunsfelder und seine Stimme ließ darauf schließen, dass es keine Tränen der Freude waren, die ihm die Aussicht darauf in die Augen trieb, sondern dass diese Tränen bestenfalls dazu dienten, die Aussicht auf den bevorstehenden Wechsel des Arbeitsplatzes zu verschleiern, um ihn wenigstens noch für kurze Zeit dem Bereich des Unwirklichen zurechnen zu können.

Die Kollegin ließ sich denn auch nicht täuschen. Dieses Mal nicht. Und wenn sie den Grund für den angekündigten Abgang des Deutsch- und Physiklehrers auch entfernt ahnen mochte, bedurfte es dennoch einer genaueren Nachfrage. Um sicherzugehen.

„Hat dich die Glaunigg-Althoff vertrieben?"

Ernst Braunsfelder nickte nur, den Blick stur vor sich auf den Boden gerichtet. Jeder Funken Energie, jedes bisschen Widerstandskraft waren aus ihm gewichen. Ein gebrochener Mann. Besiegt von einer Frau, einer Vorgesetzten. Sollte noch einer sagen, Männer seien das stärkere Geschlecht. Eigentlich verhielt es sich mit ihnen umgekehrt wie mit den Frauen, überlegte Cäcilia Zeppezauer. Die Masse der Frauen wurde von der Masse der Männer unterdrückt, schien ihnen in fast allen Bereichen unterlegen zu sein. Im Einzelkampf, Mann gegen Frau, Frau gegen Mann, bewies aber nicht selten die weibliche Seite die größere Härte. Womit bewiesen wäre, überlegte die Mathematikerin mit Englisch im Zweitfach weiter, dass die Frau dem Prototypen des Menschen entsprach, der Mensch schlechthin also weiblich war. Was der altertümliche Begriff „das Mensch" nur bestätigte, wobei dieser letzte Gedanke nicht in Cäcilia Zeppezauers Kopf sein Unwesen trieb, da sie von deutscher Sprachgeschichte gelinde gesagt wenig Ahnung hatte. Das wäre eher das Metier Braunsfelders gewesen, wenn der in der momentanen Situation nicht mehr am Konkreten als am Abstrakten interessiert gewesen wäre. Sprich: wenn er statt an eine bestimmte Frau an die sprachgeschichtliche Entwicklung der Bezeichnung für die Vielheit ihrer jungen Vertreterinnen hätte denken können.

So aber war das Denken über Frauen und Männer im Allgemeinen Sache der Cäcilia Zeppezauer. Und sie begründete ihre Ansicht von der Frau als dem Menschen schlechthin nicht mit deutscher Sprach-, sondern bestenfalls mit angloamerikanischer Filmgeschichte. Während nämlich ein Mensch durchaus als intelligent zu bezeichnen war, wobei es natürlich immer noch auf den konkreten Menschen ankam, bedeuteten viele Menschen in der Regel nichts anderes als eine Ansammlung von Idioten. Wie schon Tommy Lee

Jones seinem jungen Kollegen Will Smith erklärt hatte. Trotzdem erklärte das noch nicht die näheren Umstände, weshalb die um die Formulierung von Geschlechterunterschieden bemühte Frau Zeppezauer nicht umhin konnte, weiter in Ernst Braunsfelder zu dringen.

„Also", begann dieser zögerlich, „dir ist vielleicht aufgefallen, dass unsere liebe Direktorin oft ein bisschen ... wie soll ich sagen? Offenbar war ihr in meiner Gegenwart immer heiß, sodass sie ihren Blazer ablegen oder die Bluse ein wenig aufknöpfen musste ..."

„Das ist nicht nur mir aufgefallen. Allerdings haben das wohl die meisten von uns mit deinen lüsternen Blicken in Verbindung gebracht. Und ob die Bluse vorher schon offen war oder nicht, darfst du mich nicht fragen."

„War sie nicht", entgegnete Braunsfelder bestimmt. „Und auch meine Blicke waren nicht lüstern, jedenfalls nicht, bevor sie mir ihre Titten unter die Nase gehalten hat!" Er schnappte nach Luft. „Entschuldige bitte meine Ausdrucksweise, verehrte Frau Kollegin, aber wo soll ein Mann denn hinschauen, wenn der halbe Vorbau vor seinen Augen auf und ab hüpft?"

„Ins Gesicht seiner Gesprächspartnerin", gab Cäcilia Zeppezauer trocken zur Antwort.

„Gut, zugegeben. Aber was soll ein Mann tun, wenn einer armen hilflosen Frau ein Insekt in die Bluse fällt, die Frau daraufhin zu kreischen beginnt und um Hilfe zischt?", beharrte der Lehrer.

„Um Hilfe zischt?", wiederholte die Kollegin verwirrt.

„Ja, schreit und um Hilfe zischt, damit das Schreien von allen, der Hilferuf aber nur von dem Mann im selben Zimmer gehört werden kann. Wenn sie sich die Bluse noch weiter aufreißt, sodass die Knöpfe wegspringen, und ihm ihre Brust hinhält?"

Cäcilia Zeppezauer sah den aufgebrachten Kollegen ernst an. „Verstehe", nickte sie, „so eine ist das also. Die hätte sich gut mit dem alten Dippelbauer ..." Sie verstummte.

„Du meinst, die hätte sich blendend mit unserem lang gedienten Direktor verstanden, weil der im Unterschied zu mir tatsächlich ein Grapscher war?", führte Ernst Braunsfelder den Satz zu Ende.

„Ja", bestätigte die Lehrerin, war mit ihren Gedanken aber nicht mehr bei dem Mann, der ihr gegenübersaß, sondern bei einem anderen. Man konnte nicht behaupten, dass vor ihrem geistigen

Auge ein Bild erstand, weil es doch genau dieses Bild war, das ihr fehlte. Wie in einem Film, wenn das Bild noch der vorigen Szene angehört, der Ton aber schon zur nächsten weitergeeilt ist, wie in jenem kurzen Moment der modernen Schnitttechnik, in dem Bild und Ton nicht zusammenpassen, hörte Cäcilia Zeppezauer in den Tiefen ihrer Erinnerung ein Gespräch, zu dem sie kein beziehungsweise nur das falsche Bild hatte, nämlich das eines dunklen Abstellraumes hinter dem Zimmer des ehemaligen Direktors, das jetzt von der neuen Direktorin beherrscht wurde. Inklusive Abstellraum, in dem sich kaum noch verwendete, weil mittlerweile hoffnungslos veraltete Overheadprojektoren stapelten.

Damals im Juni, am letzten Schultag vor den Ferien, war sie vom ehemaligen Direktor Dippelbauer wegen einer Sache, an die sie sich gar nicht erinnern wollte, weil das nur ihre Gedanken abgelenkt hätte, was verständlich war, wenn man bedachte, dass sie an diesem Tag den halben Vormittag in dem dunklen Abstellraum neben der Direktion verbracht hatte und darum nicht zum Unterricht, der ohnehin nur noch in der Verteilung der Zeugnisse bestanden hatte, erschienen war – weil sie ihre Gedanken also nicht abschweifen lassen wollte, weil sie ihre volle Konzentration darauf richtete, das soeben Gehörte mit dem vor Wochen Erlebten zu verbinden. Langsam entstand vor ihrem geistigen Auge ein Bild, ein einziges Bild, das sowohl zu den im Juni durch die geschlossene Tür des Abstellraums vernommenen Worten als auch zu denen des Kollegen Braunsfelder passte.

So glaubte sie beinahe, wirklich zu sehen und zugleich zu hören, wie Bettina Glaunigg-Althoff gegenüber dem verwirrten Mann mit zugleich drohender und siegesgewisser Stimme von Abschied sprach, sie verstand jeden Blick und jede Handbewegung der beiden Kontrahenten, von denen dem einen allmählich dämmerte, dass er hier nichts gewann, sondern gewissermaßen seinen Job verlor. Genau genommen verloren haben würde – Futur exakt im Konjunktiv, weil das tatsächliche Verlieren, die selbst auszusprechende Bitte um Pensionierung beziehungsweise die Kündigung, ja noch bevorstand und daher erst in der Zukunft als vergangen angesehen werden konnte. Königsdisziplin der deutschen Grammatik ebenso wie im Machtkampf zwischen Direktoren, Landesschulräten und anderen Institutionen, bei dem Lehrerinnen wie Lehrern, Schülerinnen wie Schülern nur Statistenrollen zukamen. Oder, wie hier der Fall, Requisitenrollen.

Cäcilia Zeppezauer verstand, was Ernst Braunsfelder ihr andeutungsweise erzählt hatte. Vor oder eigentlich nach allem verstand sie auch, wovon sie an jenem Tag Ende Juni unfreiwillig Ohrenzeugin geworden war. Und in ihr reifte ein Plan. Denn wieso sollte, was einmal funktioniert hatte, nicht wiederholbar sein?

„Welche Ausstellung hast du dir mit der 5b im Karikaturmuseum eigentlich angeschaut?", fragte Cäcilia Zeppezauer, die mit den Gedanken zwar noch irgendwo zwischen Direktion und Abstellraum war, aber keinesfalls den Argwohn des Kollegen erregen wollte. „Ich meine, du unterrichtest doch nicht bildnerische Erziehung."

„Wilhelm Busch", gab Ernst Braunsfelder zerstreut zur Antwort, präzisierte aber nichtsdestotrotz: *„Max und Moritz, Fipps, der Affe,* und *Die fromme Helene.* Man hält die Geschichten für reine Unterhaltung, aber man kann auch was draus lernen."

„Und zwar?"

„Darüber muss ich noch reflektieren", erklärte Braunsfelder, ergriff einen Stapel Bücher und verließ das Konferenzzimmer. Die Kollegin sah ihm nach, ihre Stirn ein Wellenmeer.

Aus Wilhelm Buschs Geschichten etwas lernen also. Eigentlich war der Gedanke gar nicht so schlecht. Die Mathematikerin Cäcilia Zeppezauer tat trotzdem, was sie am besten konnte, und zählte eins und eins zusammen: Die für eine Anwärterin auf einen Direktorenposten junge und gut aussehende Bettina Glaunigg-Althoff hatte damals am letzten Schultag vor den Ferien den ehemaligen Direktor Dippelbauer verführt, verleumdet und erpresst, womit sie, wissentlich oder nicht, ins Schwarze getroffen hatte, weil der in die Jahre gekommene Dippelbauer seine Hände tatsächlich nicht immer hatte bei sich behalten können, selbst wenn er in diesem Fall unschuldig war. Dass sie dabei von ihr, Cäcilia Zeppezauer, unfreiwillig belauscht worden war, hatte die Direktorin in spe nicht ahnen können.

Doch Frau Zeppezauer zählte weiter: Hinzu kam Bruno Kayser, von den alteingesessenen Kollegen in Bad Au schon mehr oder weniger liebevoll der Unterwäscher der Frau Direktor genannt. Die missbräuchliche Verwendung einer schuleigenen Waschmaschine würde den Landesschulrat vielleicht auch interessieren. Ganz bestimmt aber interessierte ihn die Wiederholung des Programms: die versuchte Beseitigung störender Elemente, der Schleudergang für Ernst Braunsfelder. Macht drei. Das war zu viel des Guten.

Dabei, so viel muss der Fairness halber hinzugefügt werden, hatte Cäcilia gar nichts gegen die Beseitigung des alten Dippelbauer. Sie fand sein Verhalten gegenüber manchen jungen Lehrerinnen im Gegenteil hochgradig anstößig und hatte sich außerdem daran gestoßen, dass er mit seinen siebenundsechzig Jahren den Direktorenposten noch immer nicht an einen Jüngeren abzugeben beabsichtigt hatte.

Deshalb hatte sie an jenem letzten Schultag vor den Sommerferien ja auch ein ernstes Wort mit ihm reden wollen, obwohl sie nichts gegen ihn in der Hand hatte. Nicht wirklich jedenfalls.

Aber dann, na ja, das wissen wir oder können es zumindest vermuten. Dann war also diese Kärntnerin, diese Glaunigg-Althoff, aufgetaucht und sie, Cäcilia Zeppezauer, hatte abtauchen müssen, war, weil man sich gerade in einer hitzigen Debatte befunden hatte, vom Noch-Direktor ins Abstellkämmerchen abgeschoben worden, weil der alte Dippelbauer Sorge hatte, dass die in seinen Augen überkorrekte Lehrerin in der Stimmung, in die sie sich hineingesteigert hatte, am letzten Schultag womöglich noch einen Aufruhr unter den Kollegen anzetteln würde.

Zuerst hatte sie in der Dunkelheit der Kammer ja auch revoltieren wollen, aber dann war ihr das Vorgehen im Zimmer des Direktors, von dem sie freilich nur Wortfetzen vernahm, viel zu interessant erschienen, um es dank ihrer Intervention frühzeitig zu beenden. Nur hatte sie sich keinen Reim darauf machen können. Das war jetzt anders. Dank Ernst Braunsfelder war ihr zwar spät, aber immerhin ein Licht aufgegangen.

Dieses war dein letzter Streich, dachte Cäcilia Zeppezauer daher, als sie, ohne anzuklopfen, die Tür öffnete und entschlossenen Schrittes das Zimmer der Frau Direktor betrat.

Bevor die bisher auffällig unauffällige Cäcilia Zeppezauer ihren ersten und letzten Schlag – nicht Streich, aber wenn doch, dann einen mit geschärfter Klinge – ausführte, hatte es allerdings noch einiger Vorbereitungen bedurft. Damit es zu keinem Rückschlag kam und auch kein Nachschlag nötig war, um Bettina Glaunigg-Althoff zum Gehen zu bewegen.

Cäcilia Zeppezauer berechnete alle Eventualitäten und überlegte, auf wen sie zählen konnte. Denn diesen Schlag oder Streich oder Schritt wollte sie nicht ganz im Alleingang wagen. Weil vier Ohren doch mehr hörten als zwei und zwei Köpfe mehr aufnahmen als einer und zwei Handys sowieso. Wer also war die Person, auf die Frau Zeppezauers Wahl fiel?

Sicherlich nicht Alfred Kuntz. Der war schon einmal gescheitert, weil er nicht in Rechnung gestellt hatte, dass ein Auto selbst dort, wo 50 km/h erlaubt waren, nicht mit dieser Geschwindigkeit losstarten konnte, sondern sich erst langsam in Bewegung setzen und allmählich auf Höchstgeschwindigkeit beschleunigen musste. Ganz abgesehen davon, dass man sich bei einem Unfall mit 50 km/h als Autolenker selten ernsthaftere Verletzungen als ein Peitschenschlagsyndrom einfing. Aber selbst dazu war es nicht gekommen, weil sich das Rad mit dem losen Mutterwerk schon beim Ausparken von der Felge gelöst hatte und das Auto unsanft, aber ohne dass der verhassten Direktorin dadurch ein anderer als der materielle Schaden entstanden wäre, auf den Asphalt geplumpst war. Die Sache mit der Beschleunigung zu bedenken, hätte man dem Alfred Kuntz zwar eigentlich zutrauen können, aber offenbar bewies hier das Sprichwort, Rache sei ein Gericht, das am besten kalt genossen werde, seine Gültigkeit, da Kuntz die Sicherungen durchgebrannt waren und das Worst-Case-Szenario eingetreten war. Oder doch beinahe, weil der emotional aufgebrachte Lehrer zwar seinen Job, aber auch seine Vorgesetzte behalten hatte.

Traude Kranzlbauer kam als Komplizin ebenso wenig infrage. Bei ihrer gesunden und sympathischen Leibesfülle fehlte ihr einfach das rechte Augenmaß, was dazu geführt hatte, dass sie die zusätzlich angesparten Kilos der leidlich oder eher unleidlich jungen Frau Direktor übersehen und allzu sehr auf ihre eigenen Backkünste vertraut und also nicht damit gerechnet hatte, dass Bettina Glaunigg-Althoff mit den köstlichen Kalorienbomben nicht sich selbst, sondern ihren Hund vergiften würde.

Nein, zur Ausführung von Cäcilia Zeppezauers Plan bedurfte es größerer Umsicht. Einer Umsicht, wie Diana sie bewiesen hatte, indem sie, ohne dass irgendjemand sie darum gebeten oder darauf hingewiesen hatte, stillschweigend Traudes Kekse entsorgt und Traude damit einiger, wenn natürlich auch nicht aller Sorgen enthoben hatte.

„Frau Martin", hatte Cäcilia Zeppezauer sie deshalb noch am selben Tag, an dem sie mit Ernst Braunsfelder geredet hatte, angesprochen, „ich bräuchte Ihre Hilfe – wo sie Traudes Weihnachtskekse doch so gründlich beseitigt haben."

Die Angesprochene war zusammengezuckt, hatte Cäcilia Zeppezauers Blick aber standgehalten und die Mathematikerin so darin bestätigt, dass es sich hier um die richtige Person handelte. Weswegen die Lehrerin der Putzfrau oder Reinigungskraft oder FM oder wie auch immer den Plan mit dem Handy erklärt hatte: dass sie, Diana, das Gespräch mithören und aufnehmen sollte, das Cäcilia Zeppezauer mit Bettina Glaunigg-Althoff unter vier Augen führen und mit dem eigenen Handy übermitteln würde. Falls nämlich doch etwas schiefgehen und die Mathematikerin ihres Handys verlustig gehen sollte, was natürlich nicht geschehen durfte, aber immerhin geschehen konnte, dann hätte Diana immer noch den Beweis. Den sie dieses Mal bitte nicht vernichten sollte.

„Versprochen", hatte Diana nur gesagt und Cäcilia Zeppezauer hatte gewusst, dass sie sich auf sie verlassen konnte.

Sich zu verlaufen und sich zu vergehen waren zwei völlig verschiedene Dinge, deren Unterschied allerdings nicht, wie man vielleicht glauben könnte, in der Geschwindigkeit des Tathergangs oder des Handlungsgeschehens bestand. Doch so wenig sich Ernst Braunsfelder an der von ihm bis dahin geschätzten, vielleicht aber gerade darum gefährlich falsch eingeschätzten Direktorin vergangen hatte, so sehr hatte selbige sich auf ihrem Weg durch das Bad Auer Gymnasium und an die Spitze der Schulpolitik verlaufen. Oder verschätzt, sodass sie einmal zu oft angeeckt und über die steif aufragende Gestalt der von ihr definitiv unterschätzten Cäcilia Zeppezauer gestolpert war. Denn dieser Mathematikerin, dieser gestrengen, ordnungsliebenden und immer korrekten Person meinte sie gar nichts getan zu haben. Nicht aus Respekt, Gott bewahre, noch weniger aus Mitleid, Empathie oder gar aus Anstand. Sondern einfach deshalb, weil sie Frau Zeppezauer für nicht wichtig genug gehalten hatte. Sie wäre die Letzte gewesen, von der Bettina Glaunigg-Althoff Probleme erwartet hätte. Aber halt, der Konjunktiv war eigentlich fehl am Platz. Genauso wie sie selbst, sah sie mit einem Schlag ein.

Es galt nur noch, möglichst schnell und unauffällig, nein, nicht Abschied zu nehmen, da ein schneller Abschied selten unauffällig verlief, sondern sich einfach nur aus dem dank Diana und den anderen FMs, deren Mehrzahl sogar die um politische, wenn schon um keine andere Korrektheit bemühte Frau Direktorin überforderte, nicht vorhandenen Staub zu machen. Weder das Handtuch nach irgendjemandem zu werfen, noch den Hut von den bisher unabgewiesenen Antragsformularen zu nehmen oder sonst ein Abschiedsritual zu vollführen, war angezeigt, sondern einfach die Führung abzugeben und spurlos zu verschwinden.

Erpressung also, nicht Mord, war der Tatbestand, der schlussendlich zum Ziel führte. Es müssen ja nicht immer Mord und Totschlag und Flüsse von purpurnem Blut sein, nach denen das Filmpublikum oder der Krimileser heutzutage angeblich lechzt. Es geht auch ohne solche lustigen Spiele, mit weniger Brutalität.

Womit nicht gesagt sein soll, dass Erpressung im Vergleich zu Mord in jedem Fall so viel harmloser ist und einen Menschen nicht ebenso zugrunde richten kann. Womit gar nichts gesagt sein soll, außer dass Cäcilia Zeppezauers Erpressungsversuch im Gegensatz zu den Mordversuchen des Alfred Kuntz und der Waltraud Kranzlbauer Erfolg beschieden war. Was ihn aus dem Versuchsstadium heraushob.

Im Café Sisi

„Ist es nicht schön, dass junge Frauen heutzutage noch auf einen Plausch ins Kaffeehaus gehen?", sagte Herr Hirschhauser eines Nachmittags Anfang Februar zu Frau Binsen, Pardon, Frau Doktor Binsen. Nach diesen Worten löffelte er genussvoll den Milchschaum von seiner Melange.

„Nun ja, wenn sie sonst nichts zu tun haben", erwiderte Frau Doktor Binsen.

„Aber geh", verteidigte ihr Begleiter die beiden Frauen, die an dem Tischchen in der Ecke direkt beim Fenster saßen, „auch junge Mütter und brave Ehefrauen dürfen sich einmal Zeit für sich nehmen. Das sagt die Elfi auch immer."

„Was hast du denn jetzt auf einmal mit der Elfi?", wollte seine Begleiterin wissen und ihre Stimme klang gereizt.

„Gar nichts habe ich mit der Elfi", schoss der sonst so friedfertige Alois Hirschhauser zurück. „Denn die Elfi ist ja, wie du weißt, meine Enkelin. Und mit der darf ich gar nichts haben. Umgekehrt", fuhr er fort, Hildegard Binsens Einwand, den diese gerade mit ihrer gleichermaßen reizenden wie gereizten Stimme erheben wollte, abwehrend, „habe ich die Elfi schon gut vierzig Jahre."

„Du hast die Elfi?", fragte Frau Binsen und tat pikiert.

„Nein, ich hasse sie nicht. Ich mag sie im Gegenteil ausgesprochen gern", stellte Alois Hirschhauser entschieden fest.

„Seit wann?", fragte die alte Dame ihm gegenüber.

„Hab ich doch gesagt: seit gut vierzig Jahren."

Alois Hirschhauser führte mit der Linken zitternd die Kaffeetasse an den Mund und trank von seiner Melange. Das Zittern, so viel muss gesagt werden, war durch das Alter des pensionierten Friseurs bedingt und nicht etwa auf Furcht vor der nächsten Bemerkung seiner Gegnerin in diesem etwas seltsamen Duell mit Worten zurückzuführen. Dennoch konnte Hildegard Binsen die Sache noch nicht auf sich beruhen lassen, sondern kam vielmehr endlich zu dem Punkt, der sie von Anfang oder zumindest fast von Anfang an gestört haben mochte.

„Warum erzählst du mir seit Monaten fortwährend davon, was deine Elfi tut und sagt?", erkundigte sie sich, als könnte die gut vierzigjährige Elfriede Hirschhauser, die den Gipfel ihrer weiblichen Anmut bereits überschritten hatte und sich auf dem Abstieg befand, sosehr Naturkosmetik und Co diesen auch zu bremsen versuchten, ihr, der beinahe doppelt so alten Hildegard Binsen Konkurrenz machen.

Nur war es zwar im Allgemeinen leider tatsächlich so, dass Männer, zumal in die Jahre gekommene, ihre bisher mehr oder weniger treuen Frauen und Lebensbegleiterinnen gerne gegen jüngere Exemplare austauschten, um sich in Gegenwart der faltigen Gesichter und schlaffen Brüste nicht mit den eigenen allzu schlaffen Körperteilen wie einem hängenden Bierbauch und dergleichen konfrontiert zu sehen. Wie Frauen sich mit wertvollem Schmuck zu verschönern suchten, glaubten Männer, sich mithilfe kostspieliger Frauen zu verjüngen.

Alois Hirschhauser stellte hier eine positiv zu erwähnende und glücklicherweise auch gar nicht so seltene Ausnahme dar, hatte er doch weder einen Bier- oder sonstigen erwähnenswerten Bauch noch saß er mit der heute gar nicht so lieben Hildegard aufgrund von Ästhetik, Eitelkeit oder Selbstverliebtheit im Café Sisi. Ihm war im Gegenteil aus geistigen, man könnte beinahe sagen intellektuellen Gründen an ihrer Gesellschaft gelegen. Auch aus emotionalen. Und das nicht erst auf seine alten Tage, die er im Übrigen durchaus genoss. Er hatte immer schon gerne mit Hildegard verkehrt, auch als sie noch Bauernfeind geheißen hatte und von einem Doktortitel oder Doktortitelträger weit und breit keine Spur gewesen war. Warum dieser Verkehr bei aller Wertschätzung, wie seine Enkelin Elfriede das genannt hätte, stets freundschaftlich und platonisch geblieben war, konnten Außenstehende schwer erklären. Wenn er ehrlich war, konnte selbst Alois Hirschhauser es schwer erklären oder hätte es nur schwer erklären können, wenn ihn jemand danach gefragt hätte.

Frau Doktor Binsen hätte es vielleicht oder sogar ganz sicher besser erklären können, es aber genauso sicher nicht getan. Was aber alles nichts an der Tatsache änderte, dass Alois Hirschhauser gerne in zwangloser Freundschaft mit Hildegard Binsen im Café Sisi saß, Kaffee trank, Petra Sandors Mehlspeisen genoss und sich von den Worten seiner Begleiterin geistig anregen ließ. Manchmal auch aufregen, zugegeben, aber sogar das mochte er. Bis zu einem gewissen Grad jedenfalls.

Nur sollte selbst die aufregendste geistige Anregung nicht zu einseitig ausfallen, fand er. Weshalb er sich auch gerne mit anderen Menschen unterhielt. Zum Beispiel mit seiner Enkelin Elfi, aus der doch ein ganz verständiges Mädchen geworden war, das dem alten Opa ein bisschen davon erzählte, wie es heutzutage so zuging in der Welt und dass selbst berufstätige Frauen ein Recht auf Zeit für sich selbst hatten. Und Mütter ganz besonders. Nur bei den Ehefrauen war die Elfi nicht ganz so überzeugt gewesen, weil die ihre Freiheit ja irgendwie schon freiwillig verspielt hatten.

Alois Hirschhauser war da zum Glück toleranter als seine Enkelin und gestand treusorgenden Angetrauten einen Halbtag pro Woche mit Freundinnen im Kaffeehaus zu. Das machte wahrscheinlich noch die alte Schule. Bei seiner eigenen Frau hatte er da keine Ausnahme gemacht. Gleiches Recht für alle. Er hatte sich schließlich auch im Café Sisi, das damals freilich noch Café Franz Joseph geheißen hatte, unterhalten wollen. Mit Hildegard.

„Wenn ich in der letzten Zeit so viel von der Elfi erzählt hab", erklärte er dieser Hildegard jetzt, „hat das einfach den Grund, dass das Mädel seine Liebe zu seinem alten Großvater entdeckt hat und mich des Öfteren besucht."

„Braucht sie Geld?", argwöhnte Frau Doktor Binsen.

„Hildegard!"

„Oder fürchtet sie, dass sie aufgrund deines Alters nicht mehr allzu viel Gelegenheit haben wird, dir ihre Weltsicht darzulegen?", fuhr diese vom Aufbrausen ihres Begleiters unbeeindruckt fort.

„Das schon eher", gab Herr Hirschhauser zu, „obwohl mir die Gründe eigentlich ziemlich einerlei sind. Hauptsache, ich sehe meine Enkelin regelmäßig. Und, das muss ich schon sagen, meistens hört sie mir sogar zu, anstatt selber was zu sagen."

„Vielleicht fehlen ihr auch einfach die Freundinnen", vermutete

Frau Binsen auf einmal wieder ganz zahm. „Wenn sie so wie die beiden Damen dort drüben jemanden hätte, mit dem sie über die Belanglosigkeiten des Alltags tratschen könnte, bräuchte sie womöglich keine Therapiegespräche oder wie man das nennt."

„Möglich", echote Alois Hirschhauser und vergaß völlig, dass seine Enkelin mit solchen Therapiegesprächen ihren Lebensunterhalt verdiente. Nur halt mit umgekehrter Rollenverteilung.

„Liebe Diana", sagte Maria Liliencron zwei Tische von Hildegard Binsen und Alois Hirschhauser entfernt zu der dunkelhaarigen Frau, die ihr gegenübersaß. „Wir haben jetzt sicherlich schon eine halbe oder gar eine ganze Stunde lang über die Schule gesprochen und ..."

„Und über die Schönheit der Karpaten und die Armut der rumänischen Dörfer in Siebenbürgen, weil nach der Wende fast nur die Ungarn und die wenigen Deutschen Hilfe gekriegt haben", warf die Angesprochene ein und die zarten Gesichtszüge gerieten in starke Bewegung.

„Ja, auch darüber", gab Maria Liliencron zu.

„Vor allem darüber", wandte Diana ein, um die es sich bei der Frau mit dem offenbar von heftigen Emotionen bewegten zarten Gesicht selbstverständlich handelte.

Selbstverständlich, weil sich kaum jemand anderer über die Benachteiligung der rumänischen Siebenbürger oder siebenbürgischen Rumänen auf rumänischem Boden beschwert hätte. Nicht auf österreichischem Boden jedenfalls. Dass eine Lehrerin und eine Dame vom Reinigungspersonal des Bad Auer Gymnasiums mehr oder weniger einträchtig im Kaffeehaus saßen und – nach Ansicht Herrn Hirschhausers – plauderten, weil Frauen im Kaffeehaus entsprechend ihres sozialen oder kulturellen Geschlechts nun einmal nicht zu diskutieren hatten, war hingegen alles andere als alltäglich. Genau genommen war es ein erstmaliges Ereignis, obgleich es nach Hoffnung beider Gesprächs- oder Geplauderparteien kein einmaliges bleiben sollte.

Mit anderen Worten: Dass die Deutsch- und Geografielehrerin Maria Liliencron und die Raumpflegerin Diana miteinander im Café Sisi saßen und seit mehr als einer Stunde, die den beiden gar nicht so lange erschienen war, ein intensives Gespräch führten, war etwas Besonderes. Genau genommen etwas besonders Schönes, darin waren sich die beiden Frauen einig, ohne diese Einigkeit ausgesprochen zu haben und darum ohne davon Kenntnis zu haben. Etwas Erstmaliges, etwas Besonderes und etwas Schönes, das sich aus dem guten Draht ergeben hatte, den die zwei vom ersten Moment an zueinander gefunden hatten. Als gäbe es da eine Verbindung zwischen ihnen, ein geheimes Einverständnis.

„Vor allem darüber", sagte also Diana, „weil die Armut und die Öffnung zum Westen dazu geführt haben, dass die rumänischen Mädchen verkauft wurden."

„Verkauft?" Maria Liliencron runzelte skeptisch die Stirn. „Ist das nicht ein bisschen übertrieben?"

Dianas dunkle Augen blickten die Lehrerin entsetzt an. „Vielleicht nicht direkt verkauft", sagte sie nach einer kurzen Stille, die die ihr folgenden Worte umso schärfer klingen ließ, „aber mit falschen Versprechungen in den goldenen Westen gelockt."

Maria Liliencron hielt dem Blick stand. „Und?", fragte sie schließlich, da ihr der Westen noch nicht als Hölle auf Erden oder das Armenhaus der Welt erscheinen wollte. Zumal es hier im Unterschied zu den sozialistischen Staaten Sozialstaaten gab. Wie hätte sie, Maria Liliencron, als alleinerziehende, viel zu junge Mutter sonst mit ihrem kleinen Augenstern überleben können? Und nicht nur überleben, sondern sogar studieren und Lehrerin werden?

Diana sagte noch immer nichts. Sie blickte die junge Lehrerin, zu der sich die allzu junge Mutter gemausert hatte, nur unverwandt an, als führe sie mit dieser einen Wettkampf darin, wer den anderen länger anstarren konnte, ohne dabei ein Wort zu sprechen oder auch nur eine Miene zu verziehen. Weil Lehrer in diesem Spiel, das gegen ihre Natur geht, in aller Regel unterliegen, gab sich nach wenigen Augenblicken Maria Liliencron geschlagen. Oder spielte einfach nicht mit.

„Und dann hat man sie im Westen mutterseelenallein stehen lassen?", forschte sie nach.

„Schön wäre es", gab Diana, Siegerin in dieser Runde, zurück. Ihre Stimme, die freilich sogleich wieder verstummte, klang hart, was nicht an dem leichten Akzent lag, obwohl er umso stärker hervorbrach, je emotionaler ein Gespräch wurde. Dieses Gespräch schien für die junge Frau – denn auch Diana war jung zu nennen, wenigstens im seligen Mitteleuropa des nicht weniger seligen beginnenden 21. Jahrhunderts – dieses Gespräch schien für sie hingegen so emotional zu sein, dass es ihr beinahe die Sprache verschlug. Vielleicht suchte sie aber auch nur nach den richtigen deutschen Worten, um der ahnungslosen Maria Liliencron die Lage vieler, allzu vieler Mädchen aus Rumänien und anderen Staaten des ehemaligen Ostblocks begreiflich zu machen. Die Lage, in der sie sich befanden, nachdem ihnen ihre Reisebegleiter und Beschützer sämtliche Papiere abgenommen und sie einem zahlenden Mann nach dem anderen übergeben hatten. Wobei *sie* in diesem Fall nicht die Papiere, sondern die Mädchen waren und ein Mann *nach* dem anderen noch das bessere Los war.

Natürlich ging es auch anders. Nämlich dass den Mädchen die Papiere mit Ausnahme des für den Flug unerlässlichen Passes schon vorher abgenommen und an einen einzigen Mann geschickt wurden, der sich fortan um die Geschicke der jungen Frau kümmerte, die er sich aufgrund der vielversprechenden Angaben im entsprechenden Katalog zur Ehefrau auserkoren hatte, ihr Liebe und Treue und was sonst noch alles versprechend. Nur kein Geld, denn das hatten andere für sie bekommen. Und auch keine Freiheit, weil frei nur der ist, der sich diese Freiheit auch etwas kosten lassen kann. Frau gehört aber schon allein des Geschlechts wegen selten dazu, überhaupt wenn sie ohne Geld, Papiere und solch kapitalistischen Humbug aus einem ehemals kommunistischen Land eingeschleust wurde.

Das alles und noch viel mehr ging Diana in diesem Augenblick – oder sagen wir die Vielzahl der Gedanken berücksichtigend lieber: in diesen Augenblicken – im Kopf herum. Freilich auf Rumänisch, denn obwohl sie entgegen dem Willen ihres Mannes ihre ohnehin schon recht passablen Deutschkenntnisse während der vergangenen zehn, elf Jahre beinahe perfektioniert hatte, dachte sie nach wie vor in ihrer Muttersprache. Oder eigentlich Vatersprache, denn die zur Freude ihrer Stiefmutter früh verstorbene Mutter war Ungarin gewesen, worüber aber tunlichst nicht gesprochen worden war. Auch nicht auf Rumänisch.

Auf Deutsch sagte Diana, da das Schweigen unangenehmer als das Reden zu werden drohte, endlich: „Irgendjemand muss im sauber geleckten Westen ja die Drecksarbeit machen, zu der eure emanzipierten Frauen nicht mehr bereit sind.“

Maria Liliencron nickte, obwohl sie nicht sicher war, dass sie Diana verstanden hatte. Meinte diese die Arbeit als Putzfrau, für die sich geborene Österreicherinnen mit und ohne Binnen-i genauso ungern hergaben wie für die der Reinigungskraft oder sogar, man lese und staune, die Arbeit der oder des FM? Oder meinte sie …

„Irgendjemand muss eure Männer ja hinten und vorne bedienen. Und manche bezahlen dafür sogar mit einem Ehevertrag. Zu ihren Gunsten natürlich, aber da darf unsereins nicht so wählerisch sein.“

So war das also mit den rumänischen Mädchen, dachte Maria Liliencron unangenehm berührt. Weil sie Genaueres lieber gar nicht wissen wollte, beschloss sie, das Thema zu wechseln und auf ihre ursprüngliche Frage zurückzukommen.

„Liebe Diana“, begann sie darum noch einmal. „Was ich eigentlich wissen oder worum ich bitten wollte, war Folgendes: Ich weiß nur Ihren Vornamen und möchte deshalb vorschlagen, dass wir einander duzen. Oder“, fügte sie lächelnd hinzu, „Sie verraten mir Ihren Nachnamen.“

„Gerne“, erwiderte Diana, „sowohl als auch. Ich finde, unter Kolleginnen kann man ruhig Du sagen. Aber der Nachname schadet auch nicht.“ Und mit einer eigenartigen Mischung von Entschuldigung und Herausforderung sagte die gebürtige Rumänin: „Diana Martin heiße ich.“

Stille, während sich die einzelnen Puzzlesteine langsam aus ihrer Schockstarre lösten und in geordneten Bahnen aufeinander zutrieben, bis sie endlich ein kohärentes Bild ergaben. Das Bild eines Machos, eines kleinstädtischen Chauvischweins, das ein achtzehn-, neunzehnjähriges Mädel schwängert, stehen lässt und sich aus dem Katalog eine ebenso junge Ausländerin bestellt, auf dass diese ihm den Haushalt führe, seine Bedürfnisse befriedige und ihm das Leben auf jede nur erdenkliche Weise angenehm mache. Und ihm dafür aus Dankbarkeit auch noch die Füße küsse, weil er sie aus der ärmlichen Heimat herausgerissen und mit einer erbärmlichen Heirat an sich gefesselt hatte, sodass ihr die Luft wegblieb.

Stumm sahen die beiden Frauen einander an.

„Ich wäre so gerne Mutter geworden!“, brach es aus Diana heraus.

„Aber?“, fragte Maria Liliencron irritiert.

„Aber ein Kind wäre eine zu große Verantwortung, hat mein

Schürzenjäger von einem Mann gesagt und ein paar Monate nach der Hochzeit eine Vasektomie machen lassen.“

„Wie praktisch“, stellte Maria Liliencron trocken fest. „Aber“, fragte sie dann nach, „weshalb erst ein paar Monate nach der Hochzeit?“

Ein schmerzlicher Ausdruck huschte über Dianas Gesicht und hinterließ einen merkbaren Schatten. Es fiel der jungen Frau sichtlich schwer, auf Maria Liliencrons Frage zu antworten, obgleich sie es unbedingt zu wollen schien.

„Ein paar Monate nach der Hochzeit“, sagte sie schwer atmend, „hat er mir seine Hand hingestreckt. Komm, hat er gesagt. Ich habe meine Hand in seine gelegt. Er hat mich in unser Schlafzimmer geführt.“

Diana Martins Stimme war leiser, der rumänische Akzent stärker geworden.

„Und dann hat er mich zum ersten Mal geschlagen.“

Maria Liliencron starrte sie an, wusste nicht, wie sie mit dieser Situation umgehen sollte.

„Dabei habe ich das Kind verloren“, flüsterte Diana gebrochen. „Danach hat Heinz die Vasektomie machen lassen. So etwas passiert nie wieder, hat er mir versprochen.“

Die Autorin

Elisabeth Martschini

geboren 1981 in Baden bei Wien, diktierte ihrer Mutter schon als Kind kleinere Geschichten, die sie anschließend selbst illustrierte.

Über die Studien der Vergleichenden Literaturwissenschaft und der Germanistik an der Universität Wien fand sie schließlich zur eigenen Literaturproduktion zurück. 2015 erschien ihr Debütroman „GlücksFälle", der erste Band einer Trilogie rund um das Leben und Sterben(lassen) im schrecklich idyllischen Kurort Bad Au. Martschini verfasst Romane und Kinderbücher, Übersetzungen aus dem Mittelhochdeutschen sowie wissenschaftliche Texte zum Lesen und Schreiben im Hoch- und Spätmittelalter.

Seit 2013 ist sie Lektorin an der Karlsuniversität in Prag.

Unser Buchtipp

Elisabeth Martschini
Der Drache Ferdinand

ISBN: 978-3-86196-624-1
Hardcover, 88 Seiten, farbig illustriert

Ferdinand ist ein ganz gewöhnlicher Drache. Na ja, vielleicht nicht ganz gewöhnlich: Er isst nämlich kein Fleisch. Deshalb weiß er auch nicht so recht, was er mit den Schafen, die er von den Menschen aus dem nahen Dorf bekommt, anfangen soll. Und was er mit ihrer Wolle tun soll, weiß er erst recht nicht. Zum Glück helfen ihm seine Freunde – der Scherenkrebs Edward, der Waldkauz Strick Saluco, die Färberfroschdame Violet und viele andere – bei der Herstellung lustiger bunter Wollpullover.

Ein Buch über persönliche Stärken, Freundschaft und die kreative Kraft des Miteinanders. Für kleine und große (Vor-)Leser.

Papierfresserchens MTM-Verlag
www.papierfresserchen.de

Unser Buchtipp

Petra Kania
Johanna, alles hat seine Zeit
Eine Frau findet zu sich selbst
ISBN: 978-3-96074-003-2
Taschenbuch, 270 Seiten

Johanna, seit vielen Jahren mit Martin verheiratet, führt nach außen hin eine intakte Ehe. Deshalb trifft es sie völlig unerwartet, als sie eines Tages bei einem Besuch in einer Buchhandlung Vera begegnet und sich Gefühle in ihr regen, die sie bis dahin nicht kannte.

Plötzlich wird Johannas ganzes bisheriges Leben infrage gestellt und sie verfällt in eine schwere Depression – sie kann ihre eigenen Gefühle einfach nicht einordnen. Noch nie hat sie sich zu einer Frau hingezogen gefühlt ...

Bevor Johanna zu sich selbst und zu ihrer Liebe zu Vera stehen kann, muss sie einen harten und beschwerlichen Weg gehen. Der führt jedoch letztendlich zu der Erkenntnis, dass sie, Johanna, nicht auf der Welt ist, um zu sein, wie andere sie gerne hätten ... und sie erkennt, dass alles seine Zeit hat.

Unser Buchtipp

Renate Handge
Sammelsurium
Fünf-Minuten-Lektüre
ISBN: 978-3-99051-025-4
Taschenbuch, 90 Seiten

Sammelsurium, die themenreiche Fünf-Minuten-Lektüre für zwischendurch und unterwegs, wenn gerade die Zeit fehlt, sich in einen Roman zu vertiefen. Natürlich steht dem auch nichts im Wege, das Buch hintereinanderweg zu lesen oder sich mit dem ein oder anderen literarischen Werk intensiver zu beschäftigen. Die Geschichten und Gedichte wollen unterhalten, erheitern, aber auch nachdenklich stimmen, wenn Themen von besonderer Brisanz und Aktualität angesprochen werden, wie in der Geschichte „Espero – Kind der Hoffnung" oder in dem Gedicht „Asylant". Wer einen Garten besitzt, findet sich in „Das Blutbad" wieder, und alle Leser, die beim Arzt für einen „Augenblick" ins Wartezimmer gebeten wurden, wissen, dass sich dieses Areal gelegentlich außerhalb von Zeit und Raum befindet. Einige Geschichten und Gedichte tragen autobiografische Züge. „Die Liebesgeschichte" hat die Autorin selbst erlebt, dem „Käpt'n Blaubär" ist sie tatsächlich begegnet. Es ist die Vielfalt der Themen, die den Leser auf das Buch neugierig werden lässt.